我的小麦爱人

WO DE XIAOMAI AIREN

原连庄 著

中原农民出版社

· 郑州 ·

图书在版编目（CIP）数据

我的小麦爱人 / 原连庄著 . —郑州：中原农民出版社，2023.10
ISBN 978-7-5542-2741-1

Ⅰ. ①我… Ⅱ. ①原… Ⅲ. ①纪实文学 - 中国 - 当代 Ⅳ. ① I25

中国国家版本馆 CIP 数据核字（2023）第 165854 号

我的小麦爱人
WO DE XIAOMAI AIREN

出 版 人：刘宏伟
策划编辑：马艳茹
责任编辑：马艳茹　张　淇
责任校对：尹春霞
责任印制：孙　瑞
装帧设计：杨　柳

出版发行：中原农民出版社
　　　　　地址：郑州市郑东新区祥盛街 27 号 7 层　　邮编：450016
　　　　　电话：0371-65753859（发行部）
经　　销：全国新华书店
印　　刷：辉县市伟业印务有限公司
开　　本：710 mm×1010 mm　1/16
印　　张：22
插　　页：20
字　　数：276 千字
版　　次：2023 年 10 月第 1 版
印　　次：2023 年 10 月第 1 次印刷
定　　价：68.00 元

如发现印装质量问题，影响阅读，请与印刷公司联系调换。

序一

我印象中的小麦育种专家茹振钢

詹桂枝

我在河南科技学院生命科技学院从事党务工作的时候，茹振钢是院里科研队伍中的"龙头老大""红色育种家"。这不仅因为他是生命科技学院党总支委员、副院长，还因为他总是一心为公，在科研方面有着突出的贡献。他视野开阔，善于审时度势、抢抓机遇、拼搏进取、开拓创新，取得了一个又一个可喜的成就。

一、"9·23 约定"

2004 年，我们生命科技学院倾全院之力向学校申请成立植物学硕士点，但没被批准。知道这个结果后，大家的心情一下跌到了谷底。第二天，我到博士实验室看望从加拿大赶回来参加"申硕工作"的博士李秀菊。她一见到我，就失声痛哭。看到她满心的遗憾和悲伤，我也忍不住落泪了。快到午饭时间时，我邀她共进午餐，顺便调整一下心情。我们正走着，碰到了刚下课的副院长兼生物技术系主任常景玲。她一见到我就问："我们咋办呀?!"话没说完，眼泪就夺眶而出。

在我们三个一起去饭店的路上，我把茹振钢也邀了过来。

茹振钢也是我们"申硕工作"的"主力军"。

一起吃饭的时候，我们四个人边吃饭边讨论。

我说："学校的资源是有限的，那么多系都在竞争。我们既然有这么强的实力，又何必局限于校内的有限资源呢？"茹振钢马上说出了自己的见解："我们应该密切关注社会需求，主动与市场接轨，不断拓展新的发展途径，通过把社会效益这个蛋糕做大来创建生命科技学院新的辉煌。"

因为都有一定的社会工作经验，所以，我们一拍即合，约定从当日扬帆起航，走向社会求发展，开创辉煌新篇章。

那天是 9 月 23 日，我们就把那个约定称为"9·23 约定"。

"9·23 约定"虽始于饭桌，但却不止于饭桌。自那天起，它便成了我们几个人努力奋斗的方向。

后来，不管谁取得新成绩，见面后大家都会激动地喊一声"9·23"。

二、小麦不育系初现

一天晚上，我和茹振钢开完会后一起回家属区。路上，茹振钢压低声音激动地对我说："詹书记，告诉你一个天大的好消息——小麦不育系培育出来了！我激动得三天三夜都没睡好觉。我先把这个消息告诉你，你也高兴高兴。"听到茹振钢这样一说，我也激动万分，说道："什么？真的吗？这真是个天大的好消息！弄出这个东西来可真是不容易，你们肯定费了不少神、受了不少累吧！"茹振钢点着头说："累！值得！我太高兴了！"茹振钢反反复复说着这句话。我俩兴奋地边走边说，从路这头儿到路那头儿，走了三个来回。

那天晚上，路上行人寥寥，只有高悬的明月一直伴着我们，我们的心里也如这明月般敞亮。我知道，这项成果对他的事业来说太重要了，他比得到任何财富都开心。

三、工作狂人

茹振钢是个"工作狂",满心都是工作,手里时常有着忙不完的活儿。

曾经有一段时间,茹振钢在工作室忙一天后,回家也要捎带着试验材料加班研究。白天黑夜连轴转了一段时间后,他彻底累倒了,三伏天盖着厚被子却仍然不停发抖,想拿点东西两手都不听使唤。

有一次,他的妻子原连庄焦急地找到我说:"詹书记,茹振钢牙疼得厉害,整夜整夜不能入睡,我叫他去医院,他总说忙完这阵子再说,都好几天了,眼看着他要被拖垮了,可怎么办啊?"我当天中午就给茹振钢打电话约他,让他下午如果没有特别离不开的事儿,抽出一个半到两个小时,跟我到市里去一趟。茹振钢以为院里有急事要办,二话不说便跟我一块到了市里。一直到了口腔医院门口,他才明白原来是拉着他治牙来了!看完病之后,他服了药便匆匆赶回工作室了。他就是这样,工作在他的心中什么时候都不能放下,都得拼命干。

在此,我由衷地道一声:"谢谢了,为国为民辛勤工作的科学家们,向你们致敬!"

四、"妈妈的味道"

这里我要说的,不是用茹振钢培育的小麦新品种做成的馒头吃起来充满麦香味的那个"妈妈的味道",而是我看到茹振钢在照顾生病的妻子时所付出的爱心,是从一个男子汉身上透出来的那种"妈妈的味道"。

那是 2017 年年底,天冷得要命,茹振钢和妻子原连庄一块到北京出差。回家前,他们特意到我家里来看我。那天,他妻子脸色看起来有点儿不对劲,似乎是病了,我连忙让她进卧室休息。他的妻子刚一进卧室,就一头栽倒在床上起不来了。紧跟在妻子身后的茹振钢心疼地说："她受凉感冒发烧了，帮我给她做点汤面条暖暖身子吧，她已经几天没有吃好饭了。"

我做好面条刚端进屋，茹振钢就一把接过去，麻利地分了一些到另一个碗里，不停地用筷子搅着面条，为了让面条快速降温，还不时地对着碗吹吹。他一手扶着原连庄的头，一手用小勺往她嘴里喂，不一会儿，就把半碗面条喂完了。

我的天哪！这么一连串娴熟的动作，看得我目瞪口呆，我一点也帮不上忙。我不由得想起，小时候生病时，妈妈给我喂药喂饭的情景。这不正是"妈妈的味道"吗！

第二天早餐时的一件事，就更让我感动了。

茹振钢刚喝几口粥就说："嗯，粥很好喝。"说着，就去了妻子睡觉的卧室。他出来后，我看他心神不定，就递给他一个煮鸡蛋。他把蛋清吃完了，却把蛋黄留在了碗底。我问他为什么不吃蛋黄，他支支吾吾说不出原因。我再一看他的表情，明白他是想把蛋黄留给妻子。于是，我说："我家鸡蛋有的是，你吃完这个，连庄醒了，想吃什么再按她的口味做新的。"他听完后，才安心地吃完了这顿饭。他对妻子的这份爱，不又是一种"妈妈的味道"吗？

五、茹振钢的贤内助——原连庄

茹振钢的妻子原连庄，是搞蔬菜研究的专家，在科研经历、科研精神、科研能力等方面，都与茹振钢有好多相似之处。

原连庄把她的蔬菜研究工作搞得风生水起。她不但出色地干好了自己的事业，更是想方设法在各方面照顾好茹振钢，和茹振钢共同撑起了作物品种培育的一片蓝天。茹振钢出成果，她和他一起开心；茹振钢的成果需要被社会了解，她就抓住一切机会帮茹振钢宣传；茹振钢在科研中遇到了困难，她更是比茹振钢还着急。在茹振钢培育出小麦不育系之前，她好像听说了什么似的，先后两次对我说："詹书记，你一定要相信茹振钢，他真的能育出大品种。我看过他培育的材料，也听过他的讲述，我相信，他真的会育出大品种，你千万要继续支持他！"我听后，虽然不知道她为什么会如此紧张，但能感受到，她是茹振钢最坚定的支持者。我宽慰她道："你放心，大家什么时候都没有减少对茹振钢的信任，不管他研究的结果怎么样，我们都会支持他。"得到我肯定的答复，她这才放下心来。

原连庄就是这样，不仅是茹振钢的贤妻、伴侣，还是茹振钢事业上坚定的支持者和助力功臣！这部《我的小麦爱人》是原连庄生病前后一边干着自己的工作一边完成的，这也足以体现原连庄对丈夫的理解与支持。这正应了一首歌里的歌词："军功章啊，有我的一半，也有你的一半。"

2018 年 2 月 22 日

（作者系河南科技学院生命科技学院原党委书记）

序二

榜样的力量

刘用生

记得爱因斯坦在赞美居里夫人的时候说过这样一句话："第一流人物对于时代和历史进程的意义，在其道德品质方面，也许比单纯的才智成就方面还要大。"我觉得爱因斯坦的这句话，同样适合茹振钢和原连庄。

茹振钢是著名的小麦育种专家，原连庄是著名的大白菜育种专家。他们培育出了许多小麦和大白菜的新品种，为社会创造了巨大的财富。然而，他们高尚的品德、宽广的胸怀、渊博的知识、坚强的毅力、热情大方和平易近人的性格、以及荣誉背后的许多感人故事，却鲜为人知。

我是 1989 年从西北农业大学硕士研究生毕业后被分配到河南职业技术师范学院（即河南科技学院）工作的。最初，我对茹振钢只有感性层面的认识，经常看到他默默地在校园南边的试验田里整地、播种、观察和收割，在学校北院的篮球场上收拾麦子，在农学楼一层的办公室里整理种子。一年四季，他好像总是在忙碌。

1996 年，我调到学校科技处工作，和茹振钢有了较多接触的机会，知道他培育出了一系列的小麦新品种。那时候，我负责科技宣传工作，经常组织一些科技下乡和科技宣传活动，茹振钢总是积极参加，非常支持我们的工作。在与茹振钢交往的过程中，我逐渐认识到，他培育出的那么多好品种，是他始终坚持一个研究方向，踏实勤恳、长期积累的结果。受茹振钢的影响，我也开始变多个研究方向为一个研究方向，把植物嫁接杂交与达尔文的遗传理论研究作为自己今后工作的研究目标。

当得知茹振钢获得国家科学技术进步奖一等奖后，我激动万分。那一夜我失眠了，想了很多。我们河南科技学院是一所普通高校，即使是在河南省，存在感也极弱。现在，茹振钢带领他的科研团队实现了河南省高校在国家科学技术进步奖一等奖上零的突破，这充分说明在普通高校里也能够做出一流的研究成果。

茹振钢取得的成就对我是个莫大的鼓舞，它增强了我的信心。我相信，如果我能像茹振钢那样坚持不懈地把研究进行下去，一定也能取得好成绩。

茹振钢对待职称的态度也深深地影响了我。在高校里，职称评定一直是困扰广大教师的大问题。据我所知，多年以来，茹振钢专心从事科研工作，一直没有参评教授职称，当了好多年的学校内聘教授。直到获得2013年度国家科学技术进步奖一等奖后，他才于2014年被正式评为教授。我在心里暗暗发誓，要像茹振钢那样，等将来做出了大的成绩后，再考虑参评教授职称。

我的爱人李秀菊，曾和詹桂枝书记他们一起定下了"9·23约定"。2017年，我申请来到河南科技学院生命科技学院工作。一方面是因为我爱人在经历了两次车祸和一次手术后，由于身体原因，不能继续为生命科技学院工作了，我想替她继续践行"9·23约定"；另一方面就是慕名而来。我知道，从事遗传理论研究，一定要向具有丰富的育种实践经验的人学习，而生命科技学院就聚集了一批像茹振钢这样的具有丰富实践经验的育种家。来生命科技学院工作后，我有了更多向他们学习的机会。

有些人可能觉得茹振钢是搞小麦育种的，就想当然地认为他的知识储备仅限于小麦遗传育种方向。其实不然，茹振钢的知识是非常渊博的。有一次我去看望茹振钢，简单寒暄后，他就开始从一个新的角度谈植物嫁接杂交的问题。我很是惊讶，他竟然还阅读与嫁接相关的文献资料，而且想法很新颖，具有启发性。茹振钢善于钻研和总结，他的理论水平也很高（比如他总结出来的小麦生态育种理论、根系酸碱适应性理论、小麦高光效机理等）。

2018 年，我和在美国工作的陈琦博士合作，在《自然》的一个子刊上发表了一篇纪念达尔文遗传理论出版 150 周年的文章。茹振钢得知这个消息后，在学校的科研群里写下了热情洋溢的两段话，高度评价了我们的研究。这让我想起十年前，我在英国的一个刊物上发表了关于达尔文遗传理论的文章后，得到北京大学饶毅教授的鼓励和支持。在我看来，茹振钢和饶毅一样，他们都是胸怀非常宽广的人，都热情鼓励和积极支持普通的科技工作者进行科学探索。当我的一些新观点遭到个别人的攻击时，茹振钢会勇敢地站出来为我说话，安慰我不要理会那些冷嘲热讽，要坚持把研究进行下去，要相信时间会证明一切。这让我感受到了前所未有的温暖。

我曾经在科学网的一篇文章里有过这样的表述：成功 = 先天 + 后天 + 上天。"先天"指先天性遗传，即人们通常所说的天资；"后天"指后天努力或奋斗，包括勤奋、兴趣、胆识、博学、思维、坚持、治学态度和方法、人际关系等多方面的非智力因素；"上天"指运气或天意，即机遇。

　　茹振钢为什么能够在事业上取得成功？我们不妨从上述三个方面加以分析。有的人天资聪明，有的人笨拙迟钝，这与遗传密切相关。高尔顿（达尔文的表弟）在 1869 年出版了《遗传的天才》（*Hereditary Genius*），证明人的智力是遗传的。我知道茹振钢的父亲非常聪明，特别爱钻研，毫无疑问，茹振钢遗传了他父亲的高智商。茹振钢在毕业分配之前，恰巧遇到全国著名小麦育种专家黄光正教授专程去茹振钢所在的学校挑选科研助手。当时黄教授只挑选一名助手，茹振钢幸运地被选中了。我想，如果不是茹振钢靠自己的聪明才智和后天的不断努力让自己在各个方面都出类拔萃，他是不可能被选中的。这就应了巴斯德的那句话："在观察的领域内，机遇只偏爱有准备的头脑。"

　　茹振钢对小麦育种有着非常浓厚的兴趣，几十年如一日，不断地学习和思考，辛勤地耕耘。他靠着顽强的毅力和坚忍不拔的精神，克服了一个又一个困难，战胜了一次又一次的挫折，终于取得了成功。

　　人们常说，一个成功男人的背后，总有一个了不起的女人。茹振钢的妻子原连庄确实是位非常杰出的女性。她培育出了 20 多个大白菜系列新品种，实现了大白菜的周年供应，并先后获得了 5 项河南省科技进步奖。茹振钢和原连庄之所以能在各自的研究领域取得成功，得益于他们的相互理解、相互支持和相互启发。成功之路满布荆棘，原连庄并没有退却，她努力撑起了大白菜育种工作的"半边天"，也主动担起了更多的家务，给了茹振钢莫大的支持。人的时间和精力是有限的，如何处理好事业与家庭的关系，如何教育子女，这都是有技巧的。在这一方面，茹振钢和原连庄为我们提供了标准范本。

　　2016 年 1 月的一天，我去看望茹振钢和原连庄。那天，原连庄给我讲述了好几个她和茹振钢的故事，我还看到了她和茹振钢的大量诗词和书信原稿。多么完整和珍贵的资料啊！如果把这些故事以及诗词书信都整理出版，将是一件非常有意义的事情，将会鼓舞许多年轻人像他们一样去踏踏实实地从事科研工作，有助于改变浮躁的学术风气。后来，我把自己收藏的《钱学森传》《陈永贵传》等送给原连庄作为写作的参考。

2019 年 12 月，当我再次去看望他们的时候，得知原连庄正在与李正禄先生合作撰写《我的小麦爱人》。又两年过去了，我很高兴地得知书稿已经基本完成。我花了几个晚上的时间，饶有兴趣地读完了书稿。

《我的小麦爱人》这本书里没有华丽的辞藻，没有空洞的说教，讲述的全都是一个个真实感人的、生动有趣的、充满正能量的故事。这些故事的背后蕴藏着深刻的人生体验和生活哲理，对年轻人有着很大的启发和教育意义。

如果说茹振钢和原连庄培育的小麦和大白菜为人们提供了物质食粮的话，那么这本书就是他们留给人们的精神食粮。作为一名科技工作者，我非常喜欢这本书。相信广大读者一定能从本书中汲取到勇毅前行的力量。

2021 年 11 月 6 日

（作者系河南科技学院特聘教授）

序三

筚路蓝缕　玉汝于成

——我认识的茹振钢

刘明久

"四十年麦田守望，成就系列辉煌；六十载砥砺奋进，胸怀报国梦想。"我与茹振钢教授相处 30 多年来，亲身感受了他坚定的政治素质、高尚的思想觉悟、忘我的拼搏精神、大胆的创新思路，也看到了他令人瞩目的科技成果和巨大的社会贡献。

下面，我把我心目中的茹振钢教授与大家分享。

一、当好助手，步入征程

1981 年农学专业毕业的茹振钢，被我国著名小麦育种专家黄光正教授看中，来到当时的百泉农专，开始了小麦育种的职业生涯。

育种是一项枯燥又辛苦的工作，像普通人员一样，茹振钢也是从整地、作畦、起垄、踩绳划行等体力工作做起。一天下来，口干舌燥、脚痛腿肿是常有的事。那时条件差，播种材料靠人抬肩扛，收获材料靠镰割人背，运输材料靠人抱车拉，考种靠手搓棒捶，因此有一部分人退出了研究队伍。这一切，茹振钢都能咬牙挺住，并能苦中作乐，逐渐爱上这一行当。那时的茹振钢头戴草帽、脚穿解放鞋、一身绿色工作服，田间一站，与农民没什么两样，赤脚浇麦，背包撒肥，挥镰割麦，一粒一粒数种子，认认真真记录。正是这种朴素、踏实的工作作风和吃苦耐劳的精神，赢得了黄教授的信任和赞誉。黄教授逝世后，小麦育种的重任压在了当时只有 30 岁的茹振钢身上，一个年轻的肩膀由此不得不扛起了我院"小麦育种"这一光荣而又沉重的担子。

二、牛刀小试　初尝胜果

1992 年，茹振钢主持培育的第一个小麦品种——"百农 62"诞生了。"百农 62"是继黄光正教授主持培育的"百农 3217"之后的又一"百农"号小麦新品种。这个品种弱春性、大粒、高产，很有推广价值。但在当时，品种的推广也是困难重重。为此，茹振钢经常奔波在田间地头，给农民讲解品种特性，普及栽培技术。

有一年 3 月的一个星期五下午，茹振钢从位于辉县市西郊的原百泉农业专科学校出发，骑了 3 个多小时的自行车，奔波近 50 公里来到延津县小店镇。他到那里已是 5 点多钟，在田间查看了小麦的长势后就去给种植户讲解春季管理技术。不知不觉天已黑了下来，因盛情难却，他便留在农户家吃饭。这下可急坏了家人。当时没有通信设备，直到晚上 11 点，茹振钢才回到了新乡的家中。自然，家人的抱怨在所难免。茹振钢却说："自己选育的品种就是自己的孩子，谁会不关心孩子的成长！"

"百农 62"的成功培育使茹振钢尝到了成功的快乐。但因在培育过程中没有重视良种繁育环节，"百农 62"的推广并不顺利。他深感：选品种不易，推广一个品种更难。一个育种家不仅仅是把品种选育出来，还得把品种推广应用到生产中去，这样才能充分发挥其增产作用。育、繁、推一体化更能体现自己对社会的价值。因此，他的任务更多了，担子也更重了。

三、扎实推进，展露风采

茹振钢的小麦育种工作，是在困难中一步步推进的。

1996 年，茹振钢主持培育的又一品种——"百农 64"（豫麦 54）通过审定。该品种因抗冻、抗病性突出，品质优良，容重高，产量潜力大，得以迅速推广，年最大种植面积达 1000 万亩以上，成为当时生产的主导品种之一。该品种同时在安徽、江苏北部推广应用，累计种植面积达 7000 万亩。自此，他在小麦育种界的地位日渐稳固。随后，他先后获得了河南省著名小麦育种专家、河南省优秀管理专家、河南省抗病虫小麦首席育种家等荣誉称号，这极大地扩大了我校的影响力。但是，品种推广的过程也是十分艰难的。

1998 年 5 月，我与茹振钢一同去驻马店新蔡县查看"百农 64"的生长情况，没想到途中突降大雨，又遇"小坑能卧牛，大坑能养鱼"的路况，我们只好下车步行，同时还要时不时地用力推车前行。车轮一转泥浆四溅，满身泥巴。就这样我们走了近 20 公里。天黑了，实在无法前行，我们只好在路边的一个十分简陋的旅馆住下，第二天一早便又重新上路。

这样的经历对茹振钢来说是家常便饭，却让我记忆犹新。茹振钢不愧为小麦育种界的"钢铁战士"。

四、再创辉煌，星光闪耀

"百农矮抗 58"，这个名字响亮的小麦品种，遍布黄淮麦区，广播中国大地。从 1996 年开始，经过 9 年时间的无数次试验、示范，这一品种终于在 2005 年通过了新品种审定。由茹振钢主持完成的"矮秆高产多抗广适小麦新品种'百农矮抗 58'选育及应用"项目，获得 2013 年度国家科学技术进步奖一等奖。

为了培育"百农矮抗 58"，"振钢节奏"一度变得飞快。记得有一段时间，他上午 10 点还在郑州开会，下午就到长沙鉴定抗病小麦材料，晚上 11 点又赶到华南农大，次日上午鉴定筛选抗赤霉病的小麦材料，下午再赶到北京参加国家项目鉴定汇报会议……累不累？的确累。他流过泪，但又擦干了；他痛苦过，但咬牙挺住了。

2014 年 1 月 10 日，在北京人民大会堂召开的 2013 年度国家科技奖励大会上，茹振钢作为国家科学技术进步奖一等奖的代表之一，接过了国家领导人颁发的证书。

中国工程院院士程顺和评价"百农矮抗 58"说："该品种是小麦育种近 30 年来的又一项突破。"著名小麦专家郭天财说："'百农矮抗 58'是政府放心、专家肯定、企业欢迎、农民满意的好品种。"农民朋友评价说："好种好管，好吃好看。"

"百农矮抗 58"是河南省高校唯一获得国家科学技术进步奖一等奖的项目成果。

五、创新不止，追逐梦想

完成"百农矮抗 58"奖项申报的茹振钢没有休息，而是很快投入到新的课题研究之中，用他的话讲就是"终于可以全身心投入到杂交小麦的研究之中了"。

茹振钢一直把袁隆平先生当作自己学习的榜样。他曾经无数次想，能否利用杂种优势使小麦产量突破 800 公斤、900 公斤？能否让我们的小麦品种像杂交水稻一样走出国门，参与国际竞争？如何实现新的突破？这些问题是茹振钢走在路上都要思考的问题。能否让新核型小麦面世？能否让百姓吃出味道、吃出健康、吃出幸福？让小麦"造福人类，服务全球"，成为茹振钢的一个梦想。

有信心，才能激发干劲；有梦想，才能迸发活力。这是茹振钢的坚守和执着。

2014 年临近春节，茹振钢同志来到河南科技学院辉县小麦育种基地，碰到附近购置年货的熟人打招呼："茹专家还没放假？"茹振钢同志诙谐地说："我们过年，小麦不歇呀。"下午，茹振钢又到智能温室收获成熟的抗病小麦材料。正月初四，他就到了办公室，开始了新一年的征程。这就是"振钢精神"。

2014 年 3 月 9 日下午，在河南科技学院学术交流中心，茹振钢接待了来自全省小麦育种界的 21 位专家，与专家交流小麦育种进展情况；第二天上午带着专家们参观完校内外基地后接着在学术交流中心开展学术交流，下午又出现在示范基地。这就是"振钢节奏"。

获奖之后，在生命科技学院举办的座谈会上，茹振钢同志动情而又谦虚地说："河南科技学院成就了我。我获得的每项成果都和大家的理解与支持是分不开的，成功属于河南科技学院的每一个人，喜悦应与大家共享。"这就是"振钢情怀"。

把学生都培养成满足社会需要，集"战略家、社会活动家、军事家、企业家、科学家"于一身的有用人才；继"百农矮抗 58"之后，把高光效品种、新核型小麦、杂交小麦推向市场，让小麦再上亩产 900公斤新台阶，把中国人的饭碗牢牢端在自己手中，让中国人民丰衣足食，让世界人民不再饥饿。这就是"振钢梦想"。

其实，茹振钢也和平常人一样，喜欢吹口哨、写情诗、哼小曲。他善解人意，平易近人。也正是他如此有"人情味"，我们对他的认识才更加深刻。在他的身上，我真切地看到了"伟大出自平凡，平凡孕育伟大"。

2019 年 5 月

（作者系河南科技学院生命科技学院院长）

目　录

第一章　出生

清朝末年，沁阳王召一户茹姓人家为了逃避荒灾，举家迁至沁阳南关，在一座破落的名为洪道寺的寺庙旁落了脚。自此，他们在南关便有了容身之处。起初，他们靠人接济度日，后来才有了自己的田地，可以依靠农耕劳动谋生过活。就这样一代又一代，洪道寺的墙根儿就成了这户人家永远的牵念。

洪道寺东几百米处的桃花园深处，乱坟林立；西边不远，是清朝名吏曹谨的荒冢。住在洪道寺旁的茹姓人家，不得不常年与古旧的寺庙为伴，同荒冢野坟做邻。

那时，洪道寺一带常有野兔鼠獾出没，能听见乌鸦水鸟长鸣。荒野上凉风萧瑟，"嗖嗖"作响。到了深夜，凄惨的鸦雀声和着那凄清的风声，更让人不寒而栗、毛骨悚然。

虽说洪道寺是个荒寂之地，但它北面不远，便是古老的沁阳城。一里之隔，两个世界。那时候的沁阳城，城墙高筑，厚重坚固。一墙一河像忠诚的卫士，守护着城里人的平安喜乐。

沁阳北依太行，南眺黄河，古称怀庆府、河内县，因城池位于沁河的阳面而得名。沁阳是千年古县，自古便为豫西北政治、经济和文化中心，素有"覃怀古郡，河朔名邦，商隐故里，乐圣之乡"之美誉。夏为"覃怀"首邑，商属京畿重地，周称"野王邑"，汉为"野王县"，隋改"河内县"，民国时期由"河内"改为"沁阳"。

沁河从沁阳城北缓缓流过，与丹河交汇于城东，济河、蟒河、干河等河流贯穿沁阳境内。滔滔不绝的沁河水，千百年来滋润着肥沃秀丽的"怀川"大地，养育着勤劳智慧的沁阳人民。

这片土地，不但盛产驰名中外的"四大怀药"（怀地黄、怀山药、怀菊花、怀牛膝），还哺育了李商隐、许衡、朱载堉、何瑭、曹谨、狼牙山五壮士之一的宋学义等一代代文人勇士。

当时光蹒跚地走过清朝末年，匆匆地越过民国，稳步迈进新时代后，在沁阳这片人文荟萃的土地上，在南关洪道寺的这户茹姓人家，我的小麦爱人——茹振钢出生了。

茹振钢出生的日期，户口本上是 1958 年 12 月 21 日，可他却说自己是 1959 年 1 月 1 日凌晨出生的。

过去，农村的家庭大多有好几个孩子，因忙于生计，很少会有人过生日。茹振钢小的时候，家里人从来没给他过过生日，所以他也没深究过自己户口本上的生日为什么是 12 月 21 日。我对此却很好奇，觉得应该弄清楚这件事情。我最初以为这是因为阴历和阳历不同导致的，找来万年历一查才发现这两个日期没什么联系。后来，有一次去丈夫老家，我想起这件事，便问了我的婆婆——茹振钢的母亲，这才找到了答案。

婆婆说，茹振钢是 1958 年阴历十一月二十一日深夜出生的。那时大家平日里说生日都习惯用阴历，上学报名需要填写阳历生日时，为了方便，便把阴历的日期往后推一个月，茹振钢户口本上的出生日期就成了 12 月 21 日。因为出生时已是后半夜，准确来说，茹振钢应该是阴历十一月二十二日出生的，那一天，正是阳历 1959 年的 1 月 1 日凌晨。

茹振钢总是感叹自己的出生是多余的，这里面还有一个悲伤的故事。

1958 年是中华人民共和国成立的第十个年头，沁阳紧跟国家政策走上了集体化道路。

那时候，村民都是社员。社员们劳动生产，都是集体组织的。大清早小队长一敲钟，大家纷纷从家里出来，聚集在一起。小队长根据实际需要给大家分派劳动任务。

茹法仁是公公的亲叔伯哥哥，茹振钢的姊妹们称他为大伯。大伯勤劳善良，性格温和，从不高声说话。他在家里是主心骨、顶梁柱，在生产队里是劳动骨干、积极分子，很有威望。

1958 年的最后一天，大伯作为生产队的劳动骨干，被小队长安排带领几个社员改造生产队的房屋，把原来低矮的房子抬高一些。在大伯的带领下，大家有的和泥，有的搬土坯，有的垒墙，干得热火朝天。

傍晚时分，正当一切准备就绪，要把房子往上抬高的时候，突然，"轰隆"一声巨响，破旧的房屋塌了！

大伯被压在了墙土之下，不幸遇难。那年，大伯还不到 50 岁。

突如其来的噩耗，震塌了茹家的天。家人们都在为大伯的丧事奔忙，根本无暇顾及正怀着第五个孩子、即将临盆的婆婆，只好请邻家的一个大姑娘来照看。没想到，半夜里婆婆突然有了要生产的征兆，但公公家与大伯家还有一段距离，去叫人也来不及了。好在婆婆很冷静，因为她生过几个孩子，有一些经验，就指点着大姑娘帮忙，终于有惊无险地生下了茹振钢。

失去亲人的巨大悲痛，淹没了新生命到来的喜悦。埋葬了大伯之后，公公看着这个嗷嗷待哺的小生命，眉间尽是愁绪。

1959 年至 1961 年，全国范围内出现了粮食和副食品短缺的危机。

在那粮食异常紧张的年月，公公怕养不活当时家里最小的茹振钢，几次想把他送人，但每次都被态度坚决的婆婆拦了下来。

听说有一次，公公将一个叫老唐的人请到家里，想让他把茹振钢抱走继养。老唐无儿无女，是个古董商人，家庭条件相对较好，公公觉得孩子到他家里生活也会好一些。可是，婆婆却紧紧抱着孩子，坚决不让送人。公公劝慰婆婆："给孩子找条好的生路，总比看着孩子忍饥挨饿强吧？要不然，我们怎么养活这五个孩子！"

婆婆怔了一下，看了眼公公，想说什么却终究没说出口，只是抱着孩子簌簌落泪。

奶奶一听公公又要把振钢送人，眉头一皱，手中的拐杖敲得地面"嗵嗵"直响。而后，一把将茹振钢抱过来，婆媳二人躲进了里屋。

公公一时也没了办法。老唐看着这情形，心里明白了七八分，不满地一个劲儿嘟囔："说是给家里人都说好了，这哪里是说好了啊！让我空喜欢一场，白跑一趟。"公公长叹了一口气，向着里屋的奶奶和婆婆高声说道："算了算了！孩子你们俩养吧！养不好可不要埋怨我！"

公公一边说一边将老唐让出了门。老唐很不情愿地离开了茹家。婆婆和奶奶算是又一次把茹振钢强留了下来。

出生时无人照顾，出生后几次三番要被送人，所以茹振钢才会时常开玩笑地说他的出生是多余的。

第二章　令人敬佩的奶奶

（一）

在茹振钢的成长过程中，奶奶是茹振钢见过的家里唯一一个祖辈的人，也是他最敬佩的老人。我和茹振钢结婚时，奶奶已经过世五六年了，虽无幸得见，但从茹振钢的言语中，不难听出奶奶对他的影响之大。

奶奶茹任氏，出生于1889年2月16日，1976年去世，享年88岁。据说，奶奶娘家家境殷实，她人也生得漂亮，浓眉大眼，方脸盘，皮肤白皙，个子中等，颇有大家闺秀的气质和风度。

奶奶是个讲究人，很注意自己的形象。每天早上起床后，她总会对着镜子将头发细心梳理盘卷，将衣服穿好理顺才出门。不管生活多么艰难，日子多么窘迫，奶奶的头发总是一丝不乱，衣服总是干净整齐。

奶奶下面还有一个弟弟和一个妹妹，可作为家中的长女，奶奶一直是她父亲的掌上明珠，备受宠爱。

爷爷的父亲是个厨师，与奶奶的父亲是非常好的朋友。爷爷是个教书先生，性格温和，谦逊有礼。奶奶的父亲相中了爷爷，与爷爷的父亲商量一番后就将奶奶许配给了爷爷。在当时，茹家与任家结亲是门不当户不对的。奶奶与爷爷结合属高门下嫁，但结婚以后，两人却很恩爱，从未吵过架。爷爷对奶奶非常体贴照顾。奶奶刚嫁到茹家的时候，不太擅长做家务活儿，对于在娘家从未做过的粗活、重活更是不知如何下手。每当奶奶遇到难题时，爷爷总会暗地里帮助奶奶，聪慧的奶奶很快便挑起了家务重任。

爷爷教书，奶奶操持家务，日子在和和美美中流淌。奶奶 36 岁那年，怀上了第六个孩子。那年腊月二十三祭灶那天，爷爷盘好煤火，一家人喜气洋洋地正准备过年，没想到爷爷却突发疾病，猝然离世。家里的顶梁柱忽然间倒塌了。

当时，奶奶的公公婆婆都已过世，爷爷的哥哥也在两年前去世，大奶奶带着她的两个儿子也改嫁了，家里就剩下奶奶一个成年人，连个帮衬的人都没有。坚强的奶奶擦干眼泪，咬着牙独自撑起了这个家。

奶奶带着 6 个孩子过活已非常艰难，可她还时常惦念被大奶奶带走的两个侄儿，怕他们被别人瞧不起，更担心两个侄儿改名换姓断了茹家的一门香火。奶奶再三思量后，与大奶奶进行了多次沟通，最终把两个十几岁的侄儿接了回来，亲自抚养。

从此，奶奶不但挑起了养育 6 个儿女的重担，还承担起了照顾两个侄儿的责任。

奶奶的娘家爹听闻此事，心疼自己的女儿，极力反对。奶奶知道娘家爹是为自己好，但是，奶奶非常看重人丁兴旺、家族传承，觉得守护茹家香火是自己义不容辞的责任。性格刚毅果决的奶奶宁愿不与娘家来往也坚持要领养侄儿。

又多了两张嘴后，本来就艰难的生活，更不容易了，家里时常吃了上顿没下顿。

奶奶的娘家弟弟只有两个闺女，没有儿子。过去没有儿子的人家在人面前也抬不起头来，所以，家里没有儿子的，就会通过收养、过继等方式要一个儿子。当时，奶奶家有两个儿子，再加上两个侄儿，可谓人丁兴旺。善良的奶奶心疼自己的弟弟，便把自己的大儿子，也就是茹振钢的父亲，过继给了弟弟。

谁知世事难料，后来茹振钢的二叔被国民党抓了壮丁，之后便毫无音信，就像是从这个世界上消失了一样。

身边一个儿子都没有了，奶奶非常伤心，整日以泪洗面。两个懂事的侄儿悄悄去了舅舅家，偷偷地把茹振钢的父亲接了回来。

日子尽管艰辛，但孩子们也一天天长大了，转眼间，侄儿们到了该娶媳妇的年龄。平时吃饭都成问题，能去哪里凑彩礼钱呢？思来想去，奶奶觉得只有嫁闺女这一条路，用嫁闺女收的彩礼来给侄儿娶媳妇。为了能多得到一些彩礼，奶奶相中的都是年龄较大的女婿，她的四女婿更是比女儿整整大了 36 岁。就这样，奶奶给两个侄儿和儿子都娶了媳妇。

（二）

茹振钢的父亲成家以后，因为第一个孩子是龙年出生的，奶奶就给孩子起名天龙。不幸的是，天龙还没过 3 岁，就在 1942 年大饥荒时饿死了。死的时候，他的手里还握着几颗咬不动的玉米粒。

奶奶觉得大孙子之所以会夭折，或许是因为天龙这个名字太大了，于是后来再给子孙们起名时，就起一些特别接地气的小名，如小权、小堆、小钢、砖头、墙头等。

后来，在以挣工分为主的年代里，为了减轻家里的负担，奶奶主动承担了照料孙子、孙女日常生活的任务。

每晚睡觉前，奶奶都要数一数躺在床上的人头，看看孩子们都回来了没有。奶奶喜欢让孩子们在门前量身高，每当看到他们哪个人又长高了，就会非常开心。

去姑姑家走亲戚时，每逢吃到什么好东西，奶奶就会念叨说："家里的孩子们也喜欢吃。"姑姑特别懂得奶奶的心，马上回话："娘，放心吃吧，还给您的孙子们留着呢！"吃过饭，奶奶就坐不住了，拿上东西就回家了。

奶奶是家里的大管家，操持着全家的日常生活，过日子精打细算。家里的粮食够不够吃，粮食应该怎么搭配着吃，碗筷少了没有，家具、农具够不够用等，全部都由奶奶统筹管理安排。

家里人都很敬重、孝顺奶奶。吃大锅饭的时候，每当打饭回来，婆婆总会先把稠一点的饭盛到奶奶碗里。可是，奶奶会把盛好的饭重新倒回桶里，搅匀了再盛。过完年后剩余的糕点，奶奶会平均分给每个人。大家觉得奶奶应该多吃一些，纷纷把自己的那份拿出一块送给奶奶。奶奶笑着接过去，在手里暖一暖，就又原样还了回去。

奶奶就是这样，把所有的爱都给了子孙们。

老话常说要当面教子，但在茹家孩子们的记忆里，奶奶在人面前很少批评他们。即便他们犯了错，奶奶也不会用打骂的方式来解决问题。奶奶讲道理时总是点到为止，给对方留下感悟的空间。她更多的是用自己的实际行动来潜移默化地影响后代。

奶奶常说一些很有哲理的话：有饭送给饥人，有话说给知（心）人；饭要趁热吃，事要当即办；精三分憨三分，留下三分给儿孙；干大事就必须有作大难（吃苦）的准备；要想干成事，就一定要有毅力；小事靠冲劲，大事凭毅力。

奶奶的这些话，像春风化雨一样影响着茹家的子孙。每当遇到挫折或困难，这些话总能鼓舞、激励他们，给他们无穷的力量。

奶奶不但是茹振钢非常崇拜的人，也是他最挂念的亲人。

有一次奶奶病了，好多天都不想吃东西，才上小学五年级的茹振钢心里非常着急，总想着怎样能给奶奶找些可口的食物。那时候，一般人家都舍不得买苹果，只有在走亲戚或办事时，才会用粮食换几个。茹振钢便想着，要是能让奶奶吃上苹果就好了。有一天割草时，他发现边上的苹果园放园（放园：苹果采摘完之后，果园不再有人看护，外人可以随意进入。作者注）了，便抱着试一试的心态提着篮子飞快地跑进了果园。

在果园里，茹振钢满怀渴望地寻找，但跑了几个来回，除了时不时踩到的落叶下已经腐烂的苹果，在随风摇晃的枝头上，竟然连个指头肚大的苹果也没有。他失望极了，灰心丧气地准备离开。这时，茹振钢隐约看到，果园角落的一棵苹果树低垂到荒草中的树枝上，有一个圆圆的东西。他激动地跑过去，定睛细看，竟然是一个鸡蛋大小的完好苹果！

茹振钢欣喜若狂地摘下苹果，像宝贝似的贴在胸口暖了暖，然后小心翼翼地塞到了装满青草的篮子中间，高高兴兴地回家了。

到家后，茹振钢把苹果洗了洗，小心翼翼地削掉皮，又将苹果切成小碎块，端到了奶奶的床头。几天不想吃东西的奶奶看到苹果后，先是用鼻子闻了闻，又很珍惜地吃了一小口。瞧着奶奶开口吃东西了，茹振钢非常开心，慢慢地哄着奶奶把整个苹果吃了下去。可能是因为苹果有开胃的功能，奶奶有了食欲，逐渐地开始吃饭了。这让茹振钢非常满足，非常有成就感。奶奶更是高兴地说："是孙子的孝心治好了我的病。"

第三章　痴迷钻研的公公

（一）

茹振钢曾说，正是公公那种刻在骨子里不轻言放弃的钻研劲头，给了他迎难而上、砥砺前行的精神动力；是公公那种天性清高、再穷也不占便宜的性格特点，让他从小就养成了光明磊落、坦坦荡荡的行事风格。

茹振钢的父亲，名叫茹法礼，1914 年农历正月初八出生，1989 年农历九月十九去世，终年 75 岁。

公公个子不高，眉头常紧皱着，不怒自威。

公公身上常常带着两个宝贝——一个是别在腰间的烟袋，一个是挂在身上的鲁班凳（鲁班凳，俗称"瞎掰"，传说是鲁班发明的，打开可以当小板凳，合上可以当枕头，便于携带。它全靠榫卯结构连接支撑，经锯、刨、磨、钻、凿、抠等十几道工序加工制作而成的。编者注）。

天热的时候，公公常敞怀穿着白布衫，走路带风，一副潇洒的派头。天冷的时候，他会在头上裹一条白羊肚毛巾，穿一身黑色的衣服，腰间常常系着一根粗布条。

公公是奶奶的心肝宝贝，特别是二叔音讯全无之后，奶奶对公公更是视若珍宝，非常娇惯。这大概也是公公天马行空、我行我素、不太为家庭琐事操心的性格形成的原因。但公公头脑灵活，点子很多，街坊邻里一旦遇到了难办的事，就会去找他商量。

公公喜欢钻研，遇到难题时，总能找到解决问题的关键因素，用简单的方法来处理复杂的问题。

公公有一手蔬菜育苗、选种、留种的绝活，堪称当地蔬菜方面的"土专家"。大白菜的大株选择、小株繁种技术，甘蓝的分株采种技术，芹菜、胡萝卜等蔬菜种子的催芽技术等，他都非常精通。

公公育出的甘蓝苗，苗势健壮，结出的甘蓝品质好、产量高。那时候，他已经能够在春天育出不抽薹不开花的甘蓝苗了。芹菜种子在夏天很难发芽，这是因为芹菜种子在高温下处于休眠状态。在那个没有冰箱的年代，公公会把种子装在小布袋里，让种子先浸透水，然后用绳子将小布袋吊至距井水水面很近的地方。夏天的井水是凉的，井里较低的温度可以促使芹菜种子发芽。

我是做蔬菜育种工作的，从公公那里也学到了不少蔬菜育种与栽培方面的技巧，受益匪浅。20 世纪 80 年代初期，我收集蔬菜种质资源的时候，公公将他多年集存下来的珍贵材料全部给了我。

早年间，农村里黄鼠狼频繁出没，人们深受其扰，不胜其烦。好多人家眼看着自家鸡的数量在一天天减少，可就是束手无策。于是，公公就开始研究黄鼠狼的生活习性和活动规律，琢磨捕捉黄鼠狼的方法。

那段时间，只要一听说哪里有黄鼠狼出没，公公便立马放下手头的活，跑去实地察看。不管是数九寒冬还是三暑盛夏，不管是破屋乱坟还是荒沟河边，只要有黄鼠狼活动的踪迹，他就会不分昼夜地蹲守观察。

就这样，公公渐渐熟悉了黄鼠狼的活动规律和生活习性，还设计制作了用来捕捉黄鼠狼的专用工具"夹夹弓""阎王洞"，成了捕捉黄鼠狼的高手。

秋天，公公会在一些隐蔽的地方放上一些玉米秆，留出供黄鼠狼出入的通道和空间，给它们营造一个看似安全的藏身之处，诱导黄鼠狼按照他的设计调整活动路线，跳入布设好的圈套中。冬天，公公常在雪后根据地上的鸟兽爪印，结合黄鼠狼的生活习性，推测出它的活动范围，圈定其藏身之处。黄鼠狼要是藏在坟墓中，公公就在洞穴不远处，正对着洞口摆上一个"阎王洞"；要是藏在河岸或斜坡中，就在其必经之处下一个"夹夹弓"。

有一次，公公无意间发现南关城墙上荒废已久的洪福楼裂开了一道缝儿。经过仔细观察，公公推测洪福楼的城墙夹缝里有黄鼠狼。于是，他就在那里放了一个"夹夹弓"。第二天早上，公公过去一看，果然有一只硕大的黄鼠狼被夹住了尾巴。这只黄鼠狼毛光肥净，身子有二三尺长，像个粗大的瓠瓜。从全身闪闪发亮的紫红色皮毛来看，它是个珍稀品种，非常值钱，公公高兴极了。可仔细打量了这只黄鼠狼后，公公发现它怀有崽儿，杀了实在可惜，犹豫再三还是把它放了。后来公公提及此事时，还会惋惜地说那是他见过的最大、毛色最漂亮的黄鼠狼。

公公自己琢磨出了一套完整的捕捉黄鼠狼的技巧。公公说，黄鼠狼在下霜前卖不上价，下霜后，天越冷越值钱。因为天越冷，黄鼠狼身上的绒毛越细密柔亮，它尾巴尖上的毛做成的狼毫便也越珍贵。

那段时间，公公捕到了不少黄鼠狼，自己赚了些钱，周边村庄的鸡也安全了许多。

（二）

当年，洪道寺附近的河沟里有一种常见的火头鱼，人们也叫它黑鱼。

公公经过一段时间的观察，发现哪里有鱼苗哪里就一定会有大火头鱼，因为成群的鱼苗都是由大鱼带着活动的。因此，一看到有鱼苗，公公就开始忙活了：他在一根长竹竿前端拴上一条绳子，绳子下面系上一团乱麻般的头发，然后将其丢至鱼苗活动的地方。水起涟漪，惊动了潜伏于水底的大鱼，大鱼会迅速游上来，大口吞下那团头发以保护自己的孩子。站在岸边的公公看到绳子下沉后，迅速将竹竿向上一甩，大火头鱼便被顺势甩到岸上来。公公知道大鱼通常是一公一母成双成对活动的，于是，他会静下心来再等一会儿，用同样的方法把另一条大鱼也钓上来。公公既不下水，也不下网，还不用鱼钩，就能捉到两条大火头鱼。

后来，沁阳城边建起了工厂。随着工厂越来越多，河水污染越来越严重，火头鱼的数量也越来越少了，公公钓鱼的绝招也渐渐地没了用武之地。不过，老鳖的生存能力比较强，河里还有不少，公公便又转而琢磨起了捉老鳖的方法。当然，他不出意外地又成了捉老鳖的行家里手。

公公喜欢说书讲故事。为了能说好书、讲好故事，公公真是下了不少功夫。只要听到哪里有人说书，不管多远，他都要赶过去，有时甚至连饭都顾不上吃，也要去学习人家的说书技巧。公公虽然不识字，但是他的记性特别好，只要听人讲一遍，就能把故事梗概记得八九不离十。

那时候，村里的男人们常常端着饭碗到街口的饭场吃饭，那里便是公公的舞台。他一到饭场，把随身带的鲁班凳往屁股下面一塞，便一边吃饭一边绘声绘色地讲开了。他说书时，常会加入一些自创的内容，大家都很喜欢听，自然而然，他就成了饭场的中心。公公说书的时候非常投入，常常讲着讲着就入了迷，把碗筷忘到饭场便成了常事，奶奶事后去找被落下的碗筷也成了常事。不过，公公的烟袋和鲁班凳倒是从没有丢过。

公公肚子里装了很多段子，《小八义》《三侠五义》《薛仁贵征西》《雷公子投亲》《三国演义》《水浒传》《封神演义》等，没有公公不会讲的。

家里的孩子们也许是自幼受到公公的熏陶，口才都很好，在人前或多或少都能讲上几段故事呢！

公公讲的故事都是劝大家做好事的。平时，他看上去对孩子们不管不问，但是谁要是犯了原则性错误，公公可是不会饶恕的。他经常会严肃地皱起眉头告诫子女们，说："做人是应该有骨气的，即便再穷，都不能偷拿别人的东西。谁要是犯了我的戒律，我就打断谁的腿！"

尽管公公不善于料理家务，但不让孩子们学坏便是老人家的最大功劳。

第四章　勤劳的婆婆

（一）

茹振钢曾不止一次说过，对他勤劳、善良性格形成影响最大的人是自己的母亲，我的婆婆。

婆婆名为沈荣枝，1922 年出生于沁阳东关的一个普通农家，2014年去世，享年 92 岁，是茹家落户城关以来寿命最长的老人。

婆婆有三个哥哥两个姐姐，她是家中最小的孩子。在茹振钢的姥爷过世后，因大舅嗜赌成性，姥姥便带着未成年的婆婆，与二舅一家一起生活。后来，二舅为了让刚生完孩子的舅妈用上水，违反禁令到国民党驻军附近打水，被射杀了。

1938 年春天，日寇侵占了沁阳。姥姥为了护小女儿周全，四处央人说媒。当年夏天，16 岁的婆婆便嫁到了茹家。

婆婆出嫁那天，突降暴雨，沟满河平，四处积水。好在公公家所在的洪道寺地势很高，没有被淹。送亲的人蹚着水把婆婆送到城墙上，沿着城墙将婆婆从城东关送到城南关，又让婆婆坐在大木盆中，顺水推到了茹家。

公公比婆婆大 11 岁。按理说，成家后，年龄较大的公公应该多照顾婆婆一点，可是，公公不操心惯了，结婚后他依旧沉迷于自己的爱好中，年方 16 岁的婆婆不得不承担起茹家的生活重任。

出身穷苦人家的婆婆很快成了奶奶的好帮手、好搭档。平日里，粗活、脏活、累活婆婆总是一马当先抢着干。除了种地和拾柴烧火等日常家务，一有空闲，婆婆还会做些小生意补贴家用。

婆婆对奶奶非常好：饭菜做好后，婆婆总会先给奶奶盛；饭食不多时，先尽着奶奶吃；有好吃的东西时，先让奶奶品尝；白面稀缺时，婆婆常常把仅有的一点白馍存起来留给奶奶吃；吃大锅饭的时候，也总是拣稠的先给奶奶盛。

婆婆嫁到茹家时，茹振钢的五姑尚未出嫁，已经出嫁的四姑也常住娘家。两个姑姑聪明灵巧、能言善辩、行事有礼，婆婆却是个大大咧咧的人，说话不分轻重、行事风风火火。姑嫂间年龄相仿，但生活习惯、做事风格却迥然不同，日常生活中难免会产生冲突和摩擦。但婆婆诚心待人，为了全家的生计，常常冒着生命危险到日军驻地附近寻找食物，并想尽办法来保护和亲近家人，这让姑姑们非常感动。

婆婆对姑姑家的孩子疼爱有加。每到自家院子里的枣子成熟时，厚道的婆婆总会让姑姑们带上自家的孩子来吃枣，临走的时候还要大捧大捧地往篮子里装，尽量让她们多带些。奶奶感觉装得太多，便给婆婆暗使眼色，甚至还悄悄捏捏婆婆的手，示意她差不多就行了，可婆婆却装作没看见，继续往篮子里装，必须装得满满的才行，把奶奶急得将拐杖往地上"咚咚"直捣。

（二）

在小事上，婆婆尽可能让着公公，可一旦遇到原则性问题，她却会据理力争，寸步不让。

婆婆觉得孩子们只有上学才会有出息，所以即使家里很困难，她也坚持让孩子们去学校读书。

那时候，农村一般都是只让男孩子上学，女孩子大多都成了文盲。但是，婆婆却坚持让家里的女孩都去读书。茹振钢的大姐茹玉兰就是在婆婆的坚持下才有机会上学的。

有一次，茹振钢的大哥被老师批评后很生气，搬着凳子回家跟公公说不想上学了。公公不以为意地说不想上就不上吧，但婆婆却坚决反对。在婆婆的百般劝说下，大哥仍态度坚决地不去学校，一向温和的婆婆气得要打他。公公语气强硬地说："不能打孩子！如果你非要逼着他去上学，我就带着他单独过！"婆婆毫不退让："单独过就单独过，就是分了家他也得去上学！"就这样，大哥被逼无奈，只好硬着头皮又上学去了。

在婆婆的坚持下，家里的孩子都接受了一定程度的文化教育，为他们以后的人生打下了良好的基础。

大姐茹玉兰，初中毕业，曾当过大队的妇联主任；大哥茹振电，高中毕业，当过县办企业采购员，会作诗，能写一手漂亮的毛笔字；二哥茹振生，在学校成绩非常出色，可惜的是在 12 岁的时候得了脑膜炎，因用药不当耳朵聋了，只能退学，好在他有一定的文化基础，可以用文字与人交流，后来还有了一技之长，是盘煤火的高手；二姐茹月琴能打会算，善经营，很会做生意；四弟茹振方，高中毕业后又上了制革学校，是个制革能手，还创新了几款配方，生产出了不少皮革新产品。

婆婆年轻的时候是种庄稼的好手，犁耧锄耙都敢抓。奶奶夸她是个什么都敢干、什么都敢上、是风也要抓一把的穆桂英。

为了补贴家用，婆婆除了在地里干活，还要抽时间挑着担子去沁阳城里卖菜。婆婆实在、可信，所以她的菜总是卖得很快。

为了养家糊口，婆婆这担子一挑便是大半辈子。

有一年，婆婆从广播里听说四姑家所在村的麦场着火了，她担心四姑家没粮吃，便立马放下手里的活儿，背上几十斤粮食去了十多里外的四姑家，晚上十二点多才赶到。她到了以后才知道，四姑家没事，着火的麦场是四姑邻居家的，隶属于另一个生产队。婆婆二话不说就把那几十斤粮食送给了四姑的这个邻居。

婆婆仁义善良、乐于奉献的品性深深地刻入了茹振钢心里，感染、熏陶着他。在茹振钢的人生征程上，他时刻把奉献和付出作为最大的快乐。

茹振钢深深爱着自己的母亲，但又无暇顾及，内心总有许多的愧疚。每次离家之前，茹振钢总会两手扶着婆婆的肩膀，用头碰着婆婆的额头说："妈，儿子对不起您，不能在您的身边好好尽孝，您一定要健健康康的，您是儿子最大的精神支撑！"婆婆也总会叮嘱他："你忙自己的吧，不用挂念我。妈没啥本事，也没帮衬你什么，你照顾好连庄她们娘儿俩就行了。我这里挺好的，别为家里操心。"

有一次，我们回老家探亲时，为了让婆婆高兴一下，就召集老太太的所有儿女及晚辈们，来了个大聚会。整场聚会都以婆婆为中心，让她这个大家长首先发言，请她唱了她唯一会唱的一首歌——《东方红》。老太太哪里经历过这样的场面，真是高兴得不得了！

聚会结束后，婆婆沉浸在热闹温情的氛围中，久久不能平静。在我们即将回新乡的时候，婆婆叫住我，刚准备说话，又听到后面有脚步声，回头一看，发现弟妹走过来了。于是，她举起了两只手，一只落在我肩上，另一只落在了弟妹肩上，说道："妈以后都靠你们了呀！"听到这句话，我们三个人都开心地笑了起来。

婆婆去世前的半年时间里，精神状态每况愈下。但当茹振钢拿着国家科学技术进步奖一等奖的大红证书来到婆婆面前时，婆婆一下子精神起来了，拉着茹振钢的手说："幸亏当时没把你送人，妈这一辈子再苦再累也值了！"婆婆还高高兴兴地戴上茹振钢的奖章，拿着大红证书照了相。

第五章　童年记忆

（一）

1959 年，秋收大忙时节，婆婆和其他哺乳期的妈妈们一样，要带着茹振钢去地里干活。干活前，大家都薅些杂草铺在田间的坟头旁，把自己的孩子用小褥子裹好放在上面，干活期间偶尔远远看上一眼，抽出空后再喂喂奶。

茹振钢说，他的记忆就是从那天开始的。他记得天上有白云飘过，记得头顶有小鸟飞来飞去，还记得自己被塞进衣服里的麦穗弄得很不舒服……

茹振钢还记得两岁多的时候，有一次跟着哥哥姐姐去大食堂打饭，回家途中，哥哥姐姐在下坡的时候没有掌握好平衡，不小心把抬着的一桶稀饭洒了一地。姐姐一边哭，一边把洒在小土坑里的稀汤捧起重新放到桶里，又把洒在地上的青菜叶捡起来，塞进他的嘴里。

后来，说起这些事，家里人都不相信那么小的孩子会有记忆，这让茹振钢感到非常委屈，他说这些画面是一直刻在自己的脑海中的。

事实上，他记忆中的这些事确实发生过。

婆婆说，茹振钢出生的时候，正是困难时期。因为大炼钢铁，家里铁锅之类的铁器都被收走了，群众必须吃由生产队统一做好的大锅饭，不允许自己在家做饭。那几年，由于吃不饱饭，妇女们怀孩子都比较困难，奶水更是少得可怜，吃奶的孩子们总是饿得直哭。那天在收工的路上，茹振钢哭得都没劲了，婆婆边走边在收割过的麦田里寻找，看看能否找到一些可以让孩子充饥的东西。她从割过麦子的小分蘖上发现了几个弯在地下的半熟麦穗，急忙摘下来，塞进了茹振钢的衣服里。回到家里，婆婆将半青不黄的麦穗捣碎，用细布篦出汁液后在火上煮了煮，一勺一勺地喂给茹振钢喝。喝完没多久，他便香香甜甜地睡着了。

洒饭那件事，姐姐也记得很清楚。一桶稀饭洒了以后，姐姐拿着木棍，哥哥提着木制饭桶，茹振钢跟在后面，姐弟三个人哭着走进了家门。婆婆没忍心责怪伤心的孩子们，找生产队的司务长说明了情况。司务长很善良，给了婆婆一碗杂粮面，让婆婆自己熬了一锅稀粥，全家人这才吃上了饭。

不知道多大的孩子会有记忆，上面这些事情说不清到底是茹振钢的原始记忆还是后来听别人讲述时才刻入脑子里的，但茹振钢的记忆力超凡却是千真万确。我们俩共同经历的事情，好多我都不记得了，他却还记得清清楚楚。

（二）

1963 年冬天，18 岁的大姐茹玉兰要出嫁了，5 岁的茹振钢非常高兴，因为他不仅可以看热闹、看花轿，更重要的是还可以去送大姐，去坐席吃好东西。

可到了姐姐出嫁那天，当花轿伴随着热闹的唢呐声来到茹家门口时，茹振钢却只能躺在被窝里干着急，因为他没有裤子穿。自己仅有的一条棉裤前一天被弄脏了，婆婆把裤子拆洗后还没来得及缝好。

下不了床的茹振钢在屋里使劲喊闹，可婆婆正忙着迎接新女婿、送大姐出门，根本无暇顾及他。掌勺的师傅听到喊声，给茹振钢送来了一片大肥肉。在那个缺吃少穿的年代，能有肥肉吃真是太幸福了，茹振钢坐在被窝里，津津有味地吃了起来。

等婆婆终于忙完回到屋里，茹振钢迫不及待地问："姐姐走了没？"得知姐姐已走，茹振钢顿时大哭起来："咋不叫我去送大姐呢？"说着就要跳下床去。婆婆赶忙找来了一条大棉裤，把裤腿卷了好几圈，如同往布袋里装南瓜似的把茹振钢塞了进去。茹振钢慌忙跑到大门口，可是，送亲的队伍连影子都没了。

这件事情虽然已经过去了几十年，但没能送大姐出嫁，成了茹振钢心中永远的遗憾。

（三）

茹振钢家东边一里多地有一个遍布乱坟的桃园。春天里，桃花娇羞迷人；夏天时，桃树上果实累累。但是，大人们常说那里有鬼魂出没，于是，桃园便成了孩子们心中的恐怖禁地，他们都不敢进去玩耍。

在距桃园不远的干河河堤上，也生长着一些野生桃树。干河与沁河平行，都源于济源境内太行山脉的五龙口，沁河流经沁阳城的北边，干河流经沁阳城的南面。干河虽然远远小于沁河，但在当时，一年四季河水长流，它的下游还有几个分支，浇灌着沿途的许多庄稼。春暖花开时节，干河清澈的水面漂浮着各种水草，河堤上绿草茵茵、桃花点点，这里是孩子们玩耍的好去处。

虽然河堤上的桃树结出的果实个头不大、又苦又涩，但这个品种的桃核却是一味很好的药材。于是，一到桃子成熟的时候，茹振钢就和小伙伴们跑到河堤上捡桃子，把桃核剔出来卖给药店。

一次，茹振钢正和小伙伴们捡桃子的时候，空中突然传来了飞机的轰鸣声。在当时能见到飞机是件稀罕事，所以大家都很兴奋，在河堤上又蹦又跳地欢呼："我们看到飞机了！我们看到飞机了！"这时，茹振钢突发奇想，对大家说："咱们把这些桃核种到地下吧，等它们长成树，就会结更多的果实，咱们就能捡到更多的桃核，赚更多的钱。等有钱以后，咱们就自己建一个飞机场，想去哪里，就坐上飞机飞到哪里，怎么样？"

小伙伴们都被茹振钢的宏伟构想吸引住了，一致同意，一起兴奋地把桃核埋在了土里，也种下了童年的梦想。

（四）

茹振钢小时候还经常和小伙伴们到离家不远的曹谨墓园玩耍。尽管那里也是墓地，但却很大很规整，不像桃园里的那些又小又乱、令人恐惧的乱葬坟茔。

在一个连绵的阴雨天，因为外面道路泥泞，玩耍不便，百无聊赖的茹振钢便躺在用架子车搭成的木板床上，天马行空地胡思乱想起来。想着想着，他发现了一个问题：曹谨的墓园和桃园的坟茔是完全不同的，曹谨的墓园非常气派，他都去世那么长时间了老百姓还能清楚地记得他，时常赞美他；而桃园里埋着的那些人，却没人知道他们姓甚名谁。这是为什么呢？

思来想去，茹振钢得出一个结论：谁对社会贡献大，就容易被老百姓记住；谁对社会贡献小或者没有什么贡献，就会被人们遗忘。他暗暗下定决心，自己一定要成为像曹谨那样干大事的人，在世上留下好名声！

（五）

茹振钢 10 岁才开始上小学。

当时，全国各地都在轰轰烈烈地开展扫盲运动，村里小学教室非常有限，所以他上学晚了几年。上学后虽然不需要交学费，但学习用具需要自己买。茹振钢知道家里困难，课余时间便想方设法挣钱，以减轻家里的负担。年纪小的时候，他提着篮子拿着镰刀到村口附近割些青草，喂家里的小兔，小兔长大后可以卖掉换钱。

随着年龄的增长，他便开始和同学们一起推着小车跑到20多里外的野地去割草。这些草除喂小兔外，还能拿到生产队里喂马喂牛以换取工分，这样便能分得更多的粮食。

割草时，小伙伴们在村口集合之后，就推着小车排着队，欢快地向着野地跑去。茹振钢在学校是班长，割草时自然也承担起了计划统筹的领导任务。

车上装满草，留下一个人看车子后，茹振钢带着其他同学去寻找下次要割的草地。找到新草地后，他们会根据地理位置和草的长势情况对草地进行编号，安排割草的顺序，这样，大家每次都能割到满满的一车好草。

有一次，他们在村口不远处发现了一块新草地，离家很近，所以大家商量好第二天起早一些，在上学之前把草割掉。

半夜里，睡得迷迷糊糊的公公听到自家的大门响了，便起来查看，结果发现茹振钢不见了。他在外面转了一大圈也没有发现儿子的踪影。公公心慌意乱地回家准备喊大家起来一起寻找，一进屋却发现茹振钢已躺在床上，睡得正香。

第二天一问才知道，原来，茹振钢心里惦念着要早起割草，睡梦中感觉同学在喊自己，看看窗外有亮光，他以为该起床了，急忙穿上衣服，推着小车来到和同学们约定的地方。他等了好一会儿，左看右看却不见人来，这才发觉自己将皎洁的月色错看成了发亮的天色，便悻悻地推着小车回来了。

　　沁河、干河、丹河、济河、蟒河等河畔，都是挖药材的好地方。在早春或秋冬时节，茹振钢还会和小伙伴们一起去挖小白蒿、蒲公英、野菊花、土黄芪等药材。夏天和秋天的时候，他们还会去树林或河岸边捡知了壳，知了壳也是一种药材。

　　除此之外，茹振钢偶尔也会捡些废旧物品卖给收购站。为了不丢面子，他让妈妈在自己衣服上缝了两个大兜。这样一来，见到废旧物就捡起来装到大兜里。

　　那时候，在距离茹振钢家1里多的军营围墙外，有一条荒河沟，那是驻军集中倾倒垃圾的地方。每天早晨，附近不少老百姓早早就盯着那里，等着捡些有用的东西。虽说茹振钢家离军营很近，但是，他都是在距家很远的地方顺路捡些废旧物，绝不愿意在家门口与邻居们争抢。

　　有一天早上，茹振钢与弟弟起得比较早，路过军营附近时，发现河沟旁的草地上倒了一堆废铁渣。这一堆废铁渣看起来得有十几斤。当看到这一堆宝贝时，弟弟两眼放光，弯下腰来便去捡，可茹振钢却摆摆手不让弟弟拿，并且说："我们先走，等到实在没人要的时候我们再来捡走。"弟弟停了手，不情愿地跟着他往前走，但越想越觉得可惜，于是，不顾茹振钢的劝阻，转身就往回跑。跑到地方一看，那堆废铁渣已没有了，弟弟气得直跺脚，回家后在母亲面前好好告了哥哥一状。茹振钢却不以为意地说："别人需要的东西，我们就别去争抢！"

（六）

　　上小学的时候，丁洪金是茹振钢最要好的同学，他们还是姑表兄弟。丁洪金比茹振钢小两岁，家住沁阳城内。他人长得帅气乖巧，衣着打扮也比较讲究，老师和同学们都很喜欢他。

有一段时间，茹振钢时常把头发理得很短。丁洪金对他这种既不是光头又不像小平头的发型十分好奇，就问道："振钢哥，你这是什么发型呀？"

茹振钢说："这是我自己发明的，头发的长度和麦粒差不多，所以叫麦粒头，这种发型既不是光头，也比小平头撑的时间长，既省钱又省梳洗的时间。"

冬天天冷时，茹振钢时常在头上裹一条蓝白道相间的毛巾御寒。

茹振钢是班长，经常会站在讲台上给同学们讲话，丁洪金觉得他裹着毛巾的形象不佳，就劝他把毛巾去掉。茹振钢说："你看过电影《地道战》没有？"当时上映的电影并不多，《地道战》是大家看过无数遍的电影，几乎每句台词大家都能背得出来，丁洪金当然知道里面的英雄人物高传宝就是这种装束，他理解了茹振钢的意思，便不再说什么了。

茹振钢和我结婚后，偶然说起这件童年趣事，他当即拿来毛巾往头上一裹，给我示范了一番，得意地说："头顶系上白毛巾，既省钱又透气，还保暖，真是一举三得。"

那时候，丁洪金放假后经常到姥姥家小住。这样不仅可以与表哥一起学习一起玩儿，还可以听舅舅讲故事，看舅舅打猴拳。丁洪金特别喜欢这个有趣的舅舅。

放秋假的时候，茹振钢会带着丁洪金去小河里摸荸荠。荸荠的叶子是细长的三棱状，与水莎草的叶子相似。茹振钢站在河岸上就能看出哪里长的是荸荠，哪里长的是水莎草。一发现荸荠，他就把鞋子一脱，挽起裤腿跳到河里。他们从小就生活在这里，对这里的一切都非常熟悉，知道这条小河的水较浅，最深的地方也只会淹到小腿肚，不会有什么危险。

　　说是摸荸荠，其实是用脚探找。找到以后，用脚趾顺着茎秆把它往上一挑，荸荠就出来了。挖到一个荸荠后，两个人就会咬开分着吃。

　　五年级的时候，有一天，茹振钢和丁洪金利用课余时间去拉砖挣钱。茹振钢驾辕，丁洪金拉长套。两个人要拉着一车的砖从沙岗走到沁阳剧院。这一路有七八里，走到一条小河边时，他们又累又渴，就停下车去河边喝水。那时流动的河水没什么污染，能直接喝。他们先丢了一片叶子进去，看到叶子慢慢漂走，知道这是活水，就用手一捧一捧地喝了个够。

　　一块儿砖挣一分钱，俩人一天下来拉了两趟，一共挣了 4 元钱，每人分了 2 元钱。

　　丁洪金拿着钱，高高兴兴地跑回家去给自己的母亲报喜，没有想到，母亲却劈头盖脸地说了他一顿："你俩拉砖用的是你哥家的车，他又比你出力大，家里又比我们家困难，你怎么能和哥哥平分钱呢？"

　　丁洪金嘟囔道："又不是我要平分的，是哥给我的。"

　　"就是你哥给你的也不能要，你只是去给你哥帮忙的。"

　　"那回头我就把钱还给哥吧。"

　　…………

　　遇见困难就上、见着好事就让的处事原则，在奶奶长年累月的耳提面命下，深植在了茹家子孙的心中。

（七）

　　茹振钢上初中以后，每逢节假日都要参加生产队里的劳动。

　　有一年的深秋，他与小伙伴们一块去干河南面的地里干活。当大家走到干河桥上时，一个骑着二八式高粱自行车的年轻姑娘与他们擦身而过。忽然，对面来了一辆大卡车。当时的干河桥既窄又简易，桥边的扶手只有一尺来高。女孩看到又高又大的卡车后，感到自己已没路可走，急忙想下车。但因她自行车后面带着的是装满湿面条的长篮，又大又沉，前面又有高梁横着，慌乱中，怎么也下不了车了，三摇两晃连车带人摔到了河里。

茹振钢他们见状，马上跳到河里去救人。把人救上岸后，四个人又去打捞已被水冲出一段距离的自行车。

女孩站在岸上，像落汤鸡一样，吓得嘴唇发白，冻得浑身打战，连一句话也说不出来了。于是，茹振钢一边安慰女孩，让小伙伴带她到不远处的农户家里把衣服拧干，一边组织小伙伴把自行车清理好，把一篮面条洗干净放在后座上。女孩说她是负责给生产队里干活的人做饭的，如果面条被冲走，大家的这顿中午饭就泡汤了。女孩千恩万谢后与他们挥手告别。

那时提倡的是做好事不留名，要做无名英雄，所以他们几个小伙伴商量后，决定谁也不能说出这件事情。于是，他们对谁也没再提起，这件事成为埋在大家心底的秘密。

干活时，茹振钢从不惜力，但与单纯埋头苦干的人又有不同。他常常是一边干活一边思考问题。

有一次，在"三夏"大忙捡麦穗的时候，茹振钢觉得地里的麦穗太小，心里就开始琢磨：如果麦穗能大一些就好了，这样产量就能提高了。秋天往地里运粪，又脏又累，他就又想：如果能有机动车就省劲多了，如果有不臭的肥料就好了……

第六章 部队来了

茹振钢上小学的前一年，那个距他家不远的桃园消失了，取而代之的是一排排红砖红瓦的军营。军营的大门前和围墙上，刷写着一排排大红标语：

"提高警惕，保卫祖国！"

"团结紧张，严肃活泼！"

"军民团结如一人，试看天下谁能敌！"

"人不犯我，我不犯人；人若犯我，我必犯人！"

部队正式进驻那天，当坦克、装甲车和满载着解放军战士的军车一辆接一辆开进军营的时候，在人群中看热闹的茹振钢顿觉热血沸腾，无比激动。这还是茹振钢第一次见到真枪真炮。

驻军的到来，彻底改变了洪道寺荒凉孤寂的景象。

每天清晨，嘹亮的军号声准时响起，响亮的口号声威震四野。士兵们朝气蓬勃、整齐划一的操练，给洪道寺增添了无限生气。

茹振钢每逢看到荷枪实弹巡逻的军人，总会不自觉地停下脚步向他们行注目礼，他发自内心地崇敬这些用生命守卫一方安宁的人。

自从部队进驻之后，那嘹亮的军号声似乎也成了老百姓的作息号令，人们的作息时间也渐渐和战士们一致起来。

只要一有机会，茹振钢就和小伙伴们一起早早地来到军营外面，观看士兵们操练。整齐划一的动作，干净利落的卧倒、匍匐前进，强有力的冲刺拼杀等都在茹振钢的脑海里留下了深深的印记。

　　每当农忙时节，战士们都会帮助老百姓们抢收抢种。每年春节、建军节等节日，战士们还会与当地的老百姓共庆佳节，共叙军民鱼水情。当地的干部和拥军模范，也会带着慰问品到军营慰问驻军部队。茹振钢很喜欢跟着慰问的人群前往军营。

　　为了帮助驻军部队解决随军家属的住房问题，茹家也和其他老百姓一样，在自家居住条件十分有限的情况下，挤出一间房来接纳随军家属。来自全国各地的随军家属，把家乡的风俗习惯、生活技巧等也带来了，让洪道寺一带的老百姓增长了许多见识。

　　部队到来后，老百姓的生活也方便了许多。过去，许多生活日用品都要跑到城里去买，现在到军人服务社就可以买到，有些城里买不到的东西在这里也能买到。

　　此外，老百姓的文化娱乐生活也逐渐丰富了起来。

　　部队比武训练、拉歌比赛或是举行文化娱乐活动时，常常会邀请洪道寺的老百姓前来观看。部队放电影是洪道寺老百姓最期盼的事情。在文化娱乐生活极其单调的农村，看电影如同过大年一般。一到放电影的日子，生产队长就会让社员们赶快干完活儿，晚上好好过过电影瘾。

　　可对茹振钢来说，趁着看电影的时候进到部队大院，和住在大院的朋友们一起尽情玩耍才更具有吸引力。

第七章 求学之路

（一）

从小学到中学，茹振钢一直是班里的尖子生，总担任班长或团支部书记。放假时，他总能拿回一张让家长感到非常自豪的奖状。但他的求学之路也并不是一帆风顺的。

茹振钢升入沁阳一中没多久，婆婆患上了严重的坐骨神经痛，一旦发作便疼痛难忍，只能卧床休息。当时，茹振钢的两个姐姐都已出嫁，大哥成家后也另立锅灶，家里的二哥和二嫂都是残疾人，茹振钢和弟弟在上学。六口人中，平日里只有二哥和婆婆能挣工分，家务主要靠婆婆来做。婆婆一倒下，家里马上乱套了，连做饭都成了大问题。

万般无奈下，茹振钢不得不向班主任高树义老师提出了退学的请求，要回家扛起照顾家庭的重任。高老师非常爱才，他觉得品学兼优的茹振钢将来一定会有大作为，退学实在可惜。他与学校商量后，破例让茹振钢自己安排时间，可以忙完家里的事后再来上课。这样茹振钢就成了沁阳一中唯一一个"自由"人。

做家务时，茹振钢在学中做、做中学，慢慢摸索出了一套节省时间的好方法。时间久了，茹振钢渐渐找到了可以兼顾家庭和学习的平衡点。婆婆被他照顾得无微不至，他的学业也没有落下。

茹振钢干什么都喜欢动脑筋，干家务也不例外。那时，家家户户吃的面粉都是自家拉着麦子到外面用小钢磨磨成的。磨面之前，有一个重要的工序就是淘洗麦子。可别小瞧了淘洗麦子这道工序，这是最有讲究的。要把麦子上的灰尘清洗干净，同时又不能让麦子在水里浸泡时间太长。如果麦子在水里时间太久的话，不仅难以晒干，而且磨出的面粉也不好吃。茹振钢淘洗麦子时会准备三个大水盆，然后将盛满了麦子的竹篮依次在三个水盆里快速左右晃动，除去漂起来的麦糠，让小石子沉到下面。这样，麦子很快就淘洗干净了。

茹振钢说，为了节省出每一分每一秒的宝贵时间，他不仅摸索出了许多生活小窍门，在学习中还探索出了一个"三遍记忆法"。第一遍，认真仔细地全面阅读，对所学内容有全面、准确的理解；第二遍，重点阅读，加深对重点知识的理解与掌握；第三遍，对特别难懂的问题再次阅读，加深对难点的理解。这样，不但学习效果好，而且学习效率也特别高，事半功倍。

（二）

茹振钢就这样一边照顾家庭，一边学习，直到半年后婆婆痊愈，他才又全身心地投入到学习中去。

高树义老师后来谈起这件事，还非常感慨地说："在家务那样繁重、时间那样紧张的情况下，振钢不仅学习成绩没有下降，还能把各项班务工作安排得有条不紊，真是难以想象。"

在高中毕业典礼上，茹振钢作为学生代表发言。他穿着自己亲手缝补的大补丁劳动布裤走上主席台，自信而坚定。

毕业典礼后，参加高考的学生全面转入了复习阶段。学校将这些学生分别编入了理科班和文科班。喜欢且擅长数理化的茹振钢，不出大家所料，选择了理科班。作为学校里的尖子生，学校领导和老师们都对他寄予厚望，认为他一定能够考出好成绩。茹振钢也认为自己考上大学应该没有问题。

那次高考是 1977 年全国恢复高考之后的第二次高考。考试前的那天晚上，茹振钢把第二天参加高考的东西准备好，刚躺下准备睡觉，谁知有精神疾患的二嫂却突然犯病，在院子里到处乱跑、大喊大叫，狂躁得没法控制，全家人束手无策。茹振钢只能拿起手电筒和防身木棍，连夜跑到 20 多里外的二嫂娘家，接其母亲前来安抚处理。

在那个年代，乡间只有坑洼不平的土路，路两边没有路灯。在漆黑的夜晚赶路，茹振钢也不敢骑车，只能步行。当茹振钢带着二嫂的母亲匆匆赶到家里时，天色已经放亮。

茹振钢几乎一夜没有合眼。又累又困的茹振钢强打精神来到考场。摊开试卷，他感觉脑子好像无法转动一样，看到的试题既熟悉又陌生。他强打精神把试题做完，知道这次考砸了。

回到家里，丁洪金问他考得怎么样，茹振钢气得把身上的衣服扣子全都扯掉了。

尽管如此，由于基本功比较扎实，发挥失常的茹振钢的考试成绩还是过了高考分数线，并且考了他们班的第二名。

填报志愿时，他又想起了 1942 年被饿死的哥哥天龙，毫不犹豫地填报了农业院校。

第八章　短暂的军旅生涯

（一）

高招志愿填报结束后，茹振钢同其他过线的考生一样，在家等候录取通知。但是他心里还是一直打鼓，感觉被录取的希望不大。在等通知书期间，茹振钢除了到生产队干活挣工分，还出去干了几天杂工，挣了 19 块钱。

当时的高考是人工改卷，出成绩很慢，加之好多大学的教室、寝室都需要重新翻修，所以录取工作延迟了很久。迟迟没有收到录取通知书的茹振钢，感觉自己可能要与求学生涯告别了，因为他家当时的条件已经不允许他再去复读了。

茹振钢明白，要走出黄土地、走出农村，除考大学之外，还有一条出路，那就是应征入伍。

那几年，中越关系紧张。从 1978 年冬开始，驻扎在沁阳的部队已经陆续开往前线。

虽然老百姓对时政不太了解，但当他们亲眼看到身边的战士们一批批坐着军车奔赴前线时，也能感觉到局势的紧张。当时，公公婆婆坚决不同意他去参军，但茹振钢却一腔热血想去保家卫国。他软磨硬泡，终于做通了长辈们的思想工作。1978 年 12 月 20 日，阴历十一月二十一，他 20 岁生日那天，终于穿上了盼望已久的绿色军装。

（二）

冬至那天，茹振钢就要随队伍出发了。婆婆专门去买了些肉，包了顿饺子给儿子送行。吃了两碗饺子后，茹振钢不让家人送，准备一个人背着背包去城关镇集合。

出家门前，他与家人一一告别，可怎么也找不到公公的身影。茹振钢遗憾地长叹一口气。

其实，那天公公早早就离开家去找城里的五姑了。他们两个人一起去了新兵集合点。挤在送行人群中的公公，远远地看着执意想上战场的儿子，老泪纵横，但又不愿意让儿子看见自己。

下午 1 点多钟，十多辆汽车满载着佩戴大红花的新兵，在锣鼓喧天声中徐徐向西万火车站驶去。

新兵入伍时乘坐的火车是闷罐车。下午 5 点钟左右，带兵的首长给每位新兵发了一些烙饼作为晚餐。第二天中午，他们到了石家庄新兵中转站。

下车后，大家迅速吃了午餐后又坐上了闷罐车继续前行。那一次吃饭，让茹振钢第一次体会到了什么是军人速度，什么是军事化要求。

在火车"咣当咣当"声中，茹振钢透过闷罐车的缝隙第一次看到了长城。即使不是近距离观察，也足以让他激动万分。火车又"咣当"了两天才又一次停了下来，这次是到了河北省围场县四合永火车站。

新兵们走出闷罐车车厢时，已经是晚上 11 点多钟了。他们换乘了军用卡车，又坐了两个小时之后，终于到达了目的地——河北围场满族蒙古族自治县铁道兵八师的一个营部。

围场满族蒙古族自治县隶属河北省承德市，在承德市的最北部，距承德市区约 140 公里，距省会石家庄约 640 公里，距北京约 380 公里。这里冬季较冷，1月份是当地最冷月，平均气温 −13.2℃，极端低温 −42.9℃。他后来才知道，那天，他们坐的卡车是在山沟里结有一米多厚冰的河上面行走的。

到了部队之后，老兵们敲锣打鼓迎接新兵的到来，还给他们准备好了饭菜。可是，由于坐了几天的闷罐车，茹振钢和其他新兵一样头昏脑胀的，什么都吃不进去。

按照部队要求，他们到达后的第二天就投入到了学习、训练之中。茹振钢这个时候才知道，他们所在的部队是铁八师，自己成为了一名铁道兵战士。

学习培训两天后，军事训练开始了。

新兵训练一般为期3个月，主要训练基本动作。无论是稍息、立正、后转、左转、右转、跨立、敬礼等基本动作训练，还是齐步走、跑步走、正步走等队列训练，抑或是每天的3公里体能训练和打背包、集合训练等，茹振钢都认认真真，一丝不苟。

教导员对新兵要求非常严格，如果哪个战士动作不到位，就会被叫出列单独受训。

由于小时候经常观看家门口的驻军部队训练，茹振钢耳濡目染，每次操练的动作都干净利落，非常标准，经常受到表扬。

新兵集中训练期间，部队首长让大家填报工作志愿，茹振钢说："没有人去的地方我去！喂猪也行，做饭也行。"

新兵中报名开汽车的人最多。茹振钢也想当个汽车兵，既体面又能学技术，但他更想上军校继续深造。他把家里的课本都带来了，想着，如果被分配去喂猪或做饭，或许会有更多时间复习功课。谁知，表现出色的茹振钢被分配到了六营四连，成了一名汽车兵。

因为一直怀揣着大学梦，所以茹振钢想方设法找机会学习。在连队，晚上的熄灯号一响，战士宿舍里的灯就全部熄灭。按照部队的要求，战士们睡觉时，衣裤和枪支都要放在床边，以便有紧急情况时能够迅速整装出发。当战友们入睡后，茹振钢便悄悄起来，拿着书本离开宿舍，站到外边的路灯下看书学习。宿舍外的寒气侵骨，茹振钢勉强坚持20多分钟后，感觉浑身上下都快被冻成冰棍了，这才不得不回到宿舍睡觉。因为有强烈的学习欲望，茹振钢读书时注意力高度集中，所以即使每次只学习20分钟，效率也很高。

（三）

围场满族蒙古族自治县的冬季，滴水成冰。洗碗的时候，如果动作稍慢一点，筷子与碗一接触就会冻在一起。

战士们吃的饭一般都是将大米、小米、玉米糁等掺在一起做成的，极具地方特色，但不太符合中原地区人们的饮食习惯。于是，每隔两天，部队就会改善一次生活。改善生活的时候，多数会做猪肉炖白菜。

茹振钢发现一个战友每次一吃猪肉就呕吐，一问才知这个战友有心理障碍，从小就不吃这些东西，看见大肉就反胃。茹振钢对战友说："你必须改变自己，否则，你不仅无法适应这里的低温环境，更无法适应高强度的军事训练。"自此，茹振钢便经常陪这个战友一起吃饭，帮他克服心理障碍。

他们驻扎的地方，雪来得又急又密，一下便有没膝之深。新兵在老兵的带领下，在雪天轮替站岗巡逻，执行任务。每到这个时候，茹振钢便深感军人肩负的使命无比神圣。

茹振钢还经常到厨房帮厨，为战友们烧火墙。

冬季，战士们的吃水来源，除了雪水就是水池里的冰块。可是，地冻天寒的时节，水池里的冰冻得像铁板一样坚硬。一次，茹振钢跟着老兵去水池拉冰，他刚握着钢钎要凿冰时，感觉冰冷的钢钎一下子就把他的手给粘住了，他下意识地马上甩手，谁知，一下就被扯掉了一块皮，顿时疼得他龇牙咧嘴。老兵告诉他，一定要戴上手套才能握钢钎。

这次教训让茹振钢记忆深刻，以后，但凡遇到自己不懂或没有做过的事情，他都会先向有经验的人请教。

茹振钢每天坚持记日记，记下学习感想和心得体会。

连长将茹振钢这些举动都看在了眼里，在全连会议上表扬了他，说他是个全能战士，号召大家都要向茹振钢学习。

入伍一个多月后的一天，茹振钢忽然接到营部秘书通知，让他到营部办公室去一趟，说营长要见他。

茹振钢赶到营部后，营长问他在部队感觉如何，是想上学深造，还是想继续留在部队。

茹振钢一头雾水，不知道营长是何意，便表态坚决服从组织安排。

营长说："毛主席教导我们，没有文化的军队是愚蠢的军队，愚蠢的军队是不能战胜敌人的。"那时候，人们经常学习毛主席语录，能结合场景熟练引用。营长接着说："我们这个部队，现在没有上前线的任务，你的高考录取通知书从地方转到部队来了。师部研究决定，让你回原籍上学去！我先给你打个招呼，让你有个思想准备。师部批示正式下来后，部队会发给你足够的路费。除皮大衣和被子外，其他服装允许带走。"

茹振钢做梦也没想到，上学的机会就这样从天而降了。

1979 年 1 月 27 日，茹振钢告别了部队，踏上了归家的旅程。这天恰好是除夕。按照部队规定，新兵经过 3 个月的入伍训练后才能成为正式军人，才发领章和帽徽。但是，为了茹振钢旅途方便，在他离开部队之前，部队首长破例亲自为他戴上了领章与帽徽，并派车把他送到了火车站。

茹振钢在承德坐上了开往北京的列车，在车上遇到了一位回山东老家探亲的铁八师的老兵，他们便结伴前行。火车到北京站时已是大年初一清晨。因为到新乡的火车晚上 11 点多才开，茹振钢就利用这宽裕的时间跟着那位山东老兵在北京转了一天。他们一起去看了飞机，去了向往已久的天安门广场。在庄严的人民大会堂前面，茹振钢脑海中突然涌出了一个念头，什么时候能进里边看看就好了！

晚上，茹振钢与山东老兵告别后，独自坐上了归乡的列车，大年初二早上 6 点到达了新乡。因大雪，开往沁阳的火车晚点，他一直等到下午 6 点才坐上了回家的火车。到沁阳站后他又换乘汽车，下车后离家还有七八里路，归心似箭的茹振钢在雪地中深一脚浅一脚地往家赶，深夜 1 点多钟，他终于到了家门口。他迫不及待地喊起门来。由于当时通信不便，家里没有收到一丁点儿茹振钢要回来的消息，大半夜听人叫门说自己是茹振钢，大家都很惊诧，不敢开门。公公壮着胆子站在门后，用徽州话与茹振钢交谈。徽州话在沁阳当地是一种暗语，又拗口又晦涩，一般人听不懂，也不会说。当父子俩用徽州话接上头之后，公公才赶快把门打开了。

看到茹振钢真真切切地站在门外，全家激动万分。公公赶快让儿子坐到煤火台上暖和暖和，婆婆随即开始烧水做饭。看到家人忙碌的身影，一股暖流顿时传遍了茹振钢的全身。

休整几天后，茹振钢就按照部队规定去沁阳武装部报到。武装部的同志让茹振钢取下领章、帽徽留作纪念，但不能再戴着出去了，因为他已经不是现役军人了。

虽说茹振钢的军旅生涯很短暂，但那段经历对他之后的人生却有着重要的影响。时至今日，他仍保持着军人的作风，时刻用军人的标准严格要求自己。这辈子他最拿手的歌是《铁道兵之歌》，最爱看的电视是军事类节目。

第九章 农校生活

（一）

刚刚恢复高考那几年，凡是通过高考被录取的，无论是本科、专科、中专，都说是考上了大学。虽说茹振钢只是考上了河南省中牟农业学校，但在当时也算是凤毛麟角了。

当高中同学们听说茹振钢被高校录取后，都羡慕不已。可是，当大家知道他考上的是农业类学校时，又有些惊讶。大家都认为，参加高考本来就是为了挣开黄土地的束缚，而茹振钢考了个农业学校，毕业后是要与黄土地打一辈子交道的，将来不会有多大出息。

茹振钢拿着录取通知书，去拜访了他学业上的引路人——高树义老师。

高老师支持茹振钢学习农业。他说："现在世界性的第一大难题是土地荒漠化，第二大难题就是粮食产量上不去。谁能把小麦产量提高到八九百斤，谁就是国家的英雄；谁能将产量提高到一千斤以上，谁就是国家的超级英雄；谁能把沙漠变成绿洲，就应该给谁颁发诺贝尔奖；谁能够把沙漠变成粮仓，就应该给谁颁发双重分量的诺贝尔奖！我希望我们班能出这样的超级英雄！你有当农业科学家的潜质，应竭力为我国的农业事业奋斗……"

听了老师的一席话，茹振钢更加坚定了自己的理想和信念。

过完春节之后，1979 年 2 月 16 日，茹振钢带着一些简单的行李、高考录取通知书、全家为他凑的20元钱和30斤河南省粮票，踏上了新征程。

他的行李不多，只有几身军装和一件蓝色涤卡上衣。这件涤卡上衣是茹振钢用高考结束后自己干零活挣的19元钱买的，也是他第一件像样的衣服。30斤粮票被他放在了紧贴胸口的口袋里，生怕弄丢。那时候，粮食只能用粮票换购，粮票的重要性可想而知。

中牟距离沁阳有150多公里，位于黄河之南，西边是省会郑州，东边是古都开封，距郑州和开封都是35公里左右。

茹振钢先是从沁阳坐汽车到郑州，又转乘汽车到中牟。当夹杂在人群中的茹振钢看到河南省中牟农业学校的校牌后，他认真地看了又看，心里默默地想：终于又回到校园了，我一定要好好学习，将来做一个于国家有用之人。

河南省中牟农业学校，是河南省建校较早的一所农业类院校，始建于1952年10月，原名河南省郑州农林技术学校。1958年2月，学校迁至中牟县，改名为河南省中牟农业学校。它是当时的全国重点中专，现已改名为河南农业职业学院。

家庭条件不好的茹振钢，在农校读书的三年间，尝遍了生活中的酸甜苦辣。

第一个夏天，全寝室除了茹振钢，都挂上了蚊帐，他成了整个寝室里蚊子的"出气筒"，常常被叮咬得彻夜难眠。同寝室的翟本志自己掏钱买了一个蚊帐悄悄挂在了茹振钢床上。这件事情让茹振钢终生难忘。

那时候，学校给学生的生活补贴标准是一个月12元，粮票补贴标准是女生每月29斤，男生每月31斤。这样的补贴标准对于大部分女生来说非常充足，她们通常会把剩余的粮票兑换成现金，然后买成其他日用品。但对于大多数男生来说，学校补贴的生活费和粮票根本不够用，每顿饭两个馒头一碗汤只能保证两个小时不饿肚子而已。

刚入学的几个月，茹振钢每个月都得用自己带来的粮票补贴一下。后来，他仔细一算，发现照这样下去，手边的粮票根本维持不到放假。这30斤粮票本就是凑来的，再多，家里也拿不出来了。于是，茹振钢不再像前几个月那样吃菜了，每天只敢吃一些咸菜，把省下来的菜票全换成了主食票。后来，为了能换更多的主食票，他连咸菜也舍不得买了，只是用馒头蘸着盐水吃。

看着如此生活的茹振钢，同学田松山悄悄把10元钱塞到了茹振钢的枕头下面。茹振钢十分感激，但他说啥都不愿意接受同学们的帮助。因为他知道同学们的家庭也都不富裕。

茹振钢长期不吃蔬菜，体内营养严重缺乏，以致后来竟然有些浮肿。他表面上看着胖乎乎的，实则身体状况并不健康，也没有多大气力。

第一学期期中考试，茹振钢审题时成竹在胸，一开始答题时得心应手，可还没答到一半，脑子忽然像断电一样一片空白。

茹振钢马上给监考的王芳忠老师报告，说他身体不舒服，希望可以缓一缓再继续考试。王老师看他脸色苍白，就让他先趴在桌子上休息，等考试结束后再到办公室补考。

那一次，茹振钢考了满分。

还有一次，茹振钢下定决心要吃一顿饱饭，他买了8个馒头、打了两碗汤，一口气吃完后，仍感觉没有吃饱。他摸了摸兜里所剩无几的饭票，放弃了再买两个馒头的想法。

那时，他吃菜吃得太少，以至于后来对青菜非常偏爱，每一顿饭都必须要有青菜才行。

对茹振钢来说，比吃饭更重要的是学习。即使吃不饱，他也要用挤出的钱来买《高等数学》《高等化学》之类的书籍。

（二）

班主任王芳忠老师了解到茹振钢家庭条件比较困难，所以从茹振钢入校的第一个暑假开始，就让他以勤工俭学的方式参与到了小麦科研工作中。这样一来，茹振钢不仅获得了一些生活补助，还早早地参与了科研，专业理论知识与实践水平也得以快速提升。

第二学年的暑假，茹振钢为了不耽误王老师交给他的科研工作，回家没待几天就早早返回了学校。返校那天，婆婆得知邻村人开的一辆货车要到豫东送水泥，正好路过中牟，便找过去商量将茹振钢捎到中牟。茹振钢高高兴兴地坐上了这辆装满水泥的车，踏上了返校之路。

水泥车从沁阳出发，中途绕了一大圈才绕到了中牟。一路上，车上的水泥灰粉随着车身的颠簸在空气中不停地飞舞，茹振钢只能时不时地用手扇开直往鼻孔、眼睛里钻的水泥灰粉。他下车时，浑身上下都是水泥灰粉，俨然成了一个水泥人儿。

一回到学校，茹振钢就扎进了试验田里。

茹振钢在田间地头长大，对小麦本就不陌生，又加上入农校后学习了一些专业知识，一走进试验田就全然沉浸在了小麦的世界中。当然这与王芳忠老师的言传身教脱不开关系。王老师极度热爱科研工作，但凡天气变化一大，即使是晚上，他也会立马到试验田里去察看一番。茹振钢跟着王芳忠老师研究小麦期间，不怕苦不怕累，以科学严谨的态度做好每一项工作，赢得了老师的信任和赞赏。

真正接触到小麦研究工作后，茹振钢开始疑惑："中国是农业大国，为什么我们使用的小麦品种，如阿夫、阿勃、矮粒多等，都是从外国进口的洋种子呢?"

王芳忠老师说:"我国的科研条件有限,科研技术手段落后,研发力量跟不上,所以一直没能选育出更好的品种。你刚刚提到的这些品种,都还是一些推广面积不大的品种。我们国家现在大面积种植的、品质较好的品种,如郑引一号等,都来自意大利。就这,也还是从罗马尼亚辗转引进来的。"

听到老师这么一说,茹振钢思绪万千。从那时起,他就暗下决心,要竭尽全力学习专业知识,要让老百姓将来种上中国自己研究培育出来的小麦品种。

自那天后,课余时间,茹振钢不是在图书馆就是在试验田。在中牟农校的三年时间里,茹振钢已经基本掌握了小麦试验的方法和程序。随着理论知识和实践经验的不断积累,茹振钢对小麦的植物学特征特性和生长发育规律,以及病虫害的发生规律有了更为深入的认识,这些都为他今后开展小麦研究工作打下了坚实的基础。

(三)

茹振钢进入中牟农校的第一学期,就被老师指定为农学四班的班长。

中牟农校在当时是个颇有名气的农业学校,加之当时高考面向的是横跨十届的高中毕业生,同班同学的年龄相差很大,社会阅历就更不用说了,那些"老三届"在社会上摸爬滚打多年,思想也就比较复杂。初出茅庐、年纪又不占优势的茹振钢自是在管理班级事务时遇到了挑战。

茹振钢很清楚,班长的职责就是按照学校和班主任的要求,协调、服务全班同学。他以满腔的热忱和真诚的态度,渐渐赢得了全班同学的信任和支持，后来是班长、团支部书记一肩挑。

中牟农校是三年制的中专，春季开学，第三年年底毕业。可是，等到学生们完成三年学业，要毕业的时候，正好赶上元旦放假，学校便安排他们过了元旦再毕业。虽只是毕业时间向后推了几天，但学生们参加工作的工龄就会晚一年。同学们都想在年底之前毕业。各个班的班长和学生代表，先后找到学校领导反映同学们的意愿，但都被学校领导驳了回去。

茹振钢还不灰心，想去找校长再沟通一下。大家都阻拦道："振钢，别再提这件事了，领导都已经说了，谁再反映这个问题就处理谁。工龄推迟一年就一年吧，不要因为大家的事情，让学校把你给开除了！"

茹振钢皱了皱眉头说："这是同学们的合理诉求，我不相信学校会因此开除我！难道学校领导就不让说理吗？人家大专学校也是三年制，和我们一届高考的学生都已经毕业分配了，我们明明已经完成了学业，不让我们按时毕业就是不合理。"

茹振钢独自找到了学校领导，把同学们的诉求有理有据地向学校领导讲了一番。最终，校领导在经过充分研究探讨后，又重新给省教育厅打了个报告，让同学们顺利在元旦前毕了业，并及时安排了工作。

第十章　巧遇伯乐

在高招考试中断的 10 年间，人才断层严重，各级机关和企事业单位都急需增加新鲜血液。所以，刚刚恢复高考的那几年，大中专毕业生可谓是供不应求。那时候的大中专学生毕业后，由国家统一安排分配工作，学校有着很大的分配自主权。茹振钢是学校的优秀毕业生，在毕业之前，学校已大致确定了他的去向：去当时的河南省农牧厅，或是留校工作。

但就在临近毕业分配的时候，茹振钢遇到自己事业上最重要的伯乐——来中牟农校挑选助手的黄光正教授。

黄光正教授是我国著名的小麦育种专家，是河南省当时被国家授予"科学家"称号的四名教授之一，也是河南省小麦育种界的权威专家。他所任教的百泉农业专科学校位于河南辉县，始建于 1939 年，前身为中国共产党早期创建的延安自然科学院大学部生物系，几经变迁更名，于 1959 年由新乡专区农学院改为百泉农业专科学校。

其实，早在半年前，黄光正教授已经在百泉农业专科学校应届毕业生中挑选了一个留校任教的学生作为他的兼职助手。但是，这远远不能满足他繁忙的科研工作需要。于是，熟悉中牟农校教学传统的黄光正教授，经过多方面考虑，辗转数百里来到中牟农校，挑选小麦科研专职助手。

黄光正教授向学校说明来意后，王芳忠教授向他推荐了两个学生，卢良峰和茹振钢。黄教授了解到茹振钢在校期间一直从事小麦科研工作后，便对他很感兴趣，详细查阅了茹振钢的档案材料。当看到茹振钢在校期间一直都是班长或团支部书记时，黄教授更加高兴。因为，黄光正教授希望挑选的助手要有较强的组织领导能力。

为了见茹振钢，黄教授与王老师又一起来到小麦育种试验田。那时，茹振钢正在试验田观察记载小麦生长情况，得知来人是大名鼎鼎的黄光正教授，他感到很意外，也很激动。

黄光正教授如同拉家常一样和茹振钢聊了起来。黄教授常常看似无意地抛出一些涉及农学基础和专业知识的问题，茹振钢都对答如流。谈到毕业后的打算，茹振钢说他喜欢科研工作，愿意把自己的一生奉献给小麦育种事业。黄光正教授觉得茹振钢正是他要挑选的助手，这事就这样定了下来。

能够被黄光正教授挑去当助手，茹振钢感到无比自豪和骄傲；能够进入被誉为作物育种"黄埔军校"的百泉农专工作，去实现自己的人生梦想，茹振钢感到无比幸福和光荣。

第十一章　一波三折

黄光正教授回到学校以后，高高兴兴地将他选定助手的事情详细向农学系主任做了汇报。

系主任听到茹振钢从小学起便一直是学生干部时，觉得茹振钢是块儿搞行政工作的料，便想将他留到农学系办公室工作。黄教授看中的，是茹振钢对小麦科研工作的热爱与执着追求；系主任看中的，则是他的行政管理能力。

让茹振钢在系办公室工作虽然有违黄教授的初衷，但作为农学系副主任兼遗传育种室主任，黄教授不得不顾全大局。不过，系主任答应，只要黄教授在科研方面有需要，随时可以把茹振钢从办公室借调出来。

1981 年 12 月中旬，茹振钢办理完毕业手续，依依不舍地告别了辛勤教育、培养他三年的老师，告别了共同生活、同窗共读的同学，正式走向了工作岗位。

当他到百泉农专报到时，茹振钢才知道自己的工作岗位发生了变动。

虽然是在农学系办公室工作，但他从未忘记自己是来给黄教授当小麦育种科研助手的。在完成办公室工作之后，只要有时间，他就积极主动地来到黄教授的小麦试验田或实验室，帮助黄教授搞小麦育种工作，风雨无阻。

渐渐地，茹振钢的工作越来越多：既承担办公室的日常工作，又担任农学系的资料管理员，同时还是实验室的实验员。

一项又一项的工作把茹振钢的时间占得满满的，别说白天没有时间休息，就是晚上也得挑灯夜战，忙得他走起路来总是风风火火的。

在与茹振钢确定恋爱关系后，有一次，我从新乡到百泉农专看望他，在饮马口等候百泉农专的专车时，听到两个我不认识的教师在谈论茹振钢。

"我们系的茹振钢可能干了。"

"茹振钢是谁呀？"

"就是刚分到农学系办公室的那个年轻人，走路飞快，但总是一瘸一瘸的样子。"

……

听到这番对话，我暗暗笑了起来。

因为茹振钢总是走得飞快，往往一只脚还没有落稳，另一只脚就又抬起来了，所以，不熟悉他的人还以为他两条腿不一样长呢！

我把这件事告诉茹振钢后，他开玩笑地说："都是因为市里通往你们单位的马路一边高一边低，我走得太多了，这两条腿就不一样长了！"

超过常人几倍的工作量进一步锻炼了茹振钢的组织协调能力和时间管理能力。

在农学系办公室工作了三个月后，在黄教授的努力下，茹振钢从办公室调到了图书馆，成为一名图书管理员，摆脱了较为繁杂的办公室工作。

到图书馆工作没多久，他就将图书的采编、上架等一系列工作流程了解得清清楚楚，将工作做得有条不紊。

到图书馆工作后，茹振钢在时间上自由了很多，帮助黄教授进行科研工作的时间也多了起来。一到节假日，他更是泡在试验田里喊都喊不出来。黄教授打心眼儿里喜欢这个年轻人。

在图书馆工作期间，茹振钢充分利用这个便利条件，如饥似渴地读了很多书，下班时也要带本书回去阅读。他还常用自己有限的工资购买一些图书馆里没有的专业书籍，用来丰富自己的专业知识。从那时起，他便重点地学习整理了与小麦有关的世界性的地理、气候、生态、物候等知识。

就这样，茹振钢不忘自己选择农校的初心，脚踏实地地朝着既定目标一步一步迈进。他在很短的时间内掌握了区域小麦育种的基本技能，了解和掌握了世界各地的小麦生长特性，为今后的小麦育种工作奠定了扎实的基础。

人们常说，知识积累到一定程度，就会产生创造的灵感。这一点，在茹振钢身上得到了很好的体现。理论知识的不断丰富和实践经验的不断积累让茹振钢在小麦育种研究方面产生了一些自己的想法：他想要进一步深入研究小麦育种与生态的关系。

在黄教授的一再要求下，经学校领导研究同意，在图书馆工作了一年半的茹振钢，终于成为黄教授小麦育种工作的科研专职助手。

经历了一波三折后，黄教授终于让茹振钢回到了最初为他预留的位置，同时，茹振钢也实现了成为一名专业科研人员的愿望。

第十二章　我的求学之路

（一）

能与茹振钢结为夫妻，追根溯源是因为我有机会进入中牟农校学习。

我家在沁阳西向的常乐村，与茹振钢家相距二三十里地。我考进中牟农校的过程也并非一帆风顺。

我于 1960 年 1 月出生，7 岁开始上学，直至高中毕业，都是在本村就读。我的学习成绩总是名列前茅，我的名字经常出现在学校成绩榜榜首的位置。那时候，"原连庄"这个名字在学校里就是优秀学生的代名词。

由于出生在三年困难时期，我天生体质较差，从记事起就总是感到头痛。小学五年级的时候，我常常连路都走不稳。中午放学回家后，我的两个眼皮就开始打架，手脚也不听使唤，母亲必须把我的手强行掰开，才能把饭碗放到我的手上，好说歹说之下，我才勉强吃上一点。

母亲刚开始以为我是缺乏营养，每天早上给我蒸两个鸡蛋。可吃了一段时间后，我的情况没有任何改善。到医院检查后，医生也看不出我有什么问题。后来，我实在坚持不下去了，便不得不休学。调养一年后，我留了一级，继续上学。

升入初中后，我的成绩依然很好。记得有一次物理和化学合并考试，老师出的试题全部都是课本上找不到的题型。当考试成绩出来后，全班就我得了 100 分，还有几人勉强及格，好多同学都不及格。

还有一次，我们学区的几个学校进行了一次联合统考。当语文试卷改出之后，我的成绩是全学区第一名。我们校长拿着我的卷子激动得从椅子上一跃而起，连连称赞。

虽说我的学习成绩不错，但是，因为一直在本村上学，眼界见识有一定局限性，因此我特别想在初中毕业后到乡里或县里去上高中。在当时的环境下，我这样的学习成绩，被推荐到乡里或县里上高中是没有任何问题的。可当我升入初中二年级的时候，国家号召全国普及高中教育，各地纷纷办起了村办高中。于是，等到初中毕业的时候，我们全都被划到了村办高中学习，我想到外面上高中的愿望彻底破灭了。

我上高一不久，全国恢复高考，老师便鼓励我们要积极备考大学。同学们心里其实都很茫然，因为大家都对大学很陌生，便也没把考大学放在心上。我也不例外。于是，每天下午放学后，我还是一如既往地帮助家里做家务，如割猪草、纺花、织布等。看到我回家就干活，母亲很高兴，夸我懂事、能干。

我的父亲从小就没有上过学，但他经常出差跑业务，接触的人多，见过世面，知道考上大学能改变一个人的命运，所以他觉得我应该把主要精力用到学习上。

一天下午放学回家，我像往常一样坐在织布机前飞快地织起布来。织着织着，一个念头忽然出现在我的脑海里：我这样织布，能织出个什么结果？我织的布不算差，可是农村妇女几乎人人都会啊！但是，要是论起学习来，却没有几个人能与我相比，我要做自己擅长的事情才对。

从那以后，每天放学回到家里，我就拿起书本继续学习。看到我的变化，一直不干涉我的父亲，露出了满意的笑容。

（二）

1977 年年底，比我们高一届的学生准备参加高考了。1978 年春，我们提前四五个月的时间毕业，回家复习或是自己找个好的学校复习以备战高考。

村办高中的老师们清楚，自己没有能力帮助同学们考上大学。教我们物理的原正士老师找到我，说他打算找找我们村在县一中教书的王明芳老师，让我到县一中去复习，想听听我的意愿。这样难得的机会，我自然是求之不得。

于是，原老师趁星期天王老师回家的时候，把这件事给说成了。因为在此之前我几乎没有出过远门，突然要独自去县城复习，心里还是有点发怵。

正在我犯愁的时候，我们村在县一中上师范的王玲庄大姐，专门找到家里说可以带我去学校。比我大一岁的邻居原正英，一听说我要到县一中去复习，随即也跟王明芳老师说好了，准备和我一同前往。

两天后，在王玲庄大姐的带领下，我和原正英带着行李一起去了沁阳一中。

到了一中以后，我们一同住在了王玲庄大姐休息的地方。这里住的都是师范生，几十个人一间大房子，打的是地铺。看到这样的集体生活，我觉着很新鲜，能与大姐姐们在一起学习交流，也是我梦寐以求的事情。

安排好住宿以后，王明芳老师给我们俩找了小方凳，带着我们进入了理科三班的教室。当时担任班主任的物理老师高树义安排我们坐到了班里的最后边，我们开始跟班听课。

在班里，像我们这样的复习生竟然有十几个，在教室后面坐了两三排。班里的正式同学有桌子有板凳，我们这些跟班听课的学生只有一个小方凳。

一开始，我真有些不太适应。数学老师说话我听不懂，化学老师讲的我只能听懂一半，所以我这两门课的学习效果并不理想。好在物理老师是本地人，讲课又通俗易懂，我物理学得还不错。

我们跟班生的时间都是自己安排，一些特殊的补习课和语文大合堂课的上课时间和地点，我们都不知道，只能碰上一回是一回。而且，学校的老师们还会给成绩好的正式生补课，我们这些跟班生更是与之无缘。

跟班学习 20 多天后，和我们住在一起的几个师范生大姐姐们说："你们来这里复习，也没有老师管你们，还不如回家自己看书学习呢。"

一开始，我们也没有当回事儿，可听多了，便也觉得有道理。合堂教学，我们几乎没有听课的机会；遇到不会做的难题，也找不到老师解惑。于是，我与原正英商量了一下，决定回家复习。

当我们与王玲庄大姐和王明芳老师告别时，他们都不同意我们回去，但我们俩还是执意要走。

当我俩抬着行李快走到校门口时，我忽然想：王老师和王大姐都是一心一意想让我们有个好结果的人，既然他们不让我们回去，就一定有他们的道理。在这里，能多学一点，考学的时候就多一些希望。

我把我的想法和原正英说了之后，我俩一合计，便又抬着行李返回了寝室。

后来，每想到此，我仍觉后怕，幸亏我们及时转变了想法，不然的话，很可能会遗憾终生。

从那以后，我便慢慢静下心来，硬着头皮去听老师讲课，并且有意开始接触理科三班的同学们，特别是学习好的同学，如杨省、吴敏等。我常主动向她们请教，并和她们成了好朋友。

理科三班的男同学，我一个也不认识，唯一有印象的就是茹振钢。当时茹振钢是班长，常常在班级里讲话，长相也很有特点，而且学习成绩也很好。

在县一中跟班复习结束后，我回到家里，在我们公社划分的考区参加了高考。

考试时，让我高兴的一件事情是，化学试卷上有一道 20 分的题是我在跟班复习时请化学老师肖品修给我讲解过的一道原题。但让我难过的是，数学试卷上竟然也有一道 20 分的题与我在复习时遇到的一模一样。不过因为我不会，当时也没有找数学老师请教，这 20 分到底是没拿到。这白白丢掉的 20 分，我至今想来仍觉万分遗憾。

高考成绩下来后，对于从村办高中走出来的我来说，结果还算理想，我总分考了 298 分，参加了大专分数线以上考生的体检。后来我才知道，理科三班的正式学生当时只考上了两个人，一个是杨省，一个是茹振钢。我的分数比杨省低了 13 分，比茹振钢高了 11 分。

在填报高考志愿时，我查看了很多中医方向和园艺方向的专业学校。但到最后填报时，我还是选择了园艺专业。我小时候特别喜欢吃西红柿、结球白菜之类的蔬菜，但当时生产队很少种植西红柿，种出来的大白菜多数都是半包心或不包心的。这些大白菜经过冬储后，好的也只能留下几片萎蔫的叶片。因此，老百姓常常将收获后的白菜整颗用开水速烫后晒成褐色的干菜，或者制成酸菜。干菜食之无味、咀嚼困难，没人喜欢吃；肠胃不好的人，吃了酸白菜很容易出现应激反应。因此，我特别希望可以帮助生产队种上西红柿和能结球的大白菜。

怀着让老百姓和自己每天都能吃上新鲜可口蔬菜的梦想，我坚定不移地选择了农业这条路。

可是，高考志愿填报后，按说秋季就应该报到入学，但好几个月过去了，我什么信息都没有收到。

父亲一边催促我到公社高中重新复习，一边四处打听我的高考录取情况。多方问询之后，父亲打听到了我被中牟农校录取的消息。听到这个消息后，我有一些失望。按道理说，我这个高考分数上个大专应该是没问题的，可是，最终录取的却是中专。高分低就，心里终归是不舒服。但我后来又想了想，中专就中专吧，能出去总比待在家里强，于是就整天盼望着录取通知书早点寄到。

(三)

1979 年 1 月，我终于接到了录取通知书。在我要到学校报到的前几天，半条街的亲朋好友、街坊邻里都给我送来了糖果或鸡蛋。我打心眼儿里感激乡亲们的支持和鼓励。

1979 年 2 月 16 日，父亲把我送到了中牟农校。我一直以为学校周边会是高楼林立，哪知，一进中牟县城，入眼的皆是低矮的房屋，寒风裹挟着冷沙劈头盖脸袭来，让人有种已入边塞的错觉。尽管环境不如预期，但新的校园生活还是让我充满了期待。

我被分在了果蔬二班。我们这一届果蔬专业招了 60 个学生，分了两个班，其中女同学仅有 6 个，只占本专业人数的 1/10。或许是为了方便女生之间相互照应，6 个女生全部被分到了果蔬二班。由于当时考上的女同学比较少，我们那一届全校的女生几乎都住在了一个寝室里。

寝室安排妥当后，我就迫不及待地去寻找自己的教室。

第一次走进果蔬二班教室时，我一眼就看到第一排课桌上贴着写有"原连庄"三个字的纸条。我看着纸条，心中生出无限感慨：我终于有自己的座位了。

从村办高中来到国家的正规专业学校，从一个跟班生到一个有名有姓的正式学生，我心里甜滋滋的。

入学不久后，有一次和同学闲聊，他说："原连庄，你太亏了，你是我们学校高考录取的最高分，我们那里还没有你分数高的都上了本科或专科。"后来又得知我们班上有同学的高考成绩竟然比我少40多分，我心里就有些不是滋味，越想越觉得自己吃大亏了，难免郁闷。

有一次，我们班里组织了一场演讲，邀请学习好的同学传授自己的学习方法。因为我高考分数高，所以同学们一致推荐我上台演讲。我拼命推辞，因为我从来就不敢走上讲台大声讲话。

记得还是在我上初中的时候，有一年春节前，我和我们班里的好几个女同学被大队挑选为宣传队员，几乎每天下午和晚上都要进行节目排练。因为我在文娱活动方面没什么天分，所以一个简单的动作，别的同学很快就学会了，而我却总也学不到位，也就更不敢在大庭广众之下表演了。

记得有一天晚上演《红灯记》的时候，缺少一个卖香烟的女孩，团长让我临时顶替一下，把我吓得晚上不敢到场。演《朝阳沟》也是一样，团长说让我扮演巧珍，我说啥都不敢接这个角色。我每天暗暗努力学习唱腔，《朝阳沟》里的主要唱段也能顺得下来，可一上台表演，就怯得一句话都说不出来。

这样的事情不胜枚举。尽管我很有想法，也很有表达的欲望，但是我太缺乏胆量了。

但这次，在同学们的极力要求和老师的一再鼓励下，我没能拗过大家，勉强走上了讲台，语无伦次地说了几句。真是尺有所短，寸有所长啊！

随着对同学们的进一步了解，我发现我们班里的同学都很聪明，如果不好好学习，自己还真有掉队的可能，所以，我便抛却杂念，专注学习，并且也越来越喜爱自己的专业了。

第二学年的时候，同学们分别参加了不同的科研小组。我参加的是葡萄科研小组，科研课题是调查葡萄新梢的生长动态。一些同学参加科研小组是为了写好论文，我只一门心思探寻科研的奥秘。

第三学年的暑假期间，为了搞好葡萄试验课题，我只回老家小住了几天就匆匆返回了学校。顶着难耐的酷暑和蚊子的叮咬，我一个人出入葡萄园，认真观察记录着葡萄的生长情况。

在李道德老师的精心指导下，我圆满完成了葡萄的试验调查任务，写出了一篇完整的试验报告。我第一次体验到了科研的乐趣。在毕业之前，我写了一篇《关于葡萄冬季生产的建议》交给了李老师。

由于我做起研究来比较认真、善始善终，李道德老师对我的科研态度和敬业精神非常认可，所以李老师竭力推荐我留校工作。我当时并不想留校，因为我是家中的老大，所以想在离家近一些的地方工作以便照顾家里。但这些想法，我并没有跟老师交流过。

为了让留校顺理成章，李道德老师专门举办了一场论文修改课。课前，他特意将我和另外两个准备留校的同学叫到一起，交代我们一定要好好发言，抓住机会展示自己的专业能力，尽可能增大留校的可能性。可是，在这次论文修改课上，我并没有站起来发言。因为，我除了不愿意留校，也不敢保证自己能够讲好。现在回想起来，感觉很对不起李老师的一片苦心，他那时一定对我很失望。

最终，我被分配到了我非常满意的新乡市农科所。

第十三章 缘起

到中牟农校不久的一天下午，我在茶炉房接开水的时候，发现一个身穿军装但没有佩戴领章的人也在接水。我觉得这个人似曾相识，却又想不起来他是谁。我一边接水，一边在脑子里搜索相关信息，沁阳一中理科三班班长茹振钢的形象在我脑海里闪过。难道这个穿军装的人是茹振钢？

虽然我心里有疑问，但也没多想，接满了水，便提着水壶离开了水房。

此后，我经常看到这个穿军装的人在学生食堂的回民窗口打饭。

一段时间后，我从寝室农学班老乡卫秀英口中得知，我们这一届学生中，从沁阳来的有4个。我在果蔬专业，其他3人都在农学专业，除了卫秀英，还有农学三班的班长张沁山和农学四班的班长茹振钢。

这时，我才确定，那个穿军装的人就是茹振钢。可是，他怎么会穿一身没有领章的军装呢？他又怎会在回民窗口打饭呢？莫非他是回民？

一个个疑问又在我的脑海里萦绕，但我也没有去过多地探究。

因为我们那一届晚一个学期开学，所以到了第二学期，新一届学生便入学报到了。新一届的两个沁阳籍学弟中，一个叫陈立忠，另一个叫杨公民，都是农学专业学生。这两个同学来了之后，我们沁阳老乡才有了一些交往，偶尔也会聚一聚。

陈立忠女朋友来找他时，偶尔会在我们寝室留宿，所以我跟陈立忠比较熟一些。我从陈立忠那里听说，茹振钢的家庭条件比较困难，经常靠勤工俭学维持在校开支。

第二学年放暑假的前一天，我与卫秀英在学校大门口碰到了茹振钢。闲聊的时候他说他不回家，卫秀英就问茹振钢能不能送我们去火车站，茹振钢毫不犹豫地答应了。

学校距火车站有10多里路，当时也没有公交车，去火车站全靠步行。

那时候，我们学校有个很大的实习果园。放暑假的时候，学校会给每个同学发一张苹果票，让同学们买些便宜苹果带回去。我和卫秀英各自用大包装好了苹果，还带了一些其他行李。茹振钢找了一个半截子的粗竹竿，帮我们挑起了两大包苹果，我们两个只提着相对轻一些的行李。

一路上，我们与茹振钢几乎没有太多的交流，他走他的，我们走我们的。茹振钢走起路来飞快，我和秀英姐是走一会儿、跑一会儿才能跟上他的步伐。太阳大，我们的行李又多，走得又快，没走多长时间，我们三个人都已汗流浃背。

我和秀英姐心里都很过意不去，便争抢着给茹振钢买冰糕吃。茹振钢一直拒绝，但我们硬是把冰糕塞到他手里。我和秀英姐都是实在人，她买了一个，我必须也买一个，当我们又要跑去买第三个冰糕的时候，茹振钢吓得连忙边后退边摆手道："求求你们，我真不能再吃了。"

后来我才知道，那个时候他的胃不太好，不能吃凉东西。

之后，我们便没有了交集，直到快要毕业的那一学期。

那天，我在学校里散步时，看到宣传栏里张贴着两张大红光荣榜，一张是三好学生榜，一张是五好班干部榜。这两张光荣榜上有一个相同的名字——茹振钢。

我心想，茹振钢能同时登上这两张榜单，应该是一个能力很强、被大家认可的人。虽然我与茹振钢已经认识很长时间，但从来没有单独接触过，聊天也不超过十句话，所以，我对茹振钢的人品和性情知之甚少。看到这两张光荣榜之后，我对茹振钢顿时产生了强烈的好感，一个念头从我脑海里闪过：茹振钢不正符合我找对象的标准吗！我的择偶标准就是人品要好，智商要高于我，办事稳妥。但因为对茹振钢的了解还仅限于表面，所以我也没有想太多。

卫秀英比我大 3 岁，既聪明又实在，平时我们两个人可谓无话不谈。我在与卫秀英闲聊时，无意间谈到了对茹振钢有好感。秀英姐了解我，觉得我和茹振钢在一起比较合适，就去找张沁山打听茹振钢的想法。

茹振钢对于另一半没有什么要求，他觉得只要两个人能谈得来、女方不嫌弃自己家里穷就行了。但是，因为毕业前要办理各种繁杂的手续，我们谁也没有把这个事情放在心上。

无巧不成书。毕业后，我们竟然都被分配到了新乡。

到新乡后，我们农校来报到的同学，全部集中在太行饭店，等待接收单位来接人。茹振钢找了个要借钱的借口约我见面，我们这才有了第一次单独接触的机会。

我们两个以谈朋友的方式接触还是第一次，所以都很羞涩，简单寒暄了几句就匆匆分开了。

第二天，在宾馆的大厅，我又碰到了茹振钢。他迫不及待地要还我钱。我说："就几块钱的事，你还这么认真?!"

茹振钢半开玩笑地说："好借好还，再借不难嘛!"

最后，我拗不过茹振钢，只好把钱接了过来。

他那时给我的感觉就是，固执、认真，同时也很可爱。

不管怎样，我们两个谈恋爱的序幕就算拉开了。后来，茹振钢去了百泉农专，而我到了新乡市农科所。

当时，单位派了一辆三轮摩托来接我。我坐着三轮摩托车，过了好长时间才到达目的地。

到了单位以后，我只觉得非常荒凉。农科所的大院里，只有几排低矮破旧的红瓦房，办公条件很简陋，也没有多少职工。尽管如此，我还是很高兴，一是自己已经是公家人了，二是可以干自己想干的事业了。

报到后，单位领导把我分到了蔬菜研究室。当时的蔬菜研究室有西红柿、大葱和大白菜育种课题。因为西红柿和大葱课题组当时都有育种团队，只有大白菜课题还没有研究人员，初来乍到不了解情况的我就高高兴兴地接下了大白菜育种课题。后来我才知道，原来这里的试验地盐碱度非常高，种出来的大白菜不仅不包心，还烧心严重，别说进行选种，就是留种都非常困难。原来搞大白菜育种的王乐富老师到牧野乡蔬菜办公室搞蔬菜技术推广工作去了，其他人又觉得这是块难啃的骨头，所以都不愿意接手这项任务。

百泉农专在辉县，新乡市农科所在新乡市东郊，两个单位相距六七十里，我与茹振钢见一次面很不方便。我们1981年12月底到单位报到，1982年学校放寒假后，茹振钢从百泉农专来新乡市农科所找我。

因为通往新乡市农科所的交通不便，再加上茹振钢对新乡市的道路不熟悉，所以他在市里绕了很远的路，最后才沿着骆驼湾附近那条废弃的小铁路，摸到了新乡至汲县的那条路上。

那天，我在小铁路与新汲路交叉口接到了他。茹振钢穿着军用鞋、军用裤和一件烂了袖口的蓝色涤卡上衣，挎着一个黄色军用挎包，背着一个大大的黄色大提包。看见他的时候，我有一种怪怪的感觉，心里有一种说不出的滋味。我对他真的了解吗？我敢把终身托付给他吗？我心里泛起了嘀咕。

把茹振钢接到单位后，我们聊了起来。他说回去后想到我家看看。我感到有些突然：这节奏也太快了吧！我们还没说过几句话，也没有深入了解。我看中的是他的才能，那他看中我的是什么呢？况且，我还没有和父母说过呢。

但是，茹振钢却像一根筋似的，一再坚持要到我家去。我的心还是太软了，在茹振钢的一再恳求下，我答应他春节前可以到我们家去一趟。我们把时间定在了腊月二十八。

虽说嘴上答应了茹振钢，可是，我心里却在不停地打鼓，甚至有些后悔。我还没有给父母透露过任何一点信息，突然带回去一个男朋友，不知父母会怎么想，会有什么反应。

那几天，我的内心像猫抓一样难以安生。

第十四章　我的原生家庭

（一）

我是家中的老大，父母一直视我为掌上明珠。在我父母看来，女孩子结婚以后就成了别家的人，所以母亲极不舍得自己女儿过早变成别家的人。

一边是办事雷厉风行的茹振钢，一边是需要耐心沟通的母亲，这着实让我左右为难。

在考虑怎样才能与母亲有效沟通时，我想了很多很多。

我们家在曾祖父那代，也就是清末民初的时候，在常乐村也算是个富裕家庭了。我曾祖父有两个儿子，一个是我的大爷原养真，一个是我的爷爷原修真。他们弟兄两个关系很好，各自结婚后也没有分家。后来，大爷爷英年早逝，留下了大奶奶和一个女儿。这唯一的女儿也在十几岁时不幸夭折了。好在大奶奶与我爷爷奶奶一起生活，日子倒也不算寂寞。

我爷爷是个文化人，写得一手好字，曾经是个教书先生。但他不安于教书，总想尝试经商。由于经营不当，没多久，爷爷就把家产赔得一塌糊涂。爷爷先把家里的物件卖了个精光，后来又动起了卖房子的主意。

当家里被卖得只剩下一座上房、一座厢房的时候，大奶奶怕爷爷把家产全都折腾光了，便想到与我爷爷分家来保全家产。虽说是分家，其实并没有分开单过。

爷爷奶奶相继去世后，留下了姑姑、父亲和叔叔三个孩子。那时候，姑姑和父亲10多岁，叔叔不到3岁，善良的大奶奶便挑起了家庭的重任。

为了生存，姑姑不得已给人家当了童养媳。后来，姑姑举家逃荒到了山西，也把父亲带了出去，让父亲当起放牛娃。再后来，姑姑因难产去世，父亲便又返回河南老家和大奶奶一起生活。

因为爷爷把家业几乎败光了，土地改革的时候，我们家被划为贫农成分。

（二）

我的父亲原正典，生于1929年12月，是个急性子，说风就是雨。无论是在生活中还是在工作中，父亲都是说干就干，说走就走。明明刚刚还听他在身边说话，转眼间就不见了踪影。

父亲小时候特别爱哭，不过，只要我奶奶抱着他不停地走动，他的哭声就会减弱许多。父亲一旦哭起来，奶奶连饭都吃不成。于是，每当吃饭的时候，奶奶就会在我们西厢房两头的窗台上各放上一碗饭，走到南头喝一口，走到北头再喝一口。这样，奶奶才能吃完这一顿饭。

我们家家道还没有败落时，爷爷和家人商量着要让到了上学年龄的父亲上学去。谁也没有想到，听到要去上学的父亲，竟然被吓得躲藏到玉米秸秆堆里不敢出来。结果，全家人找了两天才找到他。

这可吓坏了爷爷，从此之后再也不敢给父亲提上学的事情了。

父亲没有上过学，不识几个字，但是他的头脑非常灵活，擅长人际交往，善于捕捉经济信息，很年轻的时候就开办家庭作坊，做起了捞纸生意。因为当时只有我们一家在做，所以赚了不少钱。

村里人看我父亲捞纸挣钱以后，就都跟着搞起了捞纸副业。父亲看大家都开始捞纸了，就改行做起了供应捞纸原材料的生意。按说父亲应该大挣一把，可是因为一些捞纸户只用材料不给钱，父亲赔得一塌糊涂。

大奶奶觉着父亲不会精打细算，需要找个媳妇帮忙打理，于是就张罗着把母亲娶回了家。

那时候，耕田种地靠的是犁耧锄耙、肩挑背扛，是力气活。因此，家里没有儿子，只有两个女儿的姥姥常感觉在人前抬不起头来。姥爷因病去世后，家里没有男人的母亲一家，日子过得非常艰难。

为了能够有人帮助家里干活，姥姥在邻村给我姨找了个大 10 岁的丈夫，在本村给母亲找了个大 8 岁的丈夫。听母亲讲，我姨夫吃苦耐劳，耕种收获样样都行，什么家务杂活都能做。我父亲虽然不擅长干农活，但善于与人交流，见识很广，为姥姥撑起了门面。

后来，父亲当上了生产队队长。当上了小队长的父亲带领社员群众一手抓粮食生产，一手搞副业创收，先后办起过捞纸、弹花、榨油等小作坊，集体经济搞得风生水起。

在我的记忆里，父亲年轻的时候常年在外，从不过问家里的事情，一心一意地为集体的发展操心劳力。

那时候，集体副业刚刚兴起，我父亲又是大大咧咧的性格，做起事情来不太注意细节，账目管理比较随意。每次出差回来，他常常把出差的票据稍稍整理一下，找张纸一包，随手放到家中抽屉的夹底层里就算了事。有时候半年、一年才报一次账。

父亲总认为，只要没有把集体的东西往自己家里拿，没有把集体的钱往自己的口袋里装，挣了是集体的，赔了也是集体的，做到问心无愧就行了。

有一年，村里来了一个驻村工作人员。有人怀疑我父亲有经济问题，借机串通几个社员向工作人员告起了我父亲的黑状。

工作人员非常重视，成立了调查小组，开始对我父亲进行全面调查。

面对调查组的调查，父亲把几年来的每一笔开销，都说得清清楚楚，同时，又把每次出差回来随手放在抽屉夹底层里的票据统统翻了出来。

父亲来家里拿票据的时候，我就在现场。

说来也奇怪，抽屉夹底层里的其他纸张被老鼠咬得一塌糊涂，可是那一包包出差票据却完好无损。

调查组跑到山西，到有关部门或工厂对票据一一进行核实。结果，这些票据在所涉及的单位账目上，款项收支一笔一笔记得清清楚楚。

调查结果是，我父亲不但没有贪污集体一分钱，反而还倒贴了生产队 185 元钱。

对于现在来说，185 元钱不算什么，可在当时的农村，这是一笔巨款。更重要的是，这 185 元钱不但还了我父亲的清白，还让大家知道他是一个一心为公的人。为了给集体节省花费，每逢去山西出差前，他就让我母亲打好多烧饼当作干粮带在身上。到山西后，他每天都用小米汤泡烧饼吃，还总是饥一顿饱一顿的，没个规律。时间长了，父亲就落下了个"饥饱痨"的毛病。

调查组在山西纸盒厂调查时，还意外了解到了父亲从未透露过的一个秘密。

有一年，我父亲在山西一个纸盒厂联系业务时，工厂突然发生了火灾，父亲奋不顾身地冲上前去，和纸盒厂的工人们一道救起火来。在大家的奋力抢救下，大火很快得到了控制，纸盒厂也避免了灾难性的损失。为了表示感谢，这个厂的领导还赠送给我父亲一套《毛泽东选集》。

我清楚地记得，不太识字的父亲一次出差回来时，带了一套《毛泽东选集》。当时我还纳闷不识字的父亲为什么会从那么远的地方带回那么多书呢！

经过这次调查，我父亲超强的记忆能力、一心为公的高尚品德，赢得了广大社员和驻村工作人员的赞叹和敬佩。

父亲的性格特点一直影响着我，真善美是我一生的追求。

后来，大队支书看到我父亲将小队的企业搞得风生水起，觉得我父亲很有经济头脑，是个难得的人才，就把他抽调到了大队创办的纸厂，专门负责采购和推销工作。

父亲性格直爽、豁达开朗，喜欢与大家交流，深受父老乡亲们的喜欢。原姓家族的红白喜事，我父亲都是主要参与者或主办者。同时，父亲还是街坊邻居的"保护伞"，哪家孩子不孝敬老人，这些老人就会向我父亲求助。

对于家里最小的叔叔，父亲更是爱护有加。因为爷爷奶奶在叔叔很小的时候就去世了，父亲总是保护着叔叔。听说有一次叔叔得了急性阑尾炎，天不怕地不怕的父亲，被吓得坐到地上都起不来了。

我五六岁的时候，父亲和叔叔分了家。家里只有一座上房和一座厢房，上房是实木楼板的楼房，非常结实；厢房又小又窄，比较简陋。两座房子有天壤之别，因此分房子的时候，大奶奶一下子犯了愁。看到大奶奶左右为难，父亲主动提出把上房和一切有用的大件物品都分给弟弟，自己住小厢房。

叔叔与父亲虽是一母同胞，但性格却截然相反。叔叔性格温文尔雅，办事有条有理，不仅能识文断字，还学习了中医，是村里颇有名气的赤脚医生。

姥姥过世后，出于照顾曾外祖母的需要，在我不到 8 岁的时候，我们全家搬到了姥姥家。父亲把我们家分得的那点家产全部留给了叔叔，只带走了一把有我爷爷亲笔写的"原修真"几个字的大椅子。

两家虽然距离远了，但弟兄两个的心却更近了。我父亲很少干农活。在我的记忆中，父亲只主动拿起镰刀去割过一次麦子，还是与母亲、堂弟和我一共割了两畦，最后的工分是由我们家和叔叔家平分了。

刚刚改革开放的时候，有一年，由于父亲业绩突出，大队纸厂奖励了我父亲4000元钱。父亲将这4000元一分为二，一份给了叔叔，一份拿回家来。

父亲在纸厂当采购员那些年，纸厂的效益非常好，福利待遇自然就好。农忙季节纸厂发的镰刀、草帽或毛巾之类的东西，父亲总会分给叔叔一半，如果发的东西少了，就干脆全部给叔叔留下。

（三）

由于父亲经常在外面出差，家里的事情全都落在了母亲肩上。生活中遇到了什么麻烦，都得由母亲出面处理。因此，母亲就成了家里里里外外的一把手。在我的记忆里，街坊邻居都非常喜欢我母亲。特别是那些思想传统、性格耿直的爷爷奶奶们，都说我母亲是优秀女人的代表。

母亲孝亲敬老，是全村出了名的。

在我很小的时候，由于生活条件有限，母亲总是把好吃的留给老人，留给孩子。我大奶奶喜欢吃纯白面，母亲就每天早上给大奶奶做一碗酸汤白面叶，或者蒸两个鸡蛋。曾外祖母喜欢吃野菜玉米粥，她就最大程度地满足曾外祖母的要求。

曾经有一段时间，每天中午母亲在我们吃过饭后，才把剩下来的一点面条下到锅里。这一点面条，根本不能让母亲填饱肚子。于是，母亲做好面条后先去睡午觉，等睡醒了，面条也涨得稠稠的，这时候再吃就像是吃了满满一大碗面条。但这并不是真吃饱了，所以，母亲下午出去干没多久的活就又饿了。

久而久之，母亲身体出现了浮肿。在好长一段时间内，母亲竟然喜欢吃沁河里的淤泥，还有烧过的煤渣。母亲在吃煤渣的时候，就像是在吃玉米花一样，觉得非常香甜。

尽管家里并不富裕，但母亲从来没有阻拦过父亲照顾自己的弟弟，也从来不反对他把家里的东西送给更困难的人。父亲也把善良、大气、勤劳的母亲视为珍宝，经常说母亲做什么事情都是对的。

在父亲出差的时候，母亲不得不在家里独当一面。

我们刚搬到姥姥家的时候，父亲根本没有时间去打理破烂不堪的房屋和院落，修缮房屋的事便一拖再拖。

有一年秋天，正当秋收大忙的时候，父亲正好出差，要在山西待一个多月。

队里分玉米的时候，我们几个太小，根本帮不上母亲什么忙，她只能独自一人把玉米拉到家里，连明达夜地扯玉米皮，然后将玉米编成玉米辫子挂到墙上，让其自然风干。要是不赶紧处理好，堆放两天后，玉米穗便会发热变质，家里就要断粮了。

分红薯的时候，母亲更难！那时候，为了提高粮食产量，队里拼命地种红薯。每到刨红薯的季节，大家就在白天刨刨分分，傍晚想办法运回家去。由于不同地里的红薯大小不一，为了公平起见，同一块地里的红薯往往要分好几堆。那时候，生产队里的架子车很少，用车就要排队。家里人多、有劳动力的，肩挑人扛就把红薯运回家了。然而，母亲只能排队等架子车。

好不容易轮到了，母亲便先拎着马灯找到我们家分得的一堆堆红薯，然后再把红薯装车拉走。刚刚刨过红薯的地里都是虚土，在这样的地里拉车行走很费劲，而随处可见的红薯坑更增加了拉车的难度，一个壮劳力还需要人搭把手，更何况是一个女人家。但母亲硬是坚持着，一边带着我们，一边把一堆堆红薯装上车往家里拉。我们几个小孩儿又饿又困，跟在母亲边上一边哭一边走，经常哭得母亲无比心焦。

把红薯拉回家后，母亲的工作还没结束，她还要将红薯刨成红薯片，再撒到麦地里晒成红薯干。

当母亲拼尽全力干完这些紧张繁重的体力活后，看到那白天露太阳、晚上露星光，刮风进风、下雨漏雨的破房，心里能不生怨吗？

说来也巧，就在母亲一个人挂完玉米、晒完红薯片的时候，父亲回来了。一肚子怨气的母亲，可算是有出气的地方了，她狠狠地数落起父亲来。平日里，父亲自知理亏，每当母亲数落他的时候，都是一笑了之。但这次不同，父亲竟然恼了，还在半夜时分去找村支书评理。这让母亲很是意外。原来，父亲在外边办事遇阻，心里本来就不顺，又听到母亲喋喋不休的数落，就忍不住发起火了。

在生产队的时候，社员们是多劳多得。为了能够多挣些工分，母亲曾经有一段时间承担起了给生产队牲口割草的任务。

那个时候，我们生产队不但喂有牛，还喂有骡和马。割草是论斤算工分的，割的青草越多工分就越多。为了能够割到更多的青草，母亲往往要跑到五六里以外的芦苇园去，那里的青草集中连片，长得又高又好。

虽然芦苇园是割草的好地方，但青草茂盛的时候，几十亩大的地方，两三米高的芦苇遮天蔽日，阴森可怕。芦苇园是太行山与我们常乐村的过渡地带，不但是麻雀、水鸟的聚集地，也是野兔、獾狐、黄鼠狼和大灰狼等动物的藏身之处。因此，在芦苇茂盛的时节，很少有人单独出入芦苇园。有一次，10多岁的大妹妹出于好奇，跟着母亲走了进去。当她们走到芦苇园深处时，大妹妹特别害怕，就用唱歌来缓解自己的恐惧。

母亲说："爱琴，你还挺胆大的，还敢在这里唱歌！"

大妹妹说："我要用歌声吓跑小动物和坏蛋们！"

其实，母亲不是不害怕，而是为了能够多挣些工分才这样拼命的。

那时候，母亲每天独自两进两出芦苇园，上午割一担青草，下午割一担青草。一担青草100多斤，这个重量对于身高只有1.52米、体重80多斤的母亲来说已经是她所能承受的极限了。

即便如此超负荷运转，母亲仍对生活充满了期盼。她勤劳善良、不畏艰辛、热爱生活的生活态度深深地影响着我们。

（四）

我是家中的第一个孩子，下面还有两个妹妹和一个弟弟。大妹妹原爱琴，比我小4岁；弟弟原随上，比我小6岁；小妹妹原让花，比我小10岁。

按常理说，在当时，弟弟应该是最受宠的。可在我们家，有什么好吃的好喝的，多半都是先尽着我吃。家里母鸡下的蛋，大奶奶在世的时候，都是先尽着大奶奶吃；大奶奶去世后，几乎都让我吃了。

母亲如此心疼我也是有原因的。母亲怀我的时候，正值困难时期，几乎没吃过一顿饱饭，所以我还在母亲腹中时便已营养不良。我出生后，母亲的奶水不够，多亏了别人借给母亲的两斤白面，我才勉强存活下来，但身体却很羸弱。大奶奶为我取名"连庄"，希望我长长久久、平安健康！

虽然我身体不好，但脑子转得很快，这让大奶奶和父母亲非常欣慰。

在我的记忆里，大奶奶总是和蔼可亲的。她个头中等，时常穿着一身黑色衣服，头上戴着一顶老人帽，手里拿着龙头拐杖。因为缠过足，大奶奶的脚又小又尖，走起路来总是一摇一晃的。大奶奶讲的故事，既生动又好听，内容都是积极向上、引人向善的，对我有着极大的教育和启发意义。

我上学以后，但凡需要而家里一时又没有的东西，大奶奶便会跑半条街去借。我曾问过大奶奶："您曾经是个大家闺秀，咋还会去向别人借东西呢？"她笑了笑道："人生在世，即便再富也总会有置不全的东西，就是再有能耐也总有需要别人帮助的时候，只要我们平时愿意帮助别人，自己有困难时，别人也会帮助我们。"

大奶奶的这句话，影响了我一生。

第十五章 不尽如人意的初次见面

腊月二十八那天一早，父亲便把院子打扫得干干净净，母亲极不高兴地准备着全家人的早餐。

母亲不高兴的原因有二：一是一向聪明乖巧的女儿竟在找男朋友这么重要的事情上如此草率，在双方老人都不知情的情况下就让对方来了家里；二是我们当地找对象有能隔千山不隔一水的说法，而我们两家中间隔了一条沁河。当时沁河上的固定桥梁还很少，我们去县城的时候，冬天因河水较小，走的是老百姓搭成的临时桥；夏天河水一大，就要乘摆渡船过河。一旦遇到涨大水，船只就会停摆，过河异常困难。所以，河南岸和河北岸的人很少通婚。

尽管母亲心里不快，但是事已至此，便也只能接受。

再说茹振钢。他此次到我家里拜访是做了充分准备的。虽说他上身还穿着那件蓝涤卡衣服，但下身却穿了一条新裤子，脖子上还多了一条大哥借给他的灰色围巾。

后来我才知道，为了能够给我父母留下一个好印象，他从新乡回去后，他的母亲就找了一块布料让他做一条新裤子。虽然布料不太够，但也勉强做成了一条裤子，尽管仍不太合身。

茹振钢非常重视此次拜访，专程请了表弟丁洪金陪同。由于初次到访，路线不熟，他还邀请了与我父母相熟的王明芳老师前来引路。

他们三人到了之后，等候在大门口的父亲把客人迎进了家里。此时的茹振钢一改往日的自信洒脱，变得异常拘束、谨慎，与衣着得体、举止谈吐自然大方的表弟相比逊色不少，给我父母留下了老实有余、聪明不足的印象。

母亲因对茹振钢不太满意，一直坐在煤火台上没有下来。向来温和的母亲那一次竟表现出了少有的孤高清冷，让茹振钢至今难忘。

茹振钢临走时，邀请我大年三十到他家里去做客，说是还邀请了中牟农校沁阳籍的几个同学到家里聚会。我没有答应，也不能答应，因为我知道茹振钢这一次"大考"，没有及格。但他再三相邀，我只好松口说："如果母亲同意的话，我会尽力前往。"茹振钢说："大年三十上午十点钟我会到变电所附近接你。"他说的变电所，几乎就是在我们两家的中间位置上。

分别时，看着茹振钢的背影，我的心跳突然有些加速，我太喜欢这个宽厚挺拔、坚定自信的背影了！我当时也不会知道，这个背影在以后的人生路上，会给我那么多砥砺前行的力量！

我怀着忐忑的心情返回家中时，母亲请来帮忙的那位阿姨正在和母亲聊茹振钢。果然，母亲不同意我们俩交往。她觉得不仅两家相距较远，我俩的工作单位也离得太远，对以后的生活不利。所以，当我跟母亲说茹振钢邀请我去他家做客时，母亲坚决反对。尽管我对茹振钢很有好感，但毕竟我们俩相处的时间不长，对他的了解有限，我没有充分的理由来说服自己，更没有充分的理由去说服母亲，因此便决定不去赴约。但因为当时通信不便，我无法将这一决定及时告知茹振钢。

大年三十这天，经济条件有限的茹振钢请大嫂帮忙做了一桌丰盛的饭菜。他满怀希望地骑着自行车到10里之外的变电所去接我，可一直等到下午一点也没见到我的人影。

茹振钢回家后向同学们说明了情况，大家不想让他难堪，草草吃了饭便都借故离开了。

第一次见家长，第一次请客，均以失败告终，茹振钢心里非常不是滋味儿。他仔细回想了每个步骤，意识到可能是因为自己过于拘谨，与举止大方的表弟形成了鲜明的对比，以至于我的家人对他不甚满意。

茹振钢不想放弃，正月十一那天，他给我写了一封长信。

连庄：

下雪了。鹅毛般的雪片纷纷扬扬，飘到了树枝上，飘到了路面上，飘到了麦田里……洁白无瑕的雪一层层堆积，给村庄裹上了一层银装。

三年来，因忙于学业，我无暇欣赏家乡的美景，竟不知道家乡的雪景如此绮丽。我忍不住走出家门要看看这雪花飞舞、遍地晶光衬托下的大好山河。我看到了还带着奶腔的孩子们团雪球、打雪仗，不由得为他们能有一个这样幸福的童年而欣慰；走到田野看到先前那绿油油的麦苗都盖上了"雪被"，只露出它们的叶尖，像是在欢迎远道而来的客人；来到河边，看着河水裹挟着雪花不停歇地向东奔去，像是要去赴一场重要的约会；走在公路上，脚下的积雪有节奏地发出"咯吱咯吱"的声音，回望来时路，只余一串深深的脚印。周围一片寂静，与我为伴的，只有那条被积雪覆盖的一眼望不到尽头的公路。此时，我又冷又孤单。我想继续前行，可看着孤独又漫长的道路，我犹豫了。

我心上的人啊，此时你是否也觉得寒冷，觉得无力，觉得寂寞？我只有和你在一起，才有力量来抵抗这一切。我想和你一起沿着这条宽敞的公路走下去，看足这景色迷人的故乡。

我心上的人啊，多么希望能够和你携手笑看打雪仗的孩童，和你并肩走过积雪覆盖的田野，越过不停奔流的河水，沿着没有尽头的公路一直向前，不管前路是平坦还是坎坷，我们彼此相伴、毫不畏惧。

连庄，你可知道，大年三十那天，在西关变电站——我们约好见面的地方，我留下了茫然徘徊的足迹；正月初四，我又在那里几番踟蹰。你何时才能够感受我的一片赤诚之心呢？也许是寒冷的天气阻拦了你，也许是长辈之命不可违，也正是因为你未赴约，我才愈发明白自己的心意。见面那天，我过于拘谨的表现再加上才貌平平，所以未给长辈留下好的印象。这是我考虑不周造成的，但思前想后，我真诚地希望你能和我一起努力化解长辈们对我的误解。

这是我人生中第一次将内心的话儿向人倾诉。此时，你相信我的心意吗？对我有信心吗？有勇气为我们在一起而努力吗？

我心上的人啊，我们何时才能相见？我计划正月十六回学校去，有什么情况可以给我写信，有空到学校去玩。

此致

敬礼

振钢

1982 年 2 月 4 日

正常情况下，茹振钢过了春节就要回校上班，可那一年却回去得比较晚，可能是他心里一直在期盼着我的回复吧。

第十六章　尺素传情

（一）

茹振钢来过我家后，父亲一直没有明确表过态。后来，王明芳老师又专程找到我父母，夸赞了一番茹振钢，可我母亲仍有不少顾虑。

过完春节之后，我如期回到新乡市农科所上班。因为母亲对我和茹振钢交往的事一直没有松口，所以茹振钢返校后接连给我写了好几封信，我一直犹豫着没有回复。

我身为家中长女，从小到大从未拂逆过父母的意思，如果答应茹振钢，或许会惹父母不快；但要是不同意，又总觉得以后会后悔，我左右为难。可逃避解决不了问题，于是我再三思量后，给茹振钢写了一首诗，表明了我的心意：

> 吾本长女父母花，身为标杆责任大。
>
> 父母爱花难释手，女儿不忍娘泪下。
>
> 此情并非你我故，只因两地天河划。
>
> 有情无缘难相守，愿君择优早成家。

茹振钢看到我给他写的小诗之后，觉着还有做工作的空间，于是回了一首诗以表达自己的心情：

> 千奇异花相争艳，耳塞目闭不欲看。
>
> 吾曾有花心中藏，无时不在美心田。
>
> 谁料此花日短暂，难经霜打与风寒。

美看一时就告终，留恋泪水灌心田。

读完诗，我的眼泪不受控制地流了下来，更不知该如何决断。我此刻并没有充足的理由可以说服母亲同意，所以决定保持沉默。我始终相信，时间可以证明一切。

之后，茹振钢又多次来信表达他对这份感情的执着与追求，我也被他的真诚深深打动，终于，我下定决心要努力去做父母亲的思想工作。

其实，在我回单位不久，父亲就到洪道寺附近暗暗地打听了茹振钢的家庭情况。父亲从他家的街坊口中得知，茹振钢家里虽然经济条件不好，但人品、德行都很好，这才放心了些。母亲之所以不同意我们俩交往，关键还是觉得我们两个的工作单位离得太远。于是，我决定带着母亲到百泉农专走一趟。

到百泉农专后，我们先到卫秀英处安顿了下来。我和母亲在百泉农专的两天时间里，茹振钢和秀英姐将母亲照顾得非常周到，她老人家很受感动。通过进一步接触，母亲觉得茹振钢踏实勤奋，能力也强，好相处，也就不再反对我与茹振钢交往了。

自此，茹振钢一有时间，就到新乡市农科所看我。我有时也会骑自行车或坐公共汽车去百泉农专找他。真正开始交往后，我才感到异地恋爱的不易。别的暂且不说，单说交通的不便，就已让人苦不堪言。每次骑自行车去百泉农专，我的体力都会消耗殆尽，需要好几天的时间才能缓过来；即使是坐公交车，中间也要倒好几次车。所以，我需要鼓足勇气才能去百泉农专一次。这时我才真正理解父母的良苦用心。

1982年暑假，茹振钢自己回了一趟沁阳。因为我说我父母喜欢蔬菜，他便实实在在地买了一大篮蔬菜绑在自行车上，高高兴兴地到我家看望我父母。

　　为了省时间，他选择了乘船渡河。下船后没走几步，自行车就陷进河边的泥沙里，他一时没有掌握好平衡，连人带车摔倒了，人还险些掉进河里，自行车和篮子里的菜有一半已经接触到了水。爬起来后，他衣服上到处都是沙子，还好沁河边的沙子很干净，干了以后一拍就好了，没有影响到他的形象。

　　有了上一次拜访的经验教训，茹振钢这次表现得很是得体，我父母非常满意。

<h2 style="text-align:center">（二）</h2>

　　距百泉农专 5 公里左右有个湖，名为百泉湖，因湖底泉眼无数而得名。泉水喷薄而出时水花似珍珠飞溅，因此又名珍珠泉。湖畔绿树婆娑，风光绮丽；湖水碧波荡漾，清澈见底；湖中小桥亭阁，古柏点缀。这里素有"中州颐和园""北国小西湖""豫北明珠"等美誉。

　　秋收时节，我和茹振钢相约来到了百泉湖畔。

　　我们牵着手走在如诗如画的美景中，心旷神怡。

　　当我们来到历经沧桑仍枝叶繁茂的古柏抱槐树下时，我忽然想到了《天仙配》的美丽传说，由衷地感到有知心恋人牵手相伴的幸福和快乐。

　　我感慨道："如果我们到八九十岁的时候，还能手牵着手来看这棵老槐树，那该是多么幸福的一件事情啊！"茹振钢高兴地连连说："一定！我们一定能！"

　　这棵树在我们俩的心中便成了让我们百年好合的月老，我们在此许下了厮守一生、百年不变的诺言：

> 百泉涌动水草青，初恋情人古桥行。
>
> 柏抱槐下双牵手，苏门山前定终身。

　　1983 年春节前夕，我们两个人放假回家，茹振钢又去拜访了我的父母。这一次，我父亲专门为他买了条大鲤鱼。我们家人都不擅长做肉食，于是，茹振钢就主动要求下厨，又是做鱼又是蒸馍的。父母看着在厨房忙碌的身影，心里乐开了花。

　　经过一年的接触，我们的感情也进一步加深，茹振钢要走的时候，我们俩还真有点舍不得彼此。我恋恋不舍地把他送到了沁河岸边，在沁河堤上，茹振钢即兴赋诗一首：

向　往

　　　　和风吹拂杨柳，春雨飘洒枝头。

　　　　花蕾含苞待放，美景在前头——

　　　　鸟语花香之地，情侣慢步行走。

　　　　道路艰难遥远，终身互帮互助。

我回赠他一首：

送　归

　　　　喜鹊喳喳枝头，沁水冰融涓流。

　　　　杨柳蓄势待发，情侣携手漫步。

　　　　相亲相爱相知，难舍难分难留。

　　　　含情脉脉别离，只盼再次聚首。

　　1983 年，我参加了河南省蔬菜品种资源普查工作。因工作原因，我空闲的时间很少，而茹振钢比我还忙，所以我们便只能通过书信来沟通。

　　这年"三八"妇女节的时候，茹振钢给我写了一首诗：

　　　　　人生真有限，遇事多艰难。

　　　　　独自向前行，时常觉孤单。

　　　　　牵手好知己，顷刻生温暖。

　　　　　抓紧青春时，生命发光焰。

注意强身体，吾将把心宽。

看完信后，我也马上回诗一首：

至茹君

你视小麦为心肝，

我与白菜今世缘。

互帮互助两相依，

如虎添翼双争冠。

同年11月，我去中国农业科学院学习大白菜加代技术。我在北京学习期间，茹振钢对我既思念又担心，于是，又给我写诗一首：

亲人上北京，进入繁华城。

学习新技术，饱尝北方冷。

独自居外地，总有思亲情。

不要觉孤单，吾心紧随从。

忧食忧冷暖，坐卧不安宁。

几将心操破，盼您早南行。

远在千里之外的我思念之情更甚，便回诗一首聊表情思：

北京情思

天苍苍，霜茫茫，遥望星空思故乡。

早也盼，晚也盼，一缕情丝两相连。

风啸寒，冷拂面，两心相依方知暖。

第十七章　初次调研

我与茹振钢的感情随着这样一首首情诗日渐加深。一封封饱含真情的书信，将两颗炽热的心紧密地联系在了一起，同时也激励着我们在各自的领域努力工作。

刚到单位报到的时候，领导安排我与卞高中老师一起进行大白菜育种工作。那时，卞老师刚从滑县农业局调来半年多，他有着自己感兴趣的课题——大蒜研究，虽然也了解大白菜育种的进展情况，但不太愿意接手这个工作。但他看我自己承担了这么一个沉甸甸的任务，于心不忍，便在进行大蒜研究之余帮我进行大白菜育种工作。随着研究工作的推进，卞老师感到在大蒜研究方面出成绩比较困难，便开始全心全意地与我一起进行大白菜育种研究。

卞老师既有丰富的实践经验，又非常重视年轻人的创新能力，他总是鼓励我，让我大胆想象、放手尝试，而自己默默地支持着我。我在大白菜育种方面能够取得如今的成绩，卞高中老师功不可没。能与卞老师合作，实乃我人生一大幸事。我们刚接手大白菜课题时，只有70多个大白菜种株和一个破旧的记录本，连工人都是后来招的。我们的育种工作几乎是从零开始的。不过，这也正好可以让我发挥喜欢创新的优势。我根据自己的想法边探索边推进，先从生产和市场调研开始。

尽管学习了3年的果蔬专业知识，但是我对当时大白菜的生产现状、栽培技术及育种方法还是知之甚少。经过慎重考虑，我认为先进行生产与市场调研是搞好大白菜育种工作的必经之路。那段时间，我像着了魔似的，不论是周末还是节假日，一有时间就往乡下的菜田跑。

下基层调研需要交通工具，那时候，主要交通工具就是自行车。可我刚参加工作，没有能力购买，只能借用同事们的自行车。

有一次，我准备到牧野乡的菜地去考察，便借了一个男同事的二八式自行车。这辆车有横梁，车座很高，而且车闸还不灵。我骑上去不能完全蹬着脚蹬，只能一只脚蹬到一半的时候，另一只脚马上接着蹬，很费劲儿，也不太安全，但要比走路快得多。

我晃晃悠悠骑到一个十字路口的时候，左前方忽然开过来一辆大卡车。此时，如果刹不住自行车，我就有可能被卷到车下去。说时迟那时快，我当机立断一扭车把，连人带车摔到了地上。尽管把自己摔得浑身疼，又沾了一身灰，但至少确保了自己的生命安全。

还有一次，我到新乡市郊区饮马口菜区去了解情况。当时正值中午，地里一个人也没有。那时，几乎每户菜农都会在自家的地里挖上个大约宽3米、长4米、深2米的粪坑来积肥。由于对蔬菜的生长情况过于关注，我一不小心掉进了粪坑。粪水瞬间没过了我的大腿，当时我的脚还没有踩到底。幸亏我反应很快，借助粪水的浮力迅速扒住了坑沿，奋力爬了出来。看着浑身上下又臭又脏的粪水，我第一次对自己选择的专业产生了怀疑。还好不远处便是卫河，我就在河边的浅水处洗了洗，让风稍稍吹干后，便又继续前进。

这件事情让我感到太狼狈、太难堪了，我回去后谁也没说。这成了我多年来一直藏在内心深处的秘密。那时正值中午，田间没有半个人影，如果我没有抓住坑沿的话，后果真的是不堪设想。每每想起此事，我仍会感觉后背发凉。

可比此事更糟心的，还是当时大白菜的生产状况。在考察的时候，我发现，有一个生产队种植了将近 20 亩的早熟大白菜，但却接近绝收；晚播冬储的大白菜，也好不到哪去。在 20 世纪 80 年代初，大白菜杂交种较少，且大多还是从山东引进的品种。由于山东与河南地理位置不同，气候差异明显，从山东引进的大白菜品种第一年长势喜人，第二年就会减产 1/3，第三年便接近绝收。但种植我们当地的白菜品种，不仅病害严重，而且干烧心情况普遍，极大地影响着白菜的产量与质量。所以，丰年的时候，白菜供大于求，人们用很少的票就可以换回一车白菜；而歉年的时候，即便是掏上高价，也买不来品相优良的结球白菜。品质好的白菜难得，品种好的白菜种子就更难得了。每当新的白菜种子下来时候，我们省的大白菜经销商都要到山东去抢购种子。因为货源有限，有的人干脆背上被子排队购买，一排就是好几天，比买火车票还要难。鉴于此，河南省内但凡有搞蔬菜研究的单位，大都有大白菜育种课题。经过调研，我突然觉得自己肩上责任重大，于是就暗下决心，一定要通过自己的努力来解决省内大白菜栽培育种过程中的实际问题。

第十八章　难忘的资源普查

为了能够尽快推进白菜育种工作，在做好生产和市场调研的同时，我曾先后到全国知名农业院校和科研院所拜访了 10 多位著名的大白菜育种专家，诚心求教。前辈们将他们在科研实践中积累了几十年的育种经验，毫无保留地传授给了我。

郑州市蔬菜研究所的宋宝琳老师是当时河南省大白菜育种及栽培方面的元老级人物。我与茹振钢专门到郑州蔬菜所学艺时，宋老师直接把我们带到了他的试验田，手把手地教会了我大白菜自交系的自交保存与配合力的测定工作。我们都没有想到，宋老师竟然会对第一次见面的我们倾囊相授，我心中万分感激。如此，我便能少走不少弯路。

回单位没有几天，我又与卞高中老师去开封蔬菜研究所拜访了当时河南省大白菜育种界的领军人物王金旺老师。王老师那时不仅育出了一些知名品种，还通过调查发现了本省大白菜育种及生产上存在的一些关键问题。听到同行到访，王老师非常热情地接待了我们。

王老师与卞高中老师是同龄人。他对当时朝气蓬勃的我寄予了无限希望："小庄呀，我们这一辈人在大白菜育种方面只能算是刚刚起步，把我省的大白菜育种工作推上山顶就要靠你们了。大白菜品种的区域性太强，山东的大白菜不能完全适应河南的气候，也无法满足市场需求，我们必须自力更生，用自己培育的品种来满足我们的市场需求。"王老师的一席话，既让我感觉到身上的担子之重，同时也让我知道自己不是在单打独斗。我对未来充满了信心。

王老师根据自己的经验给我们讲了他对大白菜育种工作的宏观设想后，又和我们分享了很多具体的育种技巧，让我受益匪浅。

之后，我又分别到了山东、天津、北京、西安等地进行调研学习。

经过充分的调研学习后，我们制定了大白菜育种工作的第一个目标——培育适宜中秋、国庆双节上市的补淡品种。

在 20 世纪 80 年代初，国庆节前后是蔬菜生产的淡季。如果这个时候能让大白菜上市，就是一个非常了不起的贡献。此前，王乐富老师也曾想培育抗热大白菜品种，但是由于品种资源缺乏，制定的播期过早，结果并不理想。

在总结前辈的经验教训、制定育种目标时，我想起我的蔬菜育种老师汤全训给我的毕业赠语："连庄，我曾带学生在新乡市农科所实习过一段时间，对他们的大白菜育种情况有一定的了解。他们育种时一般选在 7 月中旬播种，但 7 月正值高温高湿时节，就大白菜目前的资源和栽培条件而言，想要育出抗热大白菜品种，很难实现。如果你被分到农科所，很有可能让你从事大白菜育种工作。你要提前做好攻坚克难的准备，更重要的是还要结合实际情况制定一个科学合理、切实可行的育种目标。一定要合理安排播种时间。"现在想想，汤老师这番话极具前瞻性和实用性，与我们的调查结果高度契合。

我与卞高中老师经过充分思考与探讨后，决定将原来制定的播种日期向后推迟 10 天，但上市时间不变。这就要求我们必须在抗热性、抗病性和缩短生长期上下功夫。我们期盼播种日期推迟后，成功的概率能有所增加。

但想起来容易，做起来难。

由于当时我们手中的大白菜种质资源非常有限，特别是早熟大白菜的资源少之又少，面对几十个白菜种株，我第一次体会到了巧妇难为无米之炊的无奈与无助。如此一来，收集资源便成为头等大事。正在我们一筹莫展时，国家给我们提供了一个难得的契机。

20世纪80年代初，国家决定将分散在全国各地的蔬菜优质资源收集起来，集中存放在国家的种子资源库，为我国今后的蔬菜育种工作提供强有力的资源保障。

1978年以前，老百姓种植的蔬菜种子多是自留自种；1978年以后，随着我国的蔬菜育种及栽培事业的迅猛发展，农民们都开始使用商品种子，这就可能导致一些优质的种子资源消失。为此，我们国家进行了一次全国范围内蔬菜品种资源的普查、收集、整理与入库工作。

1983年夏季，由河南省农科院牵头组织、各个地市农科所参与的全省蔬菜品种资源普查工作开始了。为了抓住这个千载难逢的机遇，我积极向单位领导申请，最后被批准参与了这项工作。

我们先在许昌集中培训了一个月，然后统一分配了任务。我与我们单位的司来俊同志被分配到了焦作地区。在普查责任区的蔬菜品种时，我对大白菜的信息格外关注。

一次，我们听说沁阳的西万乡有一个优良的大白菜品种，四处打听后，找到了白菜种子的持有人，顺利得到了这个宝贵的种质资源。普查到济源的时候，听说王屋山区有一种非常有名的胡萝卜品种，于是我们就在济源招待所住了下来。第二天一大早，我们便乘坐公共汽车赶往王屋乡。我们下车时已是正午，草草吃了午饭后，又翻山越岭徒步走了一个多小时的路才到了王屋山腹地的一个偏僻小山村。在这里，我们不仅找到了品种持有者，也看到了品种的留种田。说明来意后，老乡非常热情地接待了我们，还从留种田里采了些即将成熟的种子让我们带回去。

在蔬菜品种普查过程中，我无时无刻不在感慨我们国家的地大物博，以及人民群众的质朴聪慧。

回到住地的时候，我们一行人又饿又渴又累，简单洗漱后，就迫不及待地到食堂打饭。食堂里供应的是小米汤、绿豆芽和白蒸馍。由于太渴，我两三口就喝了大半碗汤。饥渴感有所缓解后，我开始细嚼慢咽起来。突然，我发现碗里有好多小白肉虫。看着一半米一半虫的米汤，我胃里一阵翻江倒海，终于没能忍住，把喝下去的小米汤全部吐了出来。

晚上躺在床上，我辗转难眠。在外奔波了一段时间后，我深感所有的工作都有它的难处。我突然理解当了一辈子采购员的父亲的不易。

几个月的资源普查下来，我不仅了解到了一些地方的特产蔬菜，还收集到了一些珍贵的品种资源，更重要的是我搜集到了更多大白菜的资源类型及生产信息。

两年之后，我又承担了全省大白菜品种的繁殖与登记工作。

自此，我们新乡市农科所拥有了全省的大白菜品种资源，这为我以后的大白菜育种工作奠定了非常重要的科研基础。

第十九章　简单的婚礼

我和茹振钢交往两年后，随着两人感情的日益加深、彼此愈发依赖对方，结婚被提上了议事日程。

关于婚礼仪式，我们曾有过几次探讨。

茹振钢不喜欢那种流程繁琐的传统婚礼，恰好我也不喜欢，所以在这个问题上，我们一拍即合。我们商量着先在新乡办理登记手续，然后春节前回老家看望双方父母，跟他们说已在新乡举行过婚礼；回来后跟单位同事们说在老家已经办过了婚宴。

这样的默契让茹振钢惊喜不已。于是，我们便于 1984 年 1 月办理了结婚手续。百泉农专放假后，茹振钢便到新乡来，与我一起回家过年。

当时，我们的工资都是每月 45 元左右。除了吃饭和一些基本的花费，茹振钢的钱基本都用在了买书和人情往来上。结婚之前，他不仅没有攒下一分钱，还出现了轻微透支的情况。放假前，他向学校预支了两个月的工资，大概有 90 元，可到新乡时，身上只剩下了 70 元钱。

看着他身上穿的还是上农校时做的那件袖口已经磨烂了的涤卡衣服，我心里有点不太舒服。婚礼已经省了，作为新女婿的茹振钢如果再穿一身旧衣服回去，我们家的亲戚朋友一定会心疼我、担心我。所以，我就逼着他一起走进了商店。这是我第一次强硬表态，茹振钢也算配合，这让我觉得很有成就感。

一身蓝色中山装35元，一双皮鞋15元，这样一来，茹振钢身上带的70元钱，就只剩下20元了。

我比较注意理财，在结婚之前就已经有了1000多元的存款。这在当时已经是相当可以的了。我们要结婚的时候，我娘家这边不但不要彩礼，还给我们打了一套家具，做了几床被子。我们在新乡生活所用的东西，几乎都是娘家陪送的。结婚的时候，我没舍得给自己买什么东西，只是截了几尺红花黑底的的确良布做了一件罩棉衣的外套。

临回家前，我拿出了自己的一部分钱和茹振钢的20元放在一起，一共带回了300元钱。

婆婆给我们安排的婚房与大哥居住的两间厢房相连，尽管下面有隔墙，但上面是相通的。要是大声说句话，两边都能听得见。我们的婚床，是婆婆用剪羊毛攒来的60元钱买来的。床上的所有用品，是几个姑姑与姐姐随礼时凑的。至于毛巾、香皂、脸盆等一些日用品都是我们回家后自己购买的。

我和茹振钢结婚的过程很简单，但我那时并不觉得有什么不好。我一直认为，自己有义务为茹振钢分担一些家庭责任，能用我们的双手共同创造未来，也是一件非常幸福的事情。

我们在茹振钢家停留两天，然后就到了我家。在我家刚住了一天，茹振钢便说要回南关去。他一开口，我母亲的眼泪一下子就掉了下来。她老人家还没有完全接受我已经结婚的现实，一听到我要走，便有十二分的不舍。为了安抚母亲，我让茹振钢先回去，自己又陪母亲住了两天。

我在娘家又住了两天后，茹振钢来接我回去。

我整理东西时，忽然发现少了20元钱。我问茹振钢，他含糊其辞。我心里很不舒服，特别希望他能尊重我，给我一个明确的答复。但他说有事要出去见同学，把我一个人丢在了家里。

我从不贪恋钱财，从没有嫌过他家穷，只想和他一起努力奋斗来改变家人的生活现状，想孝敬公婆共享天伦之乐，他怎么就不信任我，怎么就不理解我的这份心呢？我越想越难过，越想越伤心，便不由自主地哭了起来。

茹振钢从外面回来后，看到我伤心的样子，立马局促起来："对不起，我……我不好意思说透。结婚这样的人生大事，我不仅没有给你一点彩礼，反而让你为我做了那么多事情，我内心有愧。但看着父亲日渐佝偻的背影，我太心疼了，便没与你商量就塞给了父亲20元钱。我知道，与你商量你也不会反对，但我实在是说不出口。"

按照我们老家的传统习俗，新媳妇进门，公婆应该先给见面礼。我知道公婆家里的经济条件不太好，便从没想过要见面礼，还一直想着要给公婆一些过年的花销，所以，听茹振钢这样一解释，我就原谅了他。

过完年，我们准备返回新乡前，我又拿出20元钱给公公，可公公说什么也不接。我便去找婆婆。婆婆更是不接，还说我们结婚的时候什么东西都没有准备，现在更不能再让我们给钱了。我知道婆婆的顾虑，便劝说婆婆："孩子孝敬父母天经地义，钱一定要收下。我们俩已经商量好了，以后每月要给家里汇10元钱，以补贴家用。"婆婆仍是不收，说："以前振钢一个人生活经济上都已经很紧张了，现在你们成家了，用钱的地方会更多，你们自己留着用吧。"

就这样一个坚持给，一个坚持不收，来回推让，最终，婆婆在我的劝说下收下了钱。

后来，随着经济状况不断改善，我们每个月给老人的钱也越来越多了。

　　看到我理家能力比较强，与婆婆的关系也十分融洽，家里的一切经济来往，包括所有的红白喜事，茹振钢也从不过问，都由我来打理。

第二十章　育种助手

我们结婚的时候，茹振钢从行政岗位转到科研岗位还不到半年。能正式成为黄教授的科研助手，茹振钢高兴极了，他终于可以甩开膀子跟着导师进行小麦研究了。

茹振钢刚给黄教授当助手的时候，黄教授带领的小麦育种团队还只是个课题组。后来，随着育种实力不断增强，"课题组"发展成了小麦育种研究室。研究室的编号为"101"。

当时的课题组一共有六个人，除了黄教授、王世杰和茹振钢三名科研人员，还有三名固定工人，农忙时节还会雇不少的临时工。

王世杰是黄教授在本校挑选的科研助手，也是黄教授一手带出的学生。为了让王世杰快速上手，他还没毕业就被送到南京农业大学进修。两个助手分工明确：王世杰以选育杂交小麦品种为主，茹振钢以选育常规小麦品种为主。

虽说茹振钢和王世杰研究方向不同，但两个人常常在一起探讨科研思路与方法，在工作中相互支持、相互配合，因此课题组的科研工作得以顺利推进。

除了在工作上配合默契，他们俩在生活上也总是相互照应。农忙时节，我会烙些油饼，再带上我们单位自己种植的西红柿和黄瓜之类的蔬菜前往辉县犒劳一下茹振钢。每逢此时，茹振钢马上会请王世杰一起分享。王世杰每每做了什么好吃的饭菜，同样也要让茹振钢第一个品尝。

后来，为了更好地照顾家庭，在茹振钢到小麦课题组两年后，王世杰去了他妻子所在的城市——郑州工作。这样，课题组的主要科研任务几乎是落在了茹振钢一个人身上。

在黄教授的言传身教下，茹振钢很快就成了他的得力干将。

茹振钢做起事情来认认真真、一丝不苟，对于试验数据的调查与分析，更是慎之又慎、精益求精。

有一次，茹振钢让一个临时工测量一项科研数据，可是这个人没有按照科研要求认真测量，只是凭自己的感觉大致估测了一个数据。茹振钢发现后，毫不客气地批评了他，并责令他重新测量记录。然而，这个人不但没有为自己的不负责任感到惭愧，反而对茹振钢十分恼怒，背地里说三道四、搬弄是非，给茹振钢造成了不良的影响，一度让茹振钢的工作非常被动。

所幸，另一位踏实肯干、被大家称为"开心姐"的员工，对茹振钢安排的每项任务都一丝不苟地去完成，为茹振钢后期取得科研成就打下了坚实的基础。茹振钢从内心深处非常感谢这位"开心姐"。茹振钢常说："革命工作没有贵贱之分，只要踏踏实实地做好自己分内的事情，都会对社会有用。'开心姐'就是默默无闻但又对社会贡献很大的一群人的代表！"

百泉农专所在的辉县，地处太行山南麓，属暖温带大陆性季风气候，夏季炎热多雨，最高气温可达40℃；冬季寒冷有雪，最低气温可达−18℃。

冬天，为了选育出耐寒的小麦品种，在天寒地冻的日子里，茹振钢常常穿着自己买的军大衣，一个人蹲在试验田里观察小麦的性状、记录试验数据。他在麦田里一蹲就是大半天。试验田里成千上万株麦苗，茹振钢每每说起便如数家珍。他常常会不厌其烦地一株一株地观察，仔细辨别每一株麦苗是抗寒还是怕冻。双手冻麻了，他吹口热气暖一暖；腮帮冻红了，他用冰冷的双手焐一焐；两脚冻疼了，他到路上使劲儿跺一跺。

夏天，茹振钢头顶草帽、肩披白毛巾，像追赶麦浪一样在小麦试验田里来回穿梭观察，因为只有在强光和热风环境下，小麦籽粒的饱满程度和死熟情况才会表现明显，天气越热，越是选种的大好时机。正午时分，太阳像火球一样把大地烤得火热，麦芒像坚硬的钢针一样扎人，麦叶像锯条一样刺人，把在麦田里选种的茹振钢的手、臂膊乃至身体，都划出了一道道血痕。汗水流过伤口，痛痒难忍，但茹振钢从未退却，因为麦田就是他的战场。

经过一个夏天的选种后，肤色本就不白的茹振钢更是被晒得黑黝黝的，有时候还会被晒得脱去几层皮。

茹振钢觉得排着长长的队等候打饭是一件非常浪费时间的事。为了节省时间，他往往要在开饭半个多小时后才去食堂，这时候人是少了，不用排队，但饭菜多半都已凉透。久而久之，他患上了严重的胃溃疡。

1985 年，黄教授选育的小麦新品种"百农 3217"获得了国家发明二等奖。之后，黄教授对外的学术交流和会议邀约不断，便将小麦常规育种的主要工作都放手交给了茹振钢。自此，茹振钢慢慢扛起了小麦育种的重担。他将小麦育种理论与实践巧妙结合，使得多年来刻苦钻研、学习、积淀在脑海里的理论知识有了更广的用武之地。与此同时，他还将育种工作的选种范围从河南转向了全国。

第二十一章　心灵的碰撞

因为两地分居，我们两个人结婚前后的生活并没有多大改变。随着科研工作渐入佳境，我们日常聊得最多的，便也是各自工作中的新发现与新思路。

每逢两人在一起的时候，一讲起工作，我们都会兴奋不已。茹振钢博览群书，知识面很广，在作物育种理论与实践方面更有其独到的见解。每次他说完他的科研新思路，我都能从中汲取很多营养，能在日后的工作中少走不少弯路。我也会兴高采烈地给他讲述我的科研新思路和工作进展情况。久而久之，我们这对从事育种工作的夫妻，成了无话不谈的科研知音。

那时候，我们在生活上都不太依赖对方，只是工作上的知心朋友。一般人结婚成家后会先考虑生儿育女的问题，但我们俩都想晚几年再要孩子，因为我们对自己的事业都有清晰的规划，都希望可以在工作上小有成就后再要孩子。而且，那时的我还计划着去名牌大学进修深造。

然而，就在我们期盼着工作上都有新突破的时候，我意外怀孕了。当知道我怀孕以后，我们两个人并不像其他新婚夫妻那样高兴，而是你看看我，我瞪瞪你，傻傻地发起愁来，因为这并不是我们计划内的事情。

对于我来说，这毕竟是自己的第一个孩子，我从内心深处还是非常珍惜这个小生命的。但是，甘蔗没有两头甜，我们必须要做出选择。

那时候，国家政策提倡晚婚晚育，一对夫妇只生育一个孩子。我和茹振钢经过充分考虑后，觉得还是晚点要孩子更为妥当。于是，我们安排好工作之后，茹振钢就骑着自行车带我到新乡市人民医院做了人工流产手术。

手术后，茹振钢又骑自行车载我回百泉农专。一路上我双手扶着茹振钢的后背，身心俱疲地依靠着他。茹振钢心里也并不好受。

从新乡到辉县的路不太好，茹振钢怕我难受就把车子骑得特别慢，30多公里路程，我们竟然走了好几个小时。

到了百泉农专以后，茹振钢尽他最大的努力来照顾我，尽可能让我吃得好一点，还经常坐在床边抱着我，用他的身体支撑着我，用温馨体贴的话语安慰我、鼓励我。尽管这次手术让我很伤感，但是，茹振钢的悉心照料也让我感受到了从未有过的温暖和幸福，我们聊着天，憧憬着未来，两个人的心贴得更近了。

经过这一段时间的磨合，茹振钢已经把我当成了他最知心的人，什么心里话都会毫不保留地讲给我听。

在一次闲聊时，茹振钢提到他上高中的时候对一个城市户口的女同学非常有好感，但因为家庭差距太大，他便默默把这份爱意埋藏在自己的内心深处。后来，他终于鼓足勇气想要去表白时，发现女同学已经名花有主了。这成了他生命中的一大憾事。我听着他言语中无意间流露出的遗憾与牵挂，心中突然有些慌乱。

这位姑娘为什么会让茹振钢如此难忘？她到底有何魅力？难道是天仙不成？这般把对一个姑娘的爱深埋在内心的茹振钢，如今会将作为妻子的我真正放在心上吗？他的这段情感经历让我的幸福感大打折扣。但是，细细想来，茹振钢是真正地把我当成了知心的朋友，不然也不会向我倾诉他的秘密。再者，这段暗恋是认识我之前的事情，与我又有什么相干?

道理我都能想得通,但是遇到实际问题以后,心理上的这道坎还真是难以过去。

在百泉农专待了两三天后,我便心事重重地返回了新乡。

回到新乡几天后,茹振钢给我寄来了一封字里行间满是歉意的信,希望我能照顾好自己,能和他一起为我们心中美好的希望而努力。

茹振钢曾经暗恋过一个女孩的事情一直在我心里挥之不去,我每每想起,心中总会隐隐作痛。我尝试着换位思考后,明白他能如此待我,已然对我非常信任。我们既已成了夫妻,吐露真情会更有利于今后的相处。于是,我便决定帮助他打开心结。

我托了好多人到处打听这位姑娘的下落,想让他们见上一面,以了却茹振钢的心愿。真是功夫不负有心人,一段时间后,我通过一个百泉农专毕业的学生,打听到了这位姑娘的下落。

之后,我与茹振钢辗转数百里专程来到这位姑娘家里,与她见了一面。自此,埋藏在茹振钢内心深处的一桩心事算是了结了,我也释然了。经过接触,我感觉这位姑娘确实非常优秀、非常善良,后来我和她还成了无话不谈的好朋友。

从这件事中,我悟出了夫妻的相处之道:只有相互理解、相互信任、相互包容,俩人才能成为真正的知心爱人。

第二十二章　鸿鹄之志

在沁阳诸多历史名人中，对茹振钢影响最大的当属朱载堉。

朱载堉是中国明代伟大的律学家、历学家和音乐家，他创建的十二平均律曾轰动世界，揭开了世界音乐史的新纪元。他在天文历法、数学、计量学、物理和绘画等学科领域中都有令世人瞩目的成就，被西方学者誉为"东方文艺复兴式的文化巨匠"。朱载堉是中华民族灿烂文化的杰出代表之一，也是人类灿烂星空中一颗耀眼的巨星。

作为皇家世子的朱载堉，淡泊名利，潜心治学，令茹振钢十分崇拜和敬佩。

作为一名科研工作者，茹振钢一心想要成为一个"朱载堉式"的人物。他时刻牢记马克思的教导——在科学上没有平坦的大道，只有不畏劳苦沿着陡峭山路攀登的人，才有希望达到光辉的顶点。因此，他自进入百泉农专工作后，便树立了一个远大理想——攀登小麦育种的科学高峰，为解决全国人民的温饱问题献出自己的毕生精力。

1984 年春节，茹振钢写下了这样一副春联：

（上联）为事业献丹心不图富贵

（下联）为国家作贡献在所不惜

（横批）扎扎实实

茹振钢还为自己制定了一个人生目标：

为人慷济民，岂独善一身。衣食皆胜我，天下无穷人。

1984 年 4 月 28 日，茹振钢给我写了一首小诗：

致吾妻（其一）

夫妻常常分东西，眷恋时时压心底。

牛郎织女苦尝够，唯为事业献丹心。

如牛负重朝前走，含辛茹苦换明春。

并非夫君多呆傻，亲人事业同地位。

若到来日回首顾，吾辈足迹串串晰。

光阴似箭未虚度，造福于民万古存。

宏伟目标你我同，比翼双飞远征程。

谋事大志多牺牲，九泉之下得安慰。

1985年5月3日，茹振钢转为正式党员时写下了这样一篇短文：

　　我生活在人间，汲取着世界供给我的一切养分，茁壮成长。我怀着感恩之心，在党和人民交给我的事业中砥砺前行。我被接收为中共预备党员后，为人类事业奉献终身的想法越来越坚定，充满善意的世界给了我热爱生活的力量，美丽的大自然给了我无限进取和探索的力量。党和人民养育了我，给了我一切，这让我能在坎坷不平的人生道路上坚定地为祖国、人民和共产主义远大理想而献身！

　　在我的世界里，我只想全心全意去为人民服务。只要有机会我愿释放我全部的光和热，这便是我最大的幸福。为小家谋利直至"寿终正寝"，是小爱；而为国富民强奉献终身，才是大爱。我有"为人慷济民，岂独善一身。衣食皆胜我，天下无穷人"的雄心壮志。在科研道路上我有过迷茫和徘徊，但我相信，在党和人民的帮助下，我终能冲破层层阻碍窥得天光。

茹振钢深知，他的理论水平和实践技能与校园里的教授、专家相比，相差甚远，便时刻激励和鞭策自己要努力学习，进一步提升自己的理论水平，增强自己的实际操作能力，为自己的研究工作打下坚实的基础。

茹振钢不会打牌，不愿闲聊，不参加任何娱乐活动，几乎把可用的时间都用在了工作和学习上。他把读书学习当生活，把小麦育种当生命，把实验室和试验田当成了自己的家。

茹振钢生活极其简朴，吃饭从不讲究，吃饱就行。因为长时间吃冷饭导致的胃溃疡，再加上在中牟上学时留下的后遗症，让茹振钢有相当长一段时间身体都极度虚弱。他的胃病一旦犯起来，如刀绞一样疼痛，即使只是从一楼到三楼宿舍，他都要扶着楼梯扶手，中途休息两三次。

那段时间里，茹振钢的情绪有很大波动。为了鼓励自己，又为了让我放心，1985 年 9 月，他在病中给我写下了这样一首诗：

致吾妻（其二）

假若

在探索中

我成了病夫，

我要向前爬啊

爬到尽头！

假若

在前进中

我遇上黑暗，

为了事业

我愿摸黑行走！

我不愿做病夫，

我要做强者!

我要冲破黑暗。

拥抱阳光雨露!

为了鼓励他渡过难关,我给他回诗一首:

致夫君

假若

在探索中

你成了病夫

我会时刻伴随你左右

端茶递水到床头

假若

在探索中

你成了病夫

我会变为天使

陪说陪笑陪幸福

不

你不会成为病夫

因为你的意志最坚挺

你会强身健体壮筋骨

你不会成为病夫

因为你的事业刚开头

光明的未来靠你去开创

成功的喜悦在向你招手。

人在生病的时候特别脆弱,也最需要家人的陪伴和关心。然而,在他胃病最重的这一年,我却在杭州进修,我们只能鸿雁传情。

　　当时，茹振钢的胃溃疡已经到了快要胃穿孔的程度，医生建议他做手术。他担心手术后会成半残废，没办法承担以后的繁重工作，便向中医寻求保守治疗的方法。中医建议他今后不要吃任何生冷、坚硬的东西，尽可能多吃既软又暖的饭菜，坚持一段时间后，方可把胃养过来。茹振钢像抓住了一根救命稻草似的，开始自己做饭。在那段时间，生冷坚硬的食物即使再好再香，他都坚持着一口不吃。经过两年多的保守治疗，茹振钢的胃终于恢复健康。

　　他胃病好了之后，更喜欢吃菜了，尤其是大白菜。后来，他常常半开玩笑说："农科所的大白菜就是我的梦中情人，为我的身体健康作出了巨大的贡献。老婆、女儿、蔬菜，是我前进的强大动力，也是我战胜困难的'三大法宝'！"

第二十三章　令人不平的教师节

茹振钢是黄教授的专职小麦科研助手，所以，从学校人员岗位层面来说，他并不是教师。

1985 年 9 月 10 日，在举国欢庆新中国第一个教师节的时候，百泉农专给每一位教师发了一本教师纪念册和一张米饭票，给教辅人员每人发了一本教师纪念册，也就是个笔记本。那个笔记本，茹振钢从来没有用过。虽说他什么都没说，但我能够感觉到，他心里不太舒服。

不仅如此，学校连那年的全校科技大会也没有让茹振钢参加，因为他不属于教师，没有资格参加！这对茹振钢是个不小的打击。

一次偶然的机会，同事们谈论起那次科技大会时，茹振钢再也忍不住了，说："在党和国家将科学技术提高到第一生产力的时代，学校的科技大会，竟然不让一线科研人员参加，这怎么调动一线科研人员的工作积极性？怎么贯彻落实'科学技术是第一生产力'的精神呢？一线科研人员也在辛勤工作，也需要学习党和国家关于科技工作的方针政策。不让一线科研人员参加科技大会，不是把一线科研人员与教师分成两个阵营了吗？……"

这些本是发牢骚的话，却被传到了学校领导的耳朵里。不日，在一次全校大会上，学校有关领导竟然点名批评了茹振钢。从未受过批评的茹振钢，心里很是郁闷和苦恼。

当黄教授出差回来听闻此事后，有些不解，他不知道为什么一个普通工作人员会被学校领导点名批评。黄教授侧面了解了情况后，才明白了事情的前因后果。黄教授并不认为茹振钢说错了什么，觉得茹振钢不为名不为利，只是在争取有利于一线科研人员工作进步的机会。但茹振钢棱角太明显，这种性格如果不改，将不利于今后工作。所以，黄教授找了一个合适的机会，语重心长地劝说了茹振钢一番。

"振钢，今后不管在生活上还是工作上，要学会话到嘴边留三分。要牢记，枪打的总是出头鸟。棱角明显的石头从山顶往山脚滚动的时候，阻力很大，一路上难免要磕磕碰碰，但无论谁磕碰着谁都会两败俱伤。而光滑的石头滚动的时候，阻力就会相对小很多，纵然是磕碰着了，也不会有多大损伤。所以，为人办事可适当圆滑一些，要有耐心。只有这样，才能不过多树敌，争得更多人的支持。"

黄教授的这番话让茹振钢受益终身。

那段时间，茹振钢尽量把自己封闭起来，每天只是低着头快步如飞地辗转在寝室、办公室、试验田、实验室、食堂和图书馆之间。夏天，草帽是他的象征；冬天，军大衣是他的形象。试验田是他抛却苦恼的去处，绿油油的麦苗是他亲密的朋友。他常常独自在深夜立于试验田边，陷入久久的沉思之中。他思考人生，思考人生价值；思考科研，思考他的育种事业；他与小麦谈心，倾诉他的祈望。

喜欢用诗表达情感的茹振钢，在 1986 年 6 月 20 日，写下了《我爱小草，路边的小草》这首诗：

> 人们为花的鲜艳骄傲，
> 我为草的特质自豪。
> 人们爱庭院的花木，
> 我爱路边的小草。
> 久旱不雨、尘土飞扬时，
> 努力吸附尘土、净化空气的，唯有路边的小草。

暴风骤雨袭来，道路面临危机，

不怕损叶折枝、能够用身躯来保护路基的，也只有她——路边的小草。

清晨，

小草努力伸展着身躯，迸发盎然的生机，振奋人的精神。

正午，

小草尽可能献出所能给的水分，湿润着空气，调节着气温。

傍晚，

即使她已精疲力尽，仍拼命晃动着身体，热情地迎来送往。

与花木相比，

人们给予她的实在是少得可怜，

而她奉献给人们的却多得惊人！

小草，

路边的小草，

我爱你——在备受虐待、惨遭践踏的环境中顽强生活的品质！

我爱你——为创造出生存的最大价值而勇敢拼搏的精神！

1986 年 6 月 27 日，茹振钢在《燃烧吧，生命的火焰》中这样写道：

燃烧吧！

生命的火焰，光华的火焰。

为了向往的明天，尽情燃烧。

把今天照得透亮，把明天染得灿烂。

生命得以升华，

不染尘土点点。

1986 年 6 月 27 日，茹振钢骑着自行车在回新乡的路上遇到了暴风雨，回到家后他便写下了《雨里行》：

　　向天边眺望，

　　乌云愈加浓。

　　转眼间，

　　一阵雨前狂风。

　　暴雨就要来了，

　　他追随浓云踏征程！

　　发狂的风，

　　呼啸着，

　　吹打不停。

　　凶猛的雨，

　　似枪弹扫射，

　　阻断前程。

　　狂风暴雨中，

　　一片片乌云又滚滚压头顶。

　　刹那间，

　　天地漆黑一片，

　　前路模糊不清。

　　他仍迈着坚定的步伐，

　　一路前行。

　　狂风啊，

　　你休想把他吹倒！

　　暴雨啊，

　　你休想将他恫吓！

　　乌云啊，

你休想迷住他的眼睛。

他的性格最刚强！

他的意志最坚定！

他的大脑最清醒！

你们愈加残暴，

愈加凶猛，

他就愈会加速前行！

终于，

风息了，

雨住了，

云散了，

他终于看到了平静的大地，

美丽的斜阳，

湛蓝的天空

……

1986 年 6 月 29 日，他在《生活赏赐》中写道：

他大步流星，

奔向希望的生活。

生活赐给他的，

却是一个荒凉的小岛。

岛上荆棘满布，杂草遍地。

于是，

他愤怒了，

化作一团火焰，

飞也似的奔向小岛。

刹那间，

岛上烈火熊熊，光亮冲天。

他，

燃尽了，

荆棘和杂草也化为灰烬，

岛上留下了希望的种子。

1987 年 3 月 16 日，茹振钢在《自我认识》这首诗中写道：

我常常思考一个问题：

活着，到底为了什么！

为了金钱？名利？

为了地位？私欲？

不，这一切我都不为！

我在为——

为了实现自我价值，

为了更多地造福人类，

为了给世人留下更多的宝藏。

我在努力地活着！

勇敢地活着！

坚强地活着！

活得无愧于心、无愧于人！

1987 年 2 月 4 日晚上，茹振钢在《读石评梅诗有感》中写道：

太阳，

终归是要落山的。

生命，

终归是要停息的。

我不厌恶那太阳的西落，

只要洒尽它全部的光辉。

我不畏惧那生命的终结，

只要用尽它全部的才华。

1987 年 3 月 20 日，茹振钢在《人群在碰撞，在轰鸣》中豪迈地写道：

人群从来都不会平静，

轰鸣声从未中断过。

它能使人振奋崛起，

也会让人斗志泯灭，

更能毁灭才子、英雄。

我听惯了人群中碰撞的声音，

我爱这样的声音，

尽管它让我心惊肉跳。

但，

我希望有更激烈的碰撞，

撞出一个充满正气的天下！

我还希望有更大的轰鸣声，

轰出一个崭新的世界！

在苦恼中勇敢前进的茹振钢，1987 年 3 月 30 日，在《自勉》中写道：

道路总会有曲折，

向前行，

顺风逆风都存在。

顺风时，

要快速向前奔跑；

逆风时，

要机智勇敢莫等待。

在真理之路砥砺前行，

更要坚定朝前行！

1987 年 4 月 26 日，茹振钢在《东北的大山》中写道：

我爱东北的大山！

那山，高高的山，巍峨的山，

环绕着、护卫着我们的家园。

它点燃了照亮黑夜的第一把火炬，

它也会高举起迎接白昼的第一面红旗。

我敬重东北的大山！

那山，青油油，直插云端。

它敢与苍天比高低，

它敢与大海比壮观。

我向往东北的大山！

它连绵不断，

森林日夜与它为伴，白云结队与它畅谈。

东北的大山是我的信仰！

过着平凡的生活，

干着伟大的事业！

第二十四章　我的进修时光

随着科研实践的不断深入，我越来越体会到，要想在大白菜育种上取得突破，必须不断加强理论学习，掌握蔬菜育种的最前沿技术。于是，在我和茹振钢结婚一年后，1985 年，经过我的一再争取，农科所领导终于同意让我到浙江农业大学进修。

浙江农业大学是我国蔬菜栽培和育种技术非常领先的高等学府。在进修期间，我非常珍惜每一分每一秒的学习时间，抓紧一切机会汲取营养。

在专业课程学习上，除了学校安排的蔬菜育种课，我还跟班学习了蔬菜栽培生理、蔬菜病虫害防治、生物统计、数量遗传学、群体遗传学等浙江农业大学开设的金牌课程。

我几乎翻遍了资料室所有的蔬菜育种方面的杂志。除此之外，我还经常到图书馆借阅《美国的天才》《牛顿》等描写科学家们成长的励志读物。

在进修期间，我不仅听了知名专家教授的专业课程，还拜访请教了多位名师名家。全国最有名的蔬菜栽培生理方面的专家李署轩老先生手把手教会了我大白菜与甘蓝的腋芽扦插技术。我国著名的园艺界元老、当时已经 90 岁高龄的吴耕民老先生给我讲了很多学习技巧，如模仿技巧、跟随技巧等，使我受益终身。从吕家龙老师那里，我学到了很多蔬菜栽培生理方面的基础理论知识。

生物统计是一门非常难学的课程，不仅公式繁多，而且计算过程复杂，这就要求我们必须熟练掌握计算器的使用方法。20 世纪 80 年代，计算器并未普及，学习起来比较困难。生物统计本就有着一套比较复杂的计算程序，仅靠在课堂上学到的知识远远不够。因此，在我与几位进修老师的迫切请求下，张全德老师牺牲休息时间，在晚自习的时候专程到进修公寓，手把手地教我们使用计算器，还讲解了一些很难理解的统计学原理。张全德老师的精品课程，让我受益匪浅。

数量遗传学和分子遗传学是当时的研究生课程。这两门课，我与张燕师姐都考了满分。其实，对我们来说，分数并不重要，我们是来学知识的，只要学到该学的、有用的知识，我们来进修的目的便达到了。

在学习理论课的同时，我经常放弃休息时间，协助陈竹君教授进行榨菜育种研究工作。那一年，陈教授榨菜育种中的榨菜自交系授粉工作是我独立完成的。而我此次最大的收获，是了解了十字花科细胞质雄性不育系的基础理论，参与了育种实践。因为陈竹君教授是我的指导老师，所以，在陈教授的试验基地，我还有幸学习了当时西红柿育种方面最前沿的技术。

借助进修的机会，我们还到浙江省农科院韦顺恋老师的试验基地学习了大白菜育种技术。通过实地考察，我了解了浙江当地大白菜的生产状况及市场需求，深刻体会到了抗热白菜育种的重要性，尤其体会到了选育苗用白菜与结球白菜兼用品种的重要性。这都为我以后开展大白菜育种工作奠定了非常重要的基础。

在浙江农业大学进修期间，我每天都徜徉在知识的海洋里，恨不能把每分钟都掰开揉碎了来用。老师们传授给我的知识和技术，是我人生中最宝贵的财富。

俗话说，上有天堂下有苏杭。到杭州的人们，都会到天下闻名的西湖看看，到断桥边走走。然而，我出去赏景的机会却非常少，每天除了读书就是去试验基地。杭州 5 月就已进入了梅雨季节，天气又湿又热，非常难受。由于我长时间顶着太阳在大棚内授粉或采集种子，皮肤被晒得黝黑黝黑的。

我在杭州进修的一年时间里，茹振钢好几次都想去看我，但总会因为身体或工作原因而无法成行，不得已，我们只好用书信寄情。

我和茹振钢结婚只有一年多时间，按理说，情浓之时，书信应是不断的。但是，我们书信来往的次数与其他人相比确实是太少了，而且大多时候也只有短短几句话。我们都不会用长篇大论来抒发感情，都觉得以诗诉情既含蓄又省时，比较适合我俩。

那一年中秋节，我收到了茹振钢寄来的一首《中秋私语》：

今夜喜观天，月儿亮又圆。

天下多少亲人，此刻心相连。

无论居一地，还是隔千山，总有多思恋。

同一天穹下，辉光连一片。

让我深表私语："杭州"快回"河南"！

我看了这封信后，一股暖流顿时流遍全身，思念之情愈发浓厚。我望向星空，遥想洒在我身上的月华也会同样洒在远在辉县的茹振钢身上，心中感慨万千，便回诗一首：

舍亲舍情离家园，华家池畔觅书苑，知识海洋任游览。

西湖美景九月天，游子最恋断桥边，玉兔飞信化思念。

在我进修结束要回河南之前，也就是在 1986 年元旦，茹振钢又给我写了一封信。他在信中写道：

寒假一天天逼近，越是指日可数，越是迫不及待。我控制不住自己的感情，每天都很难入眠。今天是星期天，又是冬至节，看到一家家在欢度节日，我更觉得孤单、寂寥，这种滋味真不好受。我盼望妻子早日回来，以慰藉相思之苦。我迎着浓雾与严寒，只身在四楼顶层，眺望远方，以诉衷肠：

大雪笼罩中原，筋骨饱尝严寒。北方千门万户，家家炕暖人闲。路上行人寥寥，孤立楼顶翘盼。爱妻与我同心，驱逐冬至风寒。

归心似箭的我给茹振钢回了一首诗：

南下名校知识寻，如饥似渴饱精神。

遥知夫君孤独苦，夜深人静倍思亲。

久别更觉两相知，重逢似酒醉金杯。

梅花飘香迎春到，燕子应时如期归。

我一年进修期满后便离开杭州回家了。在我到家之前，茹振钢就已提前两天回到家里为我准备好了一切，高高兴兴地等候着我的归来。

之后，我又到中国农业大学学习了 MBA 课程。

连续不断的学习深造，增强了我早日培育出大白菜新品种的信心和决心，同时也为我的研发工作提供了强有力的支撑。

第二十五章　产房外的丈夫

1986 年，我和茹振钢已经结婚两年了，也做好了要孩子的准备。很快，我便顺利地怀孕了。自从我怀孕之后，茹振钢只要回到家里，就无微不至地照顾我。他买回来许多水果为我补充维生素，尽可能买些肉食为我补充营养。说来奇怪，我怀孕之前不喜欢吃肉，可自从怀孕之后，食欲大增，这让茹振钢非常开心。

也许是孩子带来的福气，那一年，茹振钢破天荒地领到了 100 元奖金，这可是相当于茹振钢两个月的工资！从来不稀罕钱的茹振钢，这一次异常兴奋，因为他可以更好地照顾我们娘儿俩了。

1986 年 4 月，大白菜授粉工作进入紧张忙碌阶段，我需要不停地在田间来回穿梭，一边指导工人一边及时查看蜜蜂授粉情况。那时候，我刚刚怀孕两个多月，是最容易流产的敏感时期，跑着跑着我的肚子就开始隐隐作痛起来。无奈之下，我赶忙让时任蔬菜研究室主任的李景生老师带我到新乡市妇幼保健院检查。医生检查后，说情况不严重，但必须赶快卧床休息。休息了两天，待身体基本恢复正常后，我又开始上班。但我不敢再猛跑了，换成了慢慢走、少跑路、多思考的方式。

在我怀孕期间，茹振钢不仅时常逗我开心，还会帮助我设计育种方案，因此我的育种工作不但没有受到影响，反而得到了快速推进。

在孩子出生前一个月，我开始失眠。我白天上班，晚上织毛衣。那段时间，我给茹振钢织了一件毛衣，给孩子织了两件毛裤。织毛衣累了，我就自己出来散步，第二天再接着上班。虽说连着一个月我基本上没有合眼，但是，选种工作一点也没耽误。

通常，我们的大白菜选种工作是在 11 月上中旬进行，因为我的预产期是 11 月 7 日前后，所以，我就挺着大肚子紧赶慢赶地在 11 月 4 日下午完成了选种任务。选完种的第二天凌晨，我便住进了新乡市妇幼保健院。

到了医院以后，我的羊水已破，医生马上安排我进了待产室。当时，待产室就我一个人，后来又陆续进了好几个。进来的产妇们生得都很顺利，等她们陆续回到自己的病房后，又剩下我一个人"独享"着痛苦与煎熬。为了减轻痛感，我只有不断地喊叫，喊累了就睡一会儿，疼醒了接着再喊。

我在待产室里待了三天两夜，11 月 8 日下午 4 点 45 分，女儿终于平安出生。

生孩子几乎耗尽了我所有的精力与体力，可就在我精疲力尽几乎要昏厥的时候，一声脆亮的哭声唤醒了我。

"哇……哇……"这悦耳的声音，就像一首动听的乐曲！

我马上睁开双眼，看了一下这个可爱的小生命。瞬间，一股暖流传遍了我的全身……

出了产房，茹振钢赶紧接住了我，在我的额头上深情一吻，轻轻地说了一声："亲爱的，辛苦了！"后来，同病房产妇的一位母亲很羡慕地给我说："你太幸福了，你丈夫对你那么好，你在待产室待了几天，他就在待产室门口等了几天，医生撵都撵不走。"

听我母亲说，那时候振钢表现得确实很好，一直寸步不离地守护在产房外面，还不断开解安慰同样焦急紧张的母亲。

当第一眼看到女儿时，茹振钢如获至宝，双手抚摸着女儿肉乎乎的小脸，两眼不停地往孩子的身上扫，笑得像花一样的灿烂。

在孩子出生前，我俩就商量着如何给孩子取名字。后来确定了两个备选名字：如果是男孩就叫苏杰，意思是做杰出的读书人；如果是女孩就叫苏珊，谐音是读书多如山。所以，我的女儿就叫茹苏珊。女儿长大以后，最大爱好就是读书，各种书籍都愿意涉猎，也是没有辜负我们俩的期盼。

茹振钢看到我们母女平安后，很快就回到了工作岗位上，但每逢星期天，只要有时间，他都会回到新乡来陪伴我们母女。

我还在月子里的时候，茹振钢就在我们的屋里贴满了婴儿的画报，挂满了各种气球，他希望女儿多接触美好的事物，心里时刻充满阳光。女儿还未满月的时候，他就开始抱着女儿有节奏地踱步，边走边将看到的事物讲给女儿听。他说这叫启蒙教育，他小时候得不到的教育，要让女儿尽情享受。

女儿出生后的第一个六一儿童节，茹振钢给女儿写了一首诗：

致女儿

孩子，你很快就会长大，可不要忘记爸爸妈妈。

是妈妈把你喂养，是爸爸将你牵挂。

有了爸爸妈妈的铺垫，你会节节攀拔。

爸爸妈妈都是好样的，为你把坚实基础奠下。

你一定要青出于蓝，搭建起座座高楼大厦。

孩子，你会顺利长大，可不要忘记爸爸妈妈。

是爸爸将你护卫，是妈妈为你保驾。

我们在陆地行走，送你到天际翱翔；

我们在江湖漂荡，送你到沧海遨游。

广阔的宇宙欢迎你，未来的世界由你去点缀。

练习着飞翔吧，孩子！

锻炼着遨游吧，孩子！

结婚前，我们俩没有照过结婚照，但在女儿出生100天的时候，我们全家去影楼照了合影像。后来的几年，每逢女儿生日，我们就会去拍一张全家福。

我坐月子期间，放心不下试验田，就在家进行试验数据的整理与分析，由于用眼过度，以至于原来1.5的视力快速下降，我也戴上了眼镜。

按照我们老家的习俗，孩子满月时，妈妈就要带着孩子回娘家住几天，算是"出窝"了，从娘家回来之后才能到外边去走动。但因为新乡距离沁阳100多里，我回趟娘家实在不方便，于是在女儿满月那天，我就抱着孩子到对门李秀珍大姐家走了一趟，算是去过娘家了。

回到家里以后，我把孩子交给母亲，就去温室授粉去了。一个月没有见到试验田，我像得了相思病一样难受。

那时正值寒冬，室外已经一片萧条，而温室里的白菜花却开得正浓，我的心也像花一样怒放着，我的手像蜜蜂一样在白菜花间来回穿梭。

那一年，基于科研数据的整理分析，我选育出了我的处女作——"新乡86-1"大白菜新品种。在当年的产量比较试验中，该品种产量高、品质好，我喜不自胜。但是，由于该品种整齐度不是太高，抗病性也不太过关，最终我们只能放弃了它。虽说这个品种没有在生产上大面积推广，但是却给我点亮了一盏明灯，让我看到了成功的希望。

第二十六章　摘掉育种工作的"紧箍儿"

茹振钢有一个特点，每干一项工作之前，总会先思考，让理论先行。1982年刚刚参加工作，他就开始进行小麦生态育种的理论研究，并于1987年取得了阶段性的研究成果。

记得茹振钢刚参加工作没多久，就对我说："我们现在搞的小麦育种，都有一定的局限性，都是在某种特定的生态条件下选育相应的品种，比如在高肥水条件下选育高肥水品种，在低肥水条件下选育低肥水品种。这样就会淘汰许多特殊的优异类型与研究材料。任何一个品种，如果将它撒向全球，总会有最适合它生长的地方。如果完全靠试种获得试验结果，工作量太大！找到每个区域小麦达到最佳生长状态的几个必备性状，然后，利用这些必备性状来选育不同地区需求的新品种，这就是选种的捷径！如果能让一个品种具备适应多个地区的必备性状，那么，这个品种就会是一个具有广泛适应性的大品种。"

我静静地听着，不时地点头表示赞同。

"对于以往的选种方法，我心里一直有些疑惑，可是，又不知道怎么才能做到物尽其用。"沉思了一会儿，茹振钢接着说，"我感到现在的良种选育方法有明显的局限性。区域性就像是选育优良品种的'紧箍儿'，选种工作被制约得死死的。要是在百泉这个地方能够选育出全国各地都能种植的新品种，那该有多好啊！"

我笑着说："好是好，那得需要多高的眼力呀！"

"如果有了很好的理论支撑，复杂的问题就简单化了。"

"那需要深入的理论研究才行!"

"是的!"

我想了想,说:"全国各地的地理、土壤、气候千差万别,要是把这些问题都研究透,那简直难如登天。"

茹振钢立马说道:"正因为如此,才需要更深入细致的研究,设法打破地区环境这个天然因素的限制。只有打破这个瓶颈,摘掉这个'紧箍儿',育种工作才会有新突破,实现一地选种多地用、当代选种未来用的目标。美国培育的优良品种,在我国表现不好;俄罗斯的优良品种,在我国表现也不好;而意大利培育的品种,在我国却表现得比较好,曾经是我们国家好多地区的主栽品种。这里面一定有许多奥妙需要我们去探究、去认识。"

听了他的话,我感悟颇深,暗想:突破育种工作的这个瓶颈,实在是任重而道远啊!

人们常说,提出问题比解决问题更重要,现在茹振钢要面对的是如何实现他提出的育种设想。

到底该怎么办呢?!

那时,茹振钢还在图书馆工作,于是他便借助这个有利条件,先后阅读了1000多册农学期刊,100多部农学专著,记下了几十本读书笔记,写下了成沓成摞的摘抄卡片。他不仅钻研了中外农学方面的各种书籍,还涉猎了许多与农学相关的其他学科的书籍,去寻找打开育种工作"紧箍儿"的钥匙。

通过学习,茹振钢头脑中对小麦育种学的历史和现状有了越来越清晰的轮廓。

1983年春天,百泉农专图书馆新进了一本《生态学》,茹振钢如获至宝。他读完这本书后,就好像在黑暗的屋子里突然看见了一束光,一下子找到了研究方向。

茹振钢喜出望外地告诉我："我终于找到了打破育种瓶颈、摘掉制约良种推广'紧箍儿'的办法了！"

我连忙问："什么好办法？"

茹振钢说："我最近阅读了一本新书——《生态学》，讲的是环境与生物群落的关系。我才了解到，原来只有特定的生物群体才能适应特定的环境，而特定生物群体的特征，又是由特定环境赋予的。根据生物与环境之间的这个关系，可以考虑尝试进行生态育种。"

按照这个研究思路，茹振钢经过系统的观察与研究，又了解并掌握了不同环境条件下形成的各种小麦固有的形态特征与特性。一段时间后，茹振钢跟我说，根据不同环境条件下小麦生长的必备性状选育适应不同地区生长的优良品种是可行的。听茹振钢这样一说，我马上问他："你的意思是根据生态学的理论，可以结合当地的土壤及气候状况，根据小麦种群的分布特征，开展一地选种多地用的小麦育种模式？"茹振钢听我这样一说，既惊讶又惊喜，道："理解得很对！我就是要运用生态理念，放大小麦育种视野，实现百泉农专的试验田能够为全国各地提供小麦新品种的愿望。"

我恍然大悟："原来你是要把作物与环境结合起来，根据环境确定群体，实现量身定制，从而打破制约区域育种的这个'紧箍儿'啊！"

茹振钢说："一般来说，自然生态的特定环境是不好改变的。但是，适应特定自然生态环境的种子，是可以在其他环境中进行定向培养选育的，就像河南人开的饭店里也能做出川菜、粤菜一样。"

自此，生态育种学理念在茹振钢的脑海里生根发芽了。后来，茹振钢把他的这个想法向黄教授做了详细的汇报，黄教授欣喜地看了茹振钢好大一会儿，瘦削的脸上带着沉思的表情，一边点着头一边夸赞茹振钢："这个想法很好。但是，要实现这个目标是非常不容易的。"最后，黄教授再三叮嘱茹振钢，让他先不要随便发表自己的观点，一定要通过多次试验来验证这个观点是否正确。

自此，茹振钢在黄教授的引领下，进入了小麦育种与生态理论相结合的学科新天地。

经过3年时间的刻苦钻研，1985年，茹振钢在《百泉农专学报》上发表了他的第一篇论文——《小麦生态育种刍议》，他首创的小麦生态育种理论初步形成。

茹振钢发表的这篇论文，一时间在百泉农专引起了不小的轰动。听到师生们给予这篇论文的积极评价后，黄教授心里也感到很是欣慰。

为了进一步验证小麦生态育种理论，之后的几年中，在小麦播种后、抽穗前和抽穗后这三个关键时期，茹振钢都要到河南各地跑几次，观察不同土壤、气候和环境对小麦的影响，观察小麦生长的特定环境赋予作物的群体特征。他根据观察到的不同小麦群体特征，开始在杂交后代的分离群体中，利用高肥水条件选择旱播品种，在豫北的气候环境条件下选择培育适合在豫南生长的良种。

经过深入的研究探索和观察对比，茹振钢找到了旱地与水地之间小麦植株的比例关系。比如，旱地生长的小麦，株高一般要在70厘米；在高肥水的试验田里，就必须选择高度为85~90厘米的植株才行。过去，只选择综合性状表现都比较协调的植株作为良种，其他过高的植株就被淘汰掉了。现在，找到了小麦在不同环境中形态上相对应的比例关系后，就可以实现在一个地区为不同地区选育新品种的愿望了。制约育种的"紧箍儿"被摘掉后，小麦育种出现了一条新的宽阔道路。

经过5年多时间的刻苦钻研，茹振钢形成了自己的小麦生态育种理论，而他在这一段时间内也经受了不少磨难。1987年1月15日晚，他写下了《梅花迎春》这首诗以畅抒心情：

> 荒野只身浴冰霜，
>
> 手捧爱物暖肝肠。
>
> 一盹送去大天亮，
>
> 春来冬隐万花香。

为了激励自己，1987 年 5 月 15 日，茹振钢又在《醒来吧，青年》这首诗中写道：

> 醒来吧，青年！不要忧心忡忡，
>
> 有多少事业需要你去奋斗！
>
> 有多少未知的领域需要你去探勘！

茹振钢在小麦育种的道路上努力拼搏，不断前行，虽说辛苦，却始终享受着不断创新为他带来的无尽快乐。之后，茹振钢一直用生态育种理论指导着自己的小麦育种工作。

第二十七章　深深恩师情

黄光正教授是茹振钢的伯乐，更是他的恩师。黄教授是广东省阳江人，生于 1932 年 11 月 24 日，1956 年从河南农学院农学专业毕业，之后被分配到了河南百泉农业专科学校，曾先后任百泉农业专科学校农学系遗传育种教研室主任、农学系系主任等，是河南省被国家授予"科学家"称号的四名教授之一，是我国著名小麦育种专家。

1982 年 12 月，黄教授光荣地加入了中国共产党，曾被选为河南省第四届政协委员、第五届政协常委、第六届和第七届全国人大代表。

黄光正教授从 1957 年便开始结合教学实践积极开展小麦育种工作。他不辞辛劳，克服重重困难投身于小麦育种工作，为我国的小麦育种事业奉献了毕生精力。他先后培育出了"百农 3217""百农 791""百农 792""百农 7933""百农 861""百农 862""百农 863""百农 6405"等 10 余个小麦品种，发表学术论文 14 篇。

20 世纪 60 年代，黄光正教授培育的"百农 221"跟随解放军进入了西藏，在高寒冻土上生根发芽，成为高原地区表现优异的小麦品种。他培育的"百农 3217"以高产、稳产、早熟、适应性广闻名全国。这一品种将原来小麦的亩产量从 500 斤提升到 800 斤。"百农 3217"在全国 15 个省、市推广应用，曾累计推广 2 亿亩，创社会效益 40 亿元，基本解决了河南省大部分地区的温饱问题，为我国特别是为河南省的农业发展作出了突出贡献。该品种于 1983 年获农牧渔业部技术改进奖一等奖，1985 年获国家发明奖二等奖。

黄光正教授治学严谨，注重言传身教，深受学生爱戴。他作风正派，为人忠厚，工作认真负责，踏踏实实，任劳任怨，处处严格要求自己。

1982 年，黄光正教授被评为河南省教育战线先进工作者；1983 年，被评为河南省劳动模范；1984 年，被国家人事部批准为"国家有突出贡献"的中青年科学技术管理专家；1985 年，被授予河南省优秀教师。

虽然"百农 3217"的横空出世在小麦育种领域具有划时代的意义，在小麦生产方面发挥了巨大作用，但其抗锈病能力较差、不耐肥水，导致生长后劲不足，也成了这一品种的一个致命弱点。茹振钢从"百农 3217"中吸取了经验教训，将抗病性放在了育种工作的第一位，这也为茹振钢研发大品种奠定了实践基础。

茹振钢刚成为黄光正教授专职助手的时候，教授时常教导他："小麦虽然只是一种植物，但它也是有感情的。一定要记住，育种就是人与植物的对话。只有多深入田间观察小麦，记清不同品种的生长特点，掌握不同品种的生物学特性，才能与小麦建立起情感，与小麦进行对话。"

尽管茹振钢的理论知识掌握得不错，可是真的开始进行育种实践时，却怎么也找不到与小麦对话的诀窍！一度有些迷茫的茹振钢开始自我怀疑，他不知道自己能否在小麦育种方面做出成绩。

在这个节骨眼上，黄光正教授把茹振钢请到了自己家，并亲自下厨炒了几个菜。黄光正教授看着有些拘谨的茹振钢说："振钢，你已经成为我的专职小麦育种助手了，还没来得及向你祝贺呢。我这柜子里摆的都是老酒，你喜欢喝哪个就喝哪个。"听到黄光正教授亲切的话语，看着他那慈爱的眼神，茹振钢眼眶湿润了。

师徒二人喝了几杯酒后，便敞开心扉聊了起来。

黄光正教授夸赞茹振钢说："你不怕吃苦，人也聪明，这是走向成功的必备条件。搞科研，总要有一股傻子精神，再苦再累再难也要坚持干到底。"

看似平常的几句话，却饱含了黄光正教授对茹振钢的期望。而"总要有一股傻子精神"这句话，更是被茹振钢奉为圭臬，他常常以此为准绳进行自省。

黄教授不仅在工作上给予了茹振钢莫大的帮助，在生活上同样关心爱护他。

由于小麦生长后期多是在高温干燥时期，茹振钢常常要整晌待在试验田观察小麦的抗干热风能力，所以时常一身臭汗。黄光正教授便请求领导给自己的助手特批了一间小屋，以方便茹振钢擦洗身体。这让茹振钢感受到了一种父爱式的温暖。

黄教授不但关心与爱护茹振钢，毫无保留地传授小麦育种技术，还以身作则教育茹振钢如何做人。

黄教授胸中有集体、有国家，为了事业从来都不考虑自己的高尚品格一直潜移默化地影响着茹振钢。

有一次，黄光正教授吐血住院，茹振钢想去照顾他，但被黄教授拒绝了。黄教授说："你是我的科研助手，不是生活助手。所以，你不能在上班时间照顾我。"

在茹振钢跟随黄光正教授从事小麦育种工作的第八个年头，也就是1988年3月，到北京参加第七届全国人民代表大会的黄教授突然发病，于3月28日住进了北京第一传染病医院，后又转到中国医学科学院肿瘤医院，最后被确诊为肝癌晚期。黄教授住院后，医院很快就下发了病危通知书。

黄光正教授住院的消息传到学校后，茹振钢犹如被当头打了一棒，他不相信这是真的。

茹振钢匆忙赶到北京，见到躺在病床上睡着的黄光正教授后，强忍泪水，慢慢伸手轻轻地给恩师按摩输着液的胳膊，想让恩师舒服一点儿。黄教授醒来看到茹振钢时，开口就问他有没有吃饭。茹振钢一边揉着恩师的胳膊，一边哽咽着回答吃过饭了。

黄光正教授伸出瘦骨嶙峋的手，拉着茹振钢很吃力地叮嘱道："育种是个十分辛苦又十分枯燥的工作，有的人辛苦一辈子也不一定能搞出什么名堂来。你要做好这个心理准备，一定要坚持下去。现在小麦就要抽穗了，我生病不能上班，你可不能再耽误工作了……"黄光正教授缓了缓劲儿接着说道："你赶快回去，一定要把育种工作安排好。不要担心我，小麦育种比我更重要！趁晚上还有火车，赶快回去！"

茹振钢害怕恩师生气，点了点头，两眼含泪离开了病房，踏上了返回新乡的列车。

茹振钢回到工作岗位的第二天，黄教授就昏迷了。茹振钢马上陪同学校领导又赶往北京。

黄教授见到茹振钢后，便将早已写好的 8 条叮嘱交给了茹振钢。这 8 条叮嘱也是黄教授留给茹振钢的 8 条锦囊妙计，以保证他去世后茹振钢在遇到困境时有计可施，能够把他未竟的小麦育种事业继承下去。

黄教授在生命的最后时刻，放不下的始终是工作。他这种事业大于生命的精神，让茹振钢和在场的人都深受感动。

茹振钢看着那歪歪扭扭的字迹，几乎要哭出声了。他知道，那是恩师的工作交代，也是对自己的信任、托付和期望。

1988 年 4 月 25 日，黄光正教授从北京的医院转到了河南医科大学第一附属医院治疗，因病情不断恶化，于 1988 年 5 月 5 日 8 时 55 分，在郑州溘然长逝，享年 56 岁。

第二十八章　该怎么办

黄教授去世后，茹振钢尽心尽力、跑前跑后地操办丧事。之后，他怀着万分悲痛的心情又投入自己心爱的育种工作。

那一年，是百泉农专由专科升为本科的第二个年头。改名后的学校名称为河南职业技术师范学院。

学校升格，不仅需要教学水平整体升级，还要求科研实力进一步提升。然而，黄教授去世后，小麦育种研究室只剩下了茹振钢和另外一个刚刚留校不久的助手。小麦育种工作该怎样推进？他们的整体实力又该怎么增强？一向自信的茹振钢突然没有了主意。

正为难的时候，茹振钢突然想起了恩师临终前亲手交给他的锦囊妙计。看了恩师留下的叮嘱后，他决定到黄教授生前有联系的单位拜访，听听省内外科研单位、农业院校对小麦育种工作有哪些期盼、意见和建议。

茹振钢背上他的军用水壶和挎包，独自一人赶火车、搭汽车，到北京农业大学、河南省农科院、河南省种子公司、湖南农学院等单位参观学习，向他们虚心求教；到河南各地市的种子公司、种子管理站及农业局进行调研。

通过参观交流，茹振钢了解到大家对河南职业技术师范学院的最大期盼是，一定要保持黄光正教授的育种特色，多为基层提供更加优良的小麦新品种。

在茹振钢即将结束调研工作时，一份关于成立"河南省黄光正小麦育种推广联合研究中心"的请求书送到了他的手上。看着请求书上那几十个种子公司、种子管理站及农业局相关领导或技术人员的签字或手印，他的眼眶湿润了。

当茹振钢把这份请求书呈到校长陈传轲面前时，陈校长认为这份请求书意义非常重大，如果河南职业技术师范学院能挂上"河南省黄光正小麦育种推广联合研究中心"这个牌子，那么"百农"系列的优势就不会丢掉。

当时，小麦育种研究室是学校的重点研究室，也是研究成果最多、影响力最大的研究室，所以学校领导高度重视这件事。不日，陈传轲校长专门让茹振钢详细汇报了当时的情况和对小麦育种事业发展前景的分析以及规划。听完他的叙述，陈校长对茹振钢产生了信任，对学校的小麦育种研究也充满了信心。

为了加快成立"河南省黄光正小麦育种推广联合研究中心"，陈校长组织学校有关领导和农学系负责人进行专题探讨，并在会上多次强调要尽快让这件大事落实。同时，陈校长还明确提出，由茹振钢主持小麦中心的日常工作。陈传轲校长把担子大胆地交给茹振钢，也是对这个年轻人工作能力的极大考验。

那一年，茹振钢正好 30 岁。

在学校正式作出决定之后，河南职业技术师范学院原来的小麦育种研究室就变成了"河南省黄光正小麦育种推广联合研究中心"。

"河南省黄光正小麦育种推广联合研究中心"正式挂牌后，茹振钢便正式挑起了小麦育种的重担，接下了黄教授开创的小麦育种事业，成为研究中心的掌门人。

1988 年 9 月 25 日中秋之夜，压力巨大、难以入睡的茹振钢写下了如下诗句：

风云变幻多猖狂，

年年岁岁人伤亡。

一生报国斑斑泪，

留得白骨还故乡！

这首诗既是对黄光正教授的深深怀念，也表达了茹振钢不惜代价搞科研的决心与信心。

第二十九章　初担重任

当助手的时候，茹振钢只需要按照黄教授的安排工作即可，从未为科研经费操过心。如今，黄教授不在了，他不得不开始为科研经费奔波劳神。可涉世不深的茹振钢，此时连省科委大门朝哪儿开都不知道。解决科研经费成了摆在他面前的第一个拦路虎。

在茹振钢毫无头绪时，他又想起了恩师黄光正。一时间，黄教授在世时的一些社会活动情景如同电影一样在茹振钢的脑海里一一闪过。忽然，一个大胆的想法在茹振钢的脑海里闪现：对！去郑州找主管农业的范廉副省长，或许能得到一些帮助！

范廉副省长原是河南农业大学的教授，从政之前一直从事着小麦科研工作，与黄教授有着深厚的交情。更重要的是，范副省长时刻心系农业，对从事科研工作的后辈们也有着殷切的期盼。

茹振钢虽然想出了方法，但真正要去拜访副省长时，却犯了难。他与范副省长也仅仅只有一面之缘，该如何开口请领导帮助解决问题呢？茹振钢想了好久，最终精心起草了一份关于小麦育种、生产方面的材料，抱着试一试的心态，壮着胆子一人乘车奔赴郑州。

真是初生牛犊不怕虎！

茹振钢借助私人关系得到了范副省长家里的电话号码。来到郑州后，他立马拨通了范廉副省长的电话。范副省长说他近几天工作很忙，待有空后再约时间。其实，这是婉言拒绝的一种方式。茹振钢不甘心，一再请求范副省长给他一次机会。终于，范副省长的语气有所松动，说过两天可以再联系。这个回答让茹振钢高兴得差点蹦了起来。

几天后的早饭时间，茹振钢又一次拨通了范廉副省长的电话，范副省长爽快地答应下午 3 点可以到家里找他，并给了他 10 分钟的谈话时间。于是，茹振钢又一次从辉县乘车赶赴郑州。

下午 3 点，等候在范副省长家门口的茹振钢准时按响了门铃。

范副省长认真看了一遍他递交的汇报材料，就与茹振钢交谈起来。一开始，不善言谈的茹振钢有些紧张，但当谈到小麦育种话题时，茹振钢便开始滔滔不绝地讲起了自己对小麦育种形势的判断和对今后工作的畅想，一时竟忘了坐在他身旁的是副省长。范副省长也丝毫没有领导的架子，总会在恰当的时候说出自己的看法。两个人越说越投机，越说越兴奋，不知不觉间，1 小时过去了。为此，范副省长还专门向单位请了假。

时间一分一秒地流逝，不知不觉间，两个多小时过去了。

茹振钢把他的诉求一一向范副省长讲完后，感到占用领导的时间太多了，便立马起身辞别。就在这时，范副省长从公文包里取出笔来，在茹振钢的汇报材料上做了批示，并郑重地签上了自己的名字。

茹振钢回到新乡之后，十分高兴地跟我说，范副省长从宏观层面深入分析了小麦育种工作对国家的重要作用，同时也给他讲了当前育种工作的最新动态，让他的研究思路一下子打开了。

茹振钢还说，当他讲到生态育种理论时，范副省长非常赞同，还给他补充了许多内容。他们二人虽是第一次谈话，却倾盖如故。

虽说他与范副省长相谈甚欢，但却没好意思跟领导提起科研经费方面的问题。让茹振钢没有想到的是，他回到新乡没几天就接到了省科技厅领导的电话，说是省科技厅给他们研究室拨了 4000 元的小麦育种专项经费，已经划拨到学校的账户上了。

茹振钢听到这个消息后异常兴奋，并且按照 4000 元的经费标准购买了试验用品。可当他到学校财务处去报账时，财务处却说科技厅拨款时并没有写明是哪方面的经费，这样的话，4000 元应该视为公共经费，不能用作小麦育种推广联合研究中心的专项资金。

茹振钢一听，傻眼了，这该怎么办呢？

茹振钢想，省科技厅领导已经电话通知他了，如果再请人家来写说明，实在不好意思。但是，如果不说明情况，就没法使用这笔钱，那么，自己与省长谈到的科研构想怎么实现呢？

茹振钢进退两难。

这时候，他突然想到，黄教授临终前给他的 8 条锦囊计中有一条是：有困难一定要找组织，领导一定会大力支持的。于是，茹振钢鼓足勇气去找了学校当时的党委书记崔家安。

当茹振钢把事情经过向崔书记详细汇报后，崔书记拿起电话就向财务处询问情况，然后对茹振钢说："振钢，你放心好了，学校财务处是按规定办事，他们也没有错。但是，根据你汇报的情况，学校会特事特办，按照上级要求将这笔经费用在小麦育种研究上。请相信，学校党委一定会支持你的工作，让想干事业的人干好事！"崔书记顿了顿，接着又说："我现在就通知学校财务处，将这 4000 元列入专户，以保证小麦中心的专门使用权。"

这 4000 元专项经费，是黄教授去世后省科技厅下拨给茹振钢的第一笔专项科研经费。这笔经费解决了他的燃眉之急，使小麦育种工作得以顺利开展。

一个好的开端，就是成功的一半。

有范副省长对他的殷切希望，有省科技厅和学校领导的大力支持，茹振钢虽说感到肩上的担子十分沉重，但是他信心十足。

第三十章　失败的处女作

进入新的一年后，河南省科技厅又给小麦育种推广联合研究中心下拨了 5000 元专项科研经费。这真是一场及时雨，再一次解了茹振钢的科研经费愁。

对于科研人员来说，经费乃科研工作的命脉。巧妇难为无米之炊，这一点，我深有体会。

曾有一段时间，我们大白菜课题组是新乡市农科所经济条件最差的一个科室，科研经费严重不足。为了使大白菜育种工作正常开展，我们在进行春季大白菜繁种工作的同时，曾经把一些边边角角的试验田当成生产田，附带种植了些早熟甘蓝，想用种菜的收入来弥补科研经费的不足。

那时候，我们种植的甘蓝上市早，市场价格又比较高，我想着这些甘蓝应该会卖个好价钱。于是，我就让一个技术干部和一个工人带了一三轮车的甘蓝到市场去销售。由于他们没有卖菜经验，结果用了整整一天的时间，除去吃饭费用，只挣了 3.2 元钱，连他们一天工资的零头都不够！

那时候，我婆婆正在新乡帮我看孩子。我知道婆婆特别擅长做小生意，于是，就央求婆婆帮帮我的忙。第二天，婆婆便推着一三轮车菜到了附近的菜市场，结果用了不到两个小时就卖了 35 元。要知道，那时候的 35 元钱，可以让我雇用一个整月的临时工。当时，我非常激动地说："妈，您真厉害，照这样下去，可以解决我们 2～3 个月的临时用工问题。"

到了秋天，选完种后，剩余了一些大白菜。我又请来了卖菜行家婆婆帮着销售。婆婆更是乐意帮忙，二话不说，便操起老本行。但是，看到70多岁的婆婆推着沉甸甸的一车白菜艰难前行时，我的心里难受极了。

就这样，几角、几元、几十元慢慢地积攒起来，卖菜的钱稍稍缓解了科研工作的燃眉之急。但这微薄的收入相对于巨大的科研投入来说，简直就是杯水车薪。茹振钢了解到我们课题组的情况后，叹了口气，说："一个农业科研单位，要想靠那几亩地的收入去解决科研经费问题，不但会耗费很大精力，还会影响科研工作者的科研思路与进展。"

事实证明，茹振钢的话是正确的。由于科研经费的不足和工作重心的相对偏移，大白菜的育种工作受到了一定的影响。后来，在新乡市蔬菜办公室以及市科委的大力支持下，我们的大白菜试验项目才得以正常开展。

相比较而言，茹振钢能够得到省科技厅的支持，自然在经济方面就有了很大保障。因此，他就可以甩开膀子大干了。

农作物育种与其他工作不同，它最大的特点就是周期比较长。一般来说，培育一个小麦新品种最快也需要5~6年的时间，慢的话，数十年也是正常的。一个育种工作者，要能在10年时间里选育出一个理想的品种，并得到推广应用，那就是非常幸运的事情了。

早在1987年，茹振钢根据南阳地区的气候特点和小麦习性，选育出了一个抗病性强、穗头大、耐穗发芽、红色种皮、分蘖较少的弱春性小麦品种，定名为"百农8720"。他之所以选育这样一个品种，是因为那时候南阳地区大面积种植的小麦品种主要是红粒类型。但到1992

年"百农8720"小麦品种完成一系列试验程序后，南阳地区已经改种白粒小麦品种了。就这样，一个根据南阳地区气候特点选育的小麦新品种"百农8720"，刚被选育出来就面临着被市场淘汰。这让茹振钢遗憾不已。

但是，"百农8720"毕竟是他的处女作，也是历尽艰辛选育出来的品种，即便是不太适应市场需求了，茹振钢也不忍心让它无声无息地消失。于是，茹振钢还是按照程序对"百农8720"进行了上报审定工作。他自己心里非常清楚，这个品种，通不过审定，也在情理之中；如果通过审定，也只能是个过渡性的小品种，没有太大的推广价值。

很快，审定结果出来了，同茹振钢预料的一样，"百农8720"没有通过审定，原因是这个品系与对照品种的差别不是十分显著。

尽管茹振钢已经做好了最坏的打算，但当审定结果出来后，他还是很失落，在沙发上坐着，沉默了好久好久……

我非常理解茹振钢的心情，因为我的科研之路也不太顺利。

1987年，我选育了一个大白菜新组合——"新乡87-18"。这个组合抗病性好、产量高。可当我历经艰辛终于在1992年完成了各种田间试验，满怀信心进行种子繁育时，却发现由于该组合自交系的亲和指数太高，以至于配制出来的杂交种纯度太低。因此，这个组合也失去了推广价值，刚出试验田就被淘汰了。

失败的处女作让我们明白了一个道理：一个育种工作者在制定育种目标的时候一定要有超前意识，不然，新品种一培育出来就可能被市场淘汰了。除此之外要有自己明显的特色，同时还不能有明显的缺陷，否则无法满足市场需求。

为此，茹振钢曾多次感慨道："科学工作是实实在在的东西，没有任何捷径可走。我们作为育种工作者，必须找准目标，下狠功夫。"

茹振钢的处女品种没有申报成功，我的新品种也夭折了，但经历挫折后，我们的科研方向更加清晰了。

第三十一章　迈向成功的第一步

（一）

自从女儿出生后，茹振钢的家庭责任感更强了，周末回家的次数也比过去多了起来。

茹振钢回到家里的第一件事就是先把女儿抱起来从头到脚端详一番，接着便开始左亲亲右亲亲，然后再带着女儿玩一会儿。逗罢女儿，茹振钢便会和我一起到与我们只有一墙之隔的试验田转一圈，一方面了解一下大白菜育种工作进展情况，另一方面想从大白菜试验田里找到一些小麦育种方面的灵感。

每年的4月7日到5月1日，是大白菜的主要授粉期。那段时间里授粉任务非常繁重，每天我都是第一个到达试验田，最后一个离开试验田。特别需要午觉的我，在那段时间，常常是吃完午饭后就立马到试验田里，独自一个人进行着授粉工作，等到大家正常上班后，再带着工人们继续授粉。

每到这个时候，我就特别担心大白菜种株受到恶劣天气影响。因此，一有刮风下雨，我就会感到异常紧张。

有一次，半夜时分，大风骤起，听着窗外呼呼的风声，我躺在床上辗转难眠。授粉的大棚会不会被刮翻？大白菜种株会不会被刮倒？种株上套的袋子会不会被刮掉？……一个接一个的问题出现在我的脑海中。我索性起床，特别想到试验田里去看一看。那时，茹振钢远在

35 公里外的辉县，我不敢独自一人出去，但为了让自己放心，我便豁出去了，不顾一切地借着微弱的月光，向着试验田的方向跑去。当我跑到农科所的大门口时，看看已经上锁的大门，再看看 2 米多高的院墙，我心急如焚。我突然想起了院墙的隐蔽处有一个缺口，于是便飞速跑向缺口，翻过院墙，走进了我的宝贝繁种田。

走入试验田后，被大风吹得左摇右晃的我，听着简易的竹木式大棚被大风吹得吱吱作响的声音，看着套着袋的种株被大风刮得东倒西歪的样子，尽管束手无策，但也不再惴惴不安了，因为我在与我的白菜孩子们一起经受着大风的磨砺。就这样，我在试验田里坚守到天亮。

因为我对大棚里的情况了如指掌，在天刚蒙蒙亮的时候，我便赶快叫来工人，赶在蜜蜂开始活动前把所有的大棚修好，把掉下的袋子重新套上，这样就避免了一次可能因自交系混杂导致的损失。

每年授粉的时候，我就像打仗一样，常常是心力交瘁。有一次，茹振钢从辉县回来，晚上吃过饭，像往常一样让我陪他出去散步。我勉强答应了，但我的条件是要往与试验田相反的方向走。

可当我们刚走出家属院门口，往西还没有走几步，茹振钢就快速调转头来，拉着我朝着白菜试验田的方向走去。没办法，我只得勉强跟着。

一到试验田，茹振钢就像打了鸡血一样一直问个不停，我便一一作答。他把该了解的东西都了解后便准备离开。可我被他这样一问，兴致又被调动起来了，就让他先回去，我留下来继续观察。

茹振钢每次回到新乡都带着任务——进一步了解新乡周边小麦的生产情况。

几年前，茹振钢通过走访调研，发现新乡周边种植水稻与棉花的特别多。当时，在实际生产中推广的小麦多是晚熟品种，而水稻与棉花的收获期又都比较晚，如果小麦种在棉花与水稻之后，歉收风险极大，因此，培育早熟晚播的小麦新品种势在必行。

经过一段时间的研究，终于在 1987 年的一天，我们两个在农科所附近散步的时候，茹振钢兴奋不已地跟我说："我的目标就要实现了！今天，我在试验田里发现了一个优良单株，完全符合之前制定的育种目标。如果这个单株能够快速纯化，晚播早熟的品种就算是培育成功了。"

听他这样一说，我愣了一下。虽说我是搞白菜育种的，但对小麦育种也还略知一二。小麦育种不仅要看单株产量，还要看群体表现，更重要的是要看亩成穗数与耐密性。所以，当时茹振钢用单株性状来预测未来，我确实不太相信。我问他有什么依据，他自信满满地说，他是根据生态育种和形态构型理论推测出来的。他的这番说辞并不能完全说服我。

两年之后，茹振钢用他的科研成果证明了他是正确的。他选育的那棵小麦单株完全符合预期要求，被定名为"百农 62"。

"百农 62"被选育出来后，在参加区域试验时，茹振钢就积极安排示范工作，为未来的推广奠定基础。同时，他也开始考虑如何借助这一成果获得经济收益，因为他知道，省里不可能一直给研究中心拨付科研经费，要推进科研工作深入发展，就需要寻找推广合作伙伴。

找谁做合作伙伴呢？这成了摆在茹振钢面前的一大难题。

当时，新乡市延津县小店镇农技推广站站长吴翠兰和她的丈夫买兴普是全国农技推广方面的典型。吴翠兰是全国人大代表，买兴普是全国农技战线上的一面旗帜，夫妻俩把小店镇的农技事业搞得风生水起。在棉花新品种和新技术的推广方面，他们是全国的领跑者。茹振钢想，如果能够与吴翠兰夫妇合作，"百农 62"就有了具有说服力的推广代表。

我们家所在的新乡市农科所距小店镇有 15 公里左右，茹振钢常利用周末休息的时间，带着他的军用水壶，骑着自行车到小店镇农技站参观考察。途中，他还会顺路观察小麦生长情况以及田间管理技术，了解生产中存在的问题。

当时的茹振钢在小麦育种领域名头还没有那么响亮，吴翠兰与买兴普并不太相信他的育种实力。茹振钢在虚心向吴翠兰夫妇学习的同时，还不忘借此机会传播自己的新理念、宣传介绍他培育的新品种。后来，茹振钢去小店镇的次数多了，讲得多了，吴翠兰才勉强答应到河南职业技术师范学院看一看。

当吴翠兰来到学校的时候，茹振钢选育的那个小麦单株已经扩繁成一个试验小区了。吴站长看过其他品种再来看"百农 62"的时候，眼前猛然一亮。她觉得如果这个品种后期不发生什么病害，应该会是个比较好的早熟品种，于是便和茹振钢约定等小麦快要收获的时候再来观察一下。

当麦收即将开始时，吴翠兰站长如期而至。通过对"百农 62"的外观、熟期、抗病性、抗倒性及产量的综合评判，吴站长当场就拍板要推广这个品种，并表态要资助茹振钢 2000 元科研经费。茹振钢的心里别提多高兴了。

这 2000 元，是茹振钢育种工作中得到的第一笔推广资助经费！正像省科技厅第一次下拨的 4000 元科研经费一样，这笔经费让他的科研工作有了更大的保障。

（二）

为了迎合生产需求，"百农 62"参加了河南省晚播早熟小麦品种区域试验。"百农62"既晚播又早熟，灌浆期短，籽粒品质并不十分理想，所以，在进行品种比较试验的同时，茹振钢对"百农62"的籽粒品质又做了进一步改良。

从单纯的籽粒性状筛选优质籽粒是比较容易的，但要从穗粒数与粒重等多个性状层面来筛选，难度就比较大了，非常容易顾此失彼。于是，茹振钢在广泛学习的基础上，发明创造了"均数平衡选择法"。

"均数平衡选择法"，就是在进行大群体种植而又广泛调查的基础上，选择那些每种性状的数值都在平均数以上的单株，并在这些入选的单株内优中选优。接着再对这些优质的单株进行株系筛选、产量比较，最终获得综合性状优良的品种。

经过这样大群体、连续不断的选择，在品种试验即将结束的时候，"百农62"的综合性状也得到了很好的完善。

1995年，"百农62"通过了河南省农作物评审工作委员会的审定，被命名为"豫麦32"。

"百农62"是一个适合河南省北中部地区使用的高产抗病新品种，它具有分蘖速度快、耐晚播、灌浆高峰早、早熟、颗粒大、籽粒饱满等优点，亩产可达400～550公斤，是一个填补麦棉套种空白的品种。

为了加快"百农62"在生产上的推广应用，除了与小店镇农技站正式合作，茹振钢还需要寻求更多的合作伙伴。于是，我就推荐茹振钢到新乡县朗公庙镇毛庄村寻找机会。

毛庄村是新乡市的二线蔬菜基地，在新乡市农科所的技术指导下，年年种植大白菜、甜辣椒、豆角等蔬菜品种。因为接触比较多，所以我对当地的小麦生产状况有一定的了解。同时，我也有比较熟的当地农业技术员——李德岭。

李德岭酷爱农业，高中毕业后就报名上了第一届农业广播学校。

他事业心强，工作有魄力，不仅在村里负责农业生产技术，还与爱人共同开了个农资商店。他的农资商店远近闻名，周边几十个村的农民都来他这里买农资、学习技术。

因为科研工作需要，在女儿很小的时候，我就时常到毛庄村走访调研，有时候还会带着女儿在这里住上一夜，因此与李德岭一家建立了深厚的友谊。我研发的许多蔬菜品种都是通过李德岭首先进行示范推广的，他对我的科研需求几乎是有求必应。

鉴于有这样一个良好的合作基础，同时，那里又是种植棉花较多的地方，因此当"百农62"开始推广的时候，我就毫不犹豫地带着茹振钢来到毛庄村，把他引荐给了李德岭。

当我把来意说明之后，李德岭信心十足地迅速组织起了老百姓，让茹振钢给村民们讲课。然而，当茹振钢激情满怀、耐心细致地讲了两三个小时后，却没有一个人想种植这个品种。

看到老乡们一个个都不买账，李德岭有些不好意思地说："茹老师，我先安排2亩试一试，如果表现良好，种植面积自然也就扩大了。"

茹振钢感到挺没面子的，同时他又非常理解老乡们的心情，毕竟农业生产不像其他行业，一旦选错了种子就会耽误一季的收成，依靠种地为生的老乡们是真的赔不起啊！

此刻，茹振钢深深体会到：仅通过讲课就让人们迅速接受一个新品种是很不现实的，只有让人们亲眼看到品种的良好表现，体会到丰收的喜悦，他们才会愿意大面积种植。

转眼间到了第二年小麦收获的季节，李德岭种植的2亩"百农62"获得了大丰收，这让毛庄的老乡们看到了新品种的好处。于是，第二年，"百农62"就在毛庄大面积推广开了。从此，茹振钢也与毛庄结下了不解之缘。毛庄不但是我的蔬菜试验基地，也成了茹振钢的小麦试验与示范基地。

毛庄有 3000 亩土地，种植"百农 62"前，小麦产量为每亩 500 斤左右；种植"百农 62"后，毛庄的小麦产量一下子上了个新台阶，基本稳定在每亩 800 斤左右。这里大面积种植棉花与西瓜，与晚播早熟的"百农 62"搭配后，无论棉花、西瓜还是小麦均可以获得丰收。老乡们从不愿意接受"百农 62"，到家家户户踊跃种植，"百农 62"算是一战成名。老乡们由衷地夸赞说："茹老师给我们送来了一个发财致富的好品种。"

后来，毛庄的老乡们在繁育蔬菜种子的同时，也进行着小麦良种的繁育。这样一来，毛庄老百姓又多了一个致富门路。毛庄这个昔日遍地黄沙岗的黄河故道，渐渐变成了蔬菜育种基地和粮仓。

"百农 62"相继在小店镇和毛庄村等地推广成功后，为了进一步加快"百农 62"的推广速度和推广质量，茹振钢以"'百农 62'不怕晚，一稀一晚就高产"为宣传口号，深入一线进行推广宣传。很快，"百农 62"在黄淮大部分麦棉、麦稻套种地区得以大面积推广应用。

但是，随着"百农 62"的广泛推广应用，想经销这个品种的人也逐渐多了起来。那时候，大家对新品种的保护意识都不强，谁有种子谁就可以经营，于是，套挖种子的人特别多。一时间，假种子、劣种子到处都是，给"百农 62"的推广带来了很大的质量危机。针对这种情况，茹振钢充分发挥小店镇农技站与封丘农科所的繁种能力和推广优势，让优质的种子快速充实市场，让老百姓真正种上好品种。

"百农 62"经过 6 年推广，累计种植面积 1000 万亩，增产小麦约 2.5 亿公斤，2000 年获得河南省科技进步奖三等奖。

（三）

对于茹振钢和我来说，1989 年是意义重大、值得纪念的一年。这年，"百农 62" 培育成功了，而我也选育出了自己的第一个大白菜品种——"新早 89 – 8"。

1989 年 9 月下旬的一个周末，茹振钢回新乡后，像往常一样来到了大白菜试验田。这一次，我一改以往逐个介绍的方式，让他自己观察。

他把试验田看了一遍后，又返回到编号是 8 的跟前连连摆手让我过去，兴奋地说："连庄，成功了！真的成功了！！真是羊群里跑来了一只骆驼，太突出了！"无意间，他那浸染着小麦醇香的手，紧紧地与我那散发着蔬菜清香的手牵在了一起。

其实，我与卞高中老师早几天前就发现了这个综合表现力很好的组合。但是，越是这个时候，我们就越需要冷静客观，所以那几天，我将成功的喜悦深埋心底，生怕说出来之后它会消失似的。因此，当茹振钢这个半外行也给予这样高的评价时，我的眼眶一下子湿润了，激动得半天说不出话来。

我给这个组合定名为 "新早 89 – 8"，意思是 1989 年在新乡选育出的具有早熟特性的第 8 号组合。

"新早 89 – 8" 的研发成功具有里程碑式的意义。之前，河南省培育出来的大白菜杂交种多为中晚熟品种，一般于 8 月中旬播种，11 月中下旬收获。"北京小杂 56" 能在 8 月上旬播种，但其形状是高桩花心形，不太适合我们当地的市场。我们培育的 "新早 89 – 8"，是叠抱形的，同时，又可以比当地的叠抱品种早 10～15 天播种，提前一个月上市，正好赶在蔬菜淡季供应市场，会产生很好的社会效益与经济效益。

"新早89-8"在推广之初就得到了菜农的高度关注和喜爱。1992年前后，凡是种植这个品种的菜农都有不错的收益。记得新乡市骆驼湾的一户菜农种了1亩"新早89-8"，我去她家地里考察的时候，她难掩兴奋地告诉我说："原老师，我就没有见过这么好的早熟大白菜，我看着就高兴，真是舍不得卖。不知不觉，1亩地的菜竟卖了1万元！"还有汤阴的一个菜农，种了8亩"新早89-8"，不到两个月时间一共收入5.6万元。后来，他还专程跑来新乡，激动地向我说："原老师，我是专门来向你表示感谢的。我真没想到会有这么多的收入。长这么大，我还是第一次见到这么多钱呢！"那时候，万元户都比较少见，这么多钱真是让他喜出望外。

记得那时候，还有一个安徽的老先生，机缘巧合地种植了这个大白菜，但因为市场竞争的关系，他和其他很多菜农一样都不知道这个种子叫什么名字。这个老先生为了了解清楚这个品种，便用塑料袋装了一棵白菜一路北上。他一路走走停停，只要看到地里有白菜，就会看看是不是他带的那个品种。当行至洛阳郊区时，他眼前忽然一亮，终于找到了和他手里拿着的相同品种。老先生从当地菜农那里打听到这个品种是新乡市农科所培育出来的"新早89-8"后，便马不停蹄地坐上汽车往新乡赶。这位老先生找到我时，已是下午一点多钟。我看着眼前这个满头大汗、气喘吁吁的老先生，内心非常感动。老先生给我讲，这个品种在他们当地非常火爆，看看能不能让他也进入这个品种的经营行列。明白了老先生的来意后，我便给了老先生一些种子，让他带了回去。

与此同时，全国各地的经销商都开始大量定购这个品种。这让我对"新早89-8"充满了信心。然而，就在我满心欢喜的时候，现实给了我重重一击，我深切体会了一次从云端坠入深渊的感觉。

1993 年，我们在毛庄村安排了 100 亩种子繁育田，由于这个品种抗热性好，耐寒性就会相对差些，在越冬繁种的时候幼苗冻死率达 70%。第二年，产量最多的 1 亩地收获了 20 斤种子，有的 1 亩地只收 2 斤多种子。

100 亩繁种田才收获了 1000 多斤种子。当时我是既难受又发愁。我难受的是感觉对不住如此信任我的繁种户，发愁的是不知道如何才能满足全国各地菜农对这个品种种子的大量需求。

我难受得在家躺了好几天。偶然间，我照镜子的时候，发现自己的头发竟然白了一撮，不由得感慨，真是一夜愁白头啊！看到这一撮白发，我一下子清醒了许多，明白遇到问题时需要用智慧去解决，只会发愁是没有用的。于是，我就写了两句话来激励自己：

　　我全心投身于我的工作，心灵势必会受到损伤。

　　为了追求美好的理想，全心破碎又有何妨？

那年，李德岭在送种子的时候，看到我忧心忡忡，便安慰我："搞科研本来就会有成功也有失败。今年种子产量低，不仅与气候有关，也与我的技术指导有很大的关系。"李德岭顿了顿继续说："原老师，你不要发愁，毛庄乡亲们的损失我来解决，你只管把科研和推广工作搞好就行了。我们今后的合作还长着呢！我相信，我们可以用智慧来弥补现在的经济损失。"

听到这番话，我心里踏实了很多。我坚信，有这样的合作伙伴，未来的道路一定会更加宽阔。

"新早 89 - 8"于 1995 年通过了河南省品种审定委员会审定，被定名为"豫白菜五号"。这个品种获得了杨陵后稷金像奖，被国家列为"九五"重点推广品种，并于 1999 年获得河南省科技进步奖二等奖。

我也凭借这个品种获得了河南省优秀青年科技专家称号。那一年，我不满 40 岁。

第三十二章　麦田间的推广专家

为了了解我国小麦主产区的品种需求及生产状况，更好地为老百姓服务，在河南、湖北、安徽、江苏、山西、陕西等地的田间地头，茹振钢都留下了忙碌的身影。

因为不同地区的气候环境、立地条件不同，小麦的播种时间、收获时间不同，小麦的生长适应性以及主要病虫害发生情况也不尽相同。要想全面了解、掌握具体情况，真正做到对症下药，就必须实地考察。也只有这样，才能根据生产实践，选育出适应各地不同气候特点的小麦新品种。

就拿河南来说，全省各地小麦播种，要么播种之前干旱缺墒导致播种后缺苗断垄；要么播种季节雨水缠绵不断，十天半月下个不停，致使无法耕耙整地，延误播期；要么在墒情充足时，乡亲们抢墒播种。若播种过早，麦苗年前生长旺盛，在越冬期间容易被冻死；或是来年遇到倒春寒，小花或小穗也容易被冻伤。针对不同情况，需要有专家及时给出科学建议，指导人们按时播种和科学合理地进行田间管理。因此，每年在小麦生长的各个重要节点，茹振钢一定会深入田间一线指导小麦生产。

每次到村里，茹振钢就针对生产上存在的问题，对小麦生长状况进行"望、闻、问、切"，依据品种特性、立地条件、水肥状况，尽心尽力当好乡亲们的技术参谋。他不但会特别记下乡亲们提出的技术难题、小麦生产中存在的实际问题、不同地区小麦的生态环境、不同小麦品种的生物学特性及生产水平，还会记录他在考察中受到的启发和产生的科研灵感。20 世纪 90 年代初，茹振钢到全省各地进行调查研究时，交通工具都是公共汽车和自己长满老茧的一双脚板。那时候，来往城乡间的公共汽车既少又不准时，为了不耽误行程，茹振钢总是时刻准备着，只要有车说走就走，赶不上吃饭就在车上随便吃些自己带的东西。

当时，茹振钢有两件"宝贝"是从不离身的——一个是印有"为人民服务"红字的小黄挎包，一个是军用水壶。小黄挎包里除了装有工具、讲课资料和笔记本，还有他为自己准备的干粮——几个变蛋。有乡亲好奇地问他为什么总是拒绝大家的盛情款待而只吃变蛋，他笑呵呵地说，变蛋是个好东西，不容易变质，饿了随时就可以吃上几个，既方便又省事。其实，茹振钢是不想给乡亲们添麻烦。他始终认为，既搞好农业技术推广工作，又不扰民，才是农业科技人员的本色。

几十年过去了，每每提及此事，茹振钢还会为自己的这一工作准则而骄傲呢！

茹振钢常说："农业科研成果必须适应生产，必须满足老百姓的需求。搞好农业科研虽说离不开实验室，但更离不开试验田。农业科研有一个倒逼机制，如果田间种植不成功，那么，从前的研究就会全部报废。"

在推广"百农 62"时期，茹振钢不辞辛苦地奔波在田间地头，常常在辉县、新乡市、延津、新乡县毛庄等地来回跑。他白天在田间察看小麦生长情况，晚上给乡亲们讲授生产技术。那时候，经常是一个大房间挤 100 多位听众，在 15 瓦的白炽灯下，茹振钢一讲就是两个小时，常常累得满头大汗。

遇到试种新品种和应用新技术积极性不高的乡亲时，茹振钢也不气馁，总是充满信心地说，越是这样的地方，越是有农业技术的需求，他越要经常来给大家讲课，乡亲们总有认识到新品种、新技术重要性的那一天。不管天气状况有多恶劣，他总是风雨无阻。随着茹振钢出现在田间的次数越来越多，人们逐渐对他产生了信任和依赖。后来，当地的乡亲们一看到茹振钢，就会争先恐后地向他请教农业技术问题，茹振钢也总是不厌其烦地用乡亲们能理解的语言——解答。有时候，为了让乡亲们看得清、听得懂，他就蹲在麦田里随手拔起几根麦苗，小心翼翼地一层一层剥开，一点一点地指给人们看。

茹振钢常跟乡亲们说，麦子也是有性格、有脾气的，你只有顺着她，她才能喜欢你；麦子不高兴了，就会跟你怄气，自然就长不好。种小麦一定要掌握小麦的生长规律，摸准小麦的脾气。只有知道小麦喜欢吃什么、喝什么，才能把小麦种好，才能获得丰收！因为他每次给乡亲们解惑时，都能抓住问题的关键，讲解时生动形象、幽默风趣，所以乡亲们常常里三层外三层地把他围起来，一个个全神贯注、认认真真地听他讲解。

最忙的时候，他经常是上午一个地方，下午一个地方，连轴转地讲课。

记得有一次，星期天下午茹振钢骑着自行车到延津小店镇指导小麦生产。他到达目的地已是下午 5 点多了。察看过小麦长势后，在乡亲们的强烈要求下，他便留下晚上继续讲课。由于当时通信不方便，他没及时告诉我会晚归。眼看已经晚上 10 点多了还不见茹振钢的人影，这可把我急坏了，我便请单位的两个同事前去找他。11 点多钟，茹振钢气喘吁吁地回到家里。我满脸担心地责问他为什么回来这么晚，他笑着轻轻拍了拍我的肩膀说，自己选育出的品种如同孩子一样，只有当问题解决完了，才能放心离开。

20 世纪 90 年代，我省豫南地区小麦种植面积大，但生产水平相对落后，所以，那里曾是茹振钢的考察重点。

1998 年 5 月，茹振钢与同事刘明久一同去驻马店新蔡县察看"百农 64"的生长情况，没想到突然下起了瓢泼大雨。不一会儿，本就坑坑洼洼的乡间公路变成了大坑能卧牛、小坑能养鱼的"池塘"，车辆根本无法顺利向前行进。他们时不时地下去推汽车。车轮一转泥浆四溅，弄得两个人满身都是泥巴，狼狈不堪。就这样，走了近 3 小时，他们实在没有力气了，便在路边的一个 10 元农家旅馆住下，第二天天晴之后才重新出发。

茹振钢曾经说："我的科研选题和技术创新灵感都源自田间地头。因此，乡亲们的需求，便是我科研工作的动力。"他还常说："良种的价值在于推广，作为农业教学和科研人员，要把教学、科研与科技推广、农技培训有机地融合在一起。"

参加工作几十年来，茹振钢始终坚持"造福百姓"的信念和追求，年复一年带领他的小麦育种团队，奔忙在希望的田野上，了解生产需求，对农民进行专业培训，免费发放技术资料，将有用、好用的科学技术及时地送到乡亲们的手中。

第三十三章　成功问世的第二个品种

（一）

"百农62"的成功推广，实现了茹振钢育种规划的第一步。但是，这个品种对于整个黄淮麦区只能算是个小品种。从"'百农62'不怕晚，一稀一晚就丰产"这句推广口号便知道，"百农62"是一个弱春性的晚播品种，而在生产实践中，需求量最大的还是适宜早播与耐寒性强的半冬性品种。

由于"百农62"本身有一定的局限性，茹振钢根据生产需求，给自己制定了更高的育种目标，即培育出既耐旱又耐湿、既抗低温又耐高温、既可早播又能晚播、既抗病又高产的小麦新品种。

为了实现这个目标，茹振钢不分昼夜地泡在试验田里，先从亲本的观察入手，根据亲本的特征特性和遗传规律精心设计杂交组合，进而从杂交后代中去伪存真，认真筛选目标单株。与此同时，他还进一步研究小麦株型与高产的关系、美学与丰产的关系、耐早播与抗寒性之间的关系以及小麦耐肥水与耐旱之间的关系。

为了让耐寒性与丰产性有机结合，他会将选出的试验材料比正常品种提前7~10天播种。小麦幼苗经过严冬低温考验后，从中选出生长健壮、不受冻害的幼苗继续观察，开春之后再进行层层选拔。同时，他还将自己的审美观念应用于其中，即好的品种要具有动态美、静态美、协调美和意韵美，将每个时期都表现优秀、综合性状优良且具有美感的单株列为重点选育对象。

茹振钢常说："小麦播种到地里之后要生长 8 个月，如果在这 8 个月的生长期内，小麦的植株形态和大田群体表现都能像花草一样给人们带来美的享受，让在麦田间辛勤耕耘、劳作的人们产生管理花圃一样的心情，既获得了丰收又得到了美的享受，那将是一件多么美好的事情呀！"

为了他的这个目标，从 1988 年到 1992 年，经过 4 年时间的精心观察与选育，茹振钢终于"守得云开见月明"，从几十亩试验田里选育出了当时他最满意的一个优良单株——"百农 64"的原始植株。

看着一颗颗圆润、饱满、光亮的"百农 64"小麦种子，茹振钢心花怒放，欣喜若狂。这是他辛苦培育出的结晶，是汗水灌溉出的成果，是他形态构型育种理论和小麦植株美学理论相结合的代表作之一。

早春时节，返青后的"百农 64"会呈现一派苗壮茂盛、生机盎然的景象，远远望去，如同一幅泼了浓墨的画卷，绿油油一片。当太阳刚刚升起的时候，麦苗上那一颗颗珍珠般的露珠，晶莹剔透、闪闪发光。这些露珠或是挂在细细的叶尖上，或是滚动在厚厚的叶片上，油绿色的麦田到处充满着诗情画意。

到了拔节期，麦苗像妙龄少女一样美丽，当微风徐徐吹来，麦田碧波荡漾，动静呼应，让人产生了仿佛在画中的错觉。

抽穗后，一排排小麦茎秆坚挺，籽粒饱满，呈现出一片高产稳产的景象。植株表面包裹着一层又白又厚的蜡粉，可以很好地驱避蚜虫。麦穗颖壳紧密包裹在一起，不给吸浆虫可乘之机。

不过，这个品种在抽穗期，主穗和副穗抽穗时间相差较大，容易给人留下不整齐的印象。

"百农 64"选育出来后的第三年，全省小麦观摩会在新乡召开，会议时间正好在小麦抽穗期。看到"百农64"当时的抽穗情况，原本对"百农64"充满希望的人们，都感到有点失望。茹振钢深知自己品种的优劣，在总结大会上充满自信地说，"百农64"的这种抽穗方式叫"分时进餐"，能有效缓解土壤养分供应不足的问题。这一说法，专家们从没听说过，一时也不知道该不该相信。

然而，当收获季节快要到来的时候，茹振钢的说法再一次得到了印证。放眼望去，整个麦田里的麦穗整齐划一。

我父亲非常喜欢尝试新品种、新技术，于是，茹振钢每培育出一个小麦新品种，都会先送给他老人家试种。"百农64"刚刚培育出来的时候，茹振钢神神秘秘地送了我父亲6斤种子。老人家看着女婿送来的新品种，自然高兴得合不拢嘴，随即将这6斤种子播种到地里，像对待宝贝一样精细管理。

刚过完年，绿油油的麦苗长得像韭菜一样，我父亲惊喜万分，便兴奋地邀请全村的种地能手到地里观看。看到如此苗壮的苗情，全村人无不为"百农64"喝彩，更羡慕我父亲有这样一个好女婿。可当人们看到"百农64"良莠不齐的抽穗表现时，都开始议论起来。我父亲也为此低落了好一阵子。没有想到的是，又过了一段时间后，原来那些零零落落的麦穗竟然越长越漂亮，呈现出一片丰收在望的景象，比全村任何一块地里的小麦都好。这时，父亲丢了的面子算是又找了回来。

"百农64"具有比较强的自我调节能力，既抗病又抗倒，既耐旱又耐湿，既抗冻又抗热，早播冻不死，晚播也丰收；播量小，分蘖多，既高产又优质；麦粒胖，颜色白，皮儿薄，面粉多。经河南省和国家连续两年联合区域试验，以及河南省组织的超高产样板田大面积种植，"百农64"的优秀品质都得到了充分验证。

"百农 64"不仅适合河南各地播种，山东聊城，湖北枣阳、老河口，安徽淮北，江苏的江北地区也都可以种植，并且均获得了每亩 1000~1200 斤的产量。

（二）

为了尽快把这一优良品种推广出去，1997 年，茹振钢在延津小店镇、济源等地繁育了 50 万斤"百农 64"小麦原种。为搞好种子的销售工作，他在办公室内专门安装了第一部电话机。

当时，茹振钢没有一点种子销售经验，就凭一部电话机，在一个星期之内把 50 万斤原种全部销了出去。

那几天，不时地下着小到中雨。因为当时没有仓库可以储藏种子，如果不能够及时把收回来的种子安排出去，将会造成不可估量的损失。他必须把当天运回来的种子当天发放出去。于是，茹振钢就像指挥作战一样，通过一部电话机，经过几个昼夜的连续奋战，硬是按照计划及时把收回来的种子全部发放了出去。

当茹振钢把种子全部安排完毕之后，其他单位的种子销售工作还没开始启动呢！

茹振钢销售完这些种子，回到新乡之后便一头栽到了床上。他有气无力地说浑身发冷。我摸了摸他的头，并不烫，询问他缘由，他躺在床上光摇头不说话，指了指床头的被子示意我给他盖上。

盖上一条被子后，他还是冷，我便又给他盖了一条。但他还是冷，我就又给他盖了一条。就这样，盖着三条被子的茹振钢不吃不喝不说话地昏睡起来。我连续给他喝了三天鸡蛋面汤之后，他的体力稍稍恢复了一些，慢慢开始有了点儿精神。到了第七天，他的身体才完全康复。

　　一开始，我以为他得了疟疾，但他没有一点儿得疟疾的症状。后来我猜想，可能是因为他一个人在辉县，单枪匹马，没有任何后勤保障，吃饭又不规律，高强度地工作了一周后，他的精力和体力出现了严重透支现象。

　　1996 年，乡亲们种植的"百农 64"小麦大获丰收，大家喜笑颜开、激动不已。

　　这年的 9 月 5 日，在延津县小店镇农技站、封丘县农科所、长垣县孟岗乡三个单位的倡议下，延津、封丘、长垣三地的乡亲们集资 20 万元为茹振钢购买了一辆桑塔纳小轿车。那天，这些农民如同办喜事一样，专门组织了几十个人的盘古队，锣鼓喧天、浩浩荡荡地将小轿车披红挂绿地开到学校。前来送车的农民代表，热情地向茹振钢表达了他们的谢意，随后，又将一面大红锦旗和系着红丝带的小轿车钥匙郑重其事地交到了茹振钢的手里。

　　接过沉甸甸的钥匙，茹振钢激动万分地向赠车的农民朋友表示了深深的谢意。他说："我作为一名教师，一名科技工作者，决不辜负人民群众的期望，我会尽全力加速小麦新品种选育及良种良法配套研究，继续坚持深入农业第一线，把科研成果更多更快地转化为生产力，让大田增产，让农民致富。"

　　茹振钢心里非常清楚，这一切荣誉应该归功于学校。于是，他把凝聚着农民朋友深情厚谊的车钥匙转交到了学校领导的手中。

　　1997 年，河南卫辉唐庄乡种植了万亩"百农 64"示范田。5 月 15 日，参加国家五大作物高产技术开发会议的领导和代表们来到示范田，看到一排排密密匝匝的麦秆挺拔苗壮，麦叶宽厚、不见锈斑蚜痕，麦穗长粗密实的"百农 64"之后，个个赞叹不已。

　　时任中国工程院副院长的卢良恕评价这个品种抗病性好，光能利用率高，高产潜力大，是很有发展前途的高产小麦新品种。其他参加会议的河南、湖南、吉林、黑龙江、安徽、新疆等 6 地的有关领导和专家，都给予了"百农 64"高度评价。

随后，《人民日报》和中央人民广播电台等 20 多家新闻媒体，先后对茹振钢和"百农 64"小麦新品种进行了报道。

卫辉的郭先生，觉得这是一个难得的好品种，本着对科学技术的信赖，贷款从农民手中收购了将近 800 万斤"百农 64"种子。这么多的种子在当时可是一个不小的数字！就是放到现在，一般的种子公司也不敢轻易收购这么多小麦种子。

郭先生收到种子后，本想着很快就会销售一空，然而，现实却给他上了难忘的一课。种子销售有着自身的规律，不到播种季节，老百姓不会提早购买，种子经销商也不会去大量购进。这批种子就这样堆在郭先生面前，令他寝食难安。没有任何销售经验和销售渠道的郭先生急得像热锅上的蚂蚁，几乎每天都给茹振钢打电话或找到家里讨教销售技巧。

当时，同样没有太多销售经验的茹振钢，为了对自己的种子负责，就给郭先生设计了一套营销方案。其中一项内容，是让他在河南夏季小麦种子交易会上悬挂一副特别大的对联：

（上联）茹振钢向新老客户多问好

（下联）"百农 64"与黄淮人民共辉煌

（横批）"百农 64"不推自广

经过这样一宣传，"百农 64"的知名度极大地提高了，引起了更多销售商和老百姓的关注，从而带动了该品种的销售。

没过多久，当茹振钢再向卫辉市要种子的时候，郭先生竟然说，没有市长的批条，现在已经拿不到种子了。

就这样，在没有任何销售经验和渠道的情况下，近 800 万斤的种子销售一空，这也是种子销售中的一个奇迹。

经过这两次种子销售实践，茹振钢不仅获得了许多宝贵的营销经验，还深刻认识到好品种必须依靠好的销售企业、好的营销团队和好的营销模式来推广。好的科技产品只有在强强联合下，才能收获更理想的成果。

鉴于"百农 64"的成功培育与推广应用，1996 年 6 月 28 日，茹振钢被省政府聘为"河南省抗病虫高产小麦新品种选育首席专家"。那时候，他不到 38 岁。

2008 年，"百农 64"获得河南省科技进步奖二等奖。

第三十四章　我的代表作品

（一）

在茹振钢育种工作有了新突破的同时，我的育种事业，也跨上了一个新台阶。这个台阶的标志便是"新乡小包23"。

自从1993年培育成功之后，"新乡小包23"至今仍然在中原地区蔬菜市场有着不可取代的地位。它已经成为叠抱型大白菜中具有里程碑意义的一个品种。河南的中北部、河北南部以及湖北襄阳的菜农对这一品种是赞不绝口。

这一品种的研发过程并非是一帆风顺的。

20世纪80年代初期，我考察大白菜市场的时候，发现早熟大白菜是市场上急需的品种，而中晚熟品种更有急需要攻克的难关。

那时候，大宗冬储蔬菜还是计划供应，而大白菜，更是我国北方家庭冬天必需储存的蔬菜之一。

在当时来说，大白菜的丰年歉年差别极大。如果遇到歉年，即便是拿着政府发的菜票、排长队也买不到大白菜。如果遇到丰年，大堆大堆的白菜却又卖不出去。歉年市民愁，丰年菜农忧。

就说说丰年吧：记得有一年冬储时节，我的一个邻居曾经拿着菜券不掏钱就换回来满满一三轮车又大又好的白菜。当时，他高兴得合不拢嘴。然而，当开始食用的时候，他却高兴不起来了，因为那些大白菜不但做成菜后味道发酸，而且还嚼不烂。他说他们全家人都吃怕了那些白菜，一看见炒白菜都不停地摇头。

到了第二年，我们单位的一个科室种了两亩大白菜。原本想等白菜成熟后给职工发福利，结果到了收获的季节，这两亩大白菜全部出现了干烧心现象，甚至有的菜心还就地腐烂了。最后想送给乡亲们喂猪都没有人愿意接手。

就从那时起，我下定决心要改变这种状况。

当时，我们只是制定了早熟大白菜品种的选育目标。值得庆幸的是，在进行蔬菜品种资源征集时，我并没有局限于此，而是将所有的大白菜资源都列入了征集目标。所以，如果真的要搞中晚熟大白菜品种选育，不过就是多制定一个选育目标而已。但是，农科所的领导不同意我的想法。他们认为，我们科室的科研力量有限，早熟和中晚熟品种的选育工作根本不可能同时进行。况且，科研经费也非常有限，不允许我们制定更多的育种目标。

可是，我并没有放弃。

记得 1983 年的 6 月，我去郑州参加了一个河南省大白菜育种与生产研讨会，郑州市蔬菜研究所的宋宝琳老师在会上做了重点发言。他分析了河南省大白菜的育种、生产现状以及今后的发展方向。这让我受益匪浅。

非常幸运的是，那次开会，我和中国农科院的大白菜育种专家吴飞燕老师分到了一个房间。能与国家级专家住在一起，我真的开心极了。吴老师和蔼可亲、平易近人，于是，借助这个难得的机会，我向吴老师请教了许多大白菜育种方面的技术难题，同时也感受到了巨大的压力。那天晚上，我辗转反侧，一夜未眠。也就是在那个不眠之夜，我为自己定下一个人生目标——一定要成为大白菜育种专家。

第二天一早，我鼓足勇气向吴老师提出了两个请求：一是邀请吴飞燕和钮心格两位老师在方便的时候到新乡市农科所指导工作，二是希望能有机会让我到中国农科院学习一下大白菜育种的加代技术。

吴飞燕老师十分爽快地答应了。

1983 年 11 月，我们的大白菜试验收获后，我就奔赴中国农科院进修学习。这次的北京之行，我不仅学到了大白菜的加代技术，还学到了好多田间试验的基本技巧。

1984 年春天，吴飞燕和钮心格两位老师又专程来到新乡为我们传授了大白菜育种经验。之后，我们的育种工作有了突飞猛进的发展。

我利用从中国农科院学到的技术，夜以继日地进行大白菜加代工作，最多的时候，一年加 3 ~ 4 代。同时，我还结合具体的工作实际，总结出了一套更适合自己操作的加代方法——温室、露地交叉加代选择法。在新技术的支持下，我们的育种工作像插上了翅膀一样飞速前进。

有了这样的工作基础，又经过一段时间的深思熟虑之后，我与卞高中老师在中晚熟大白菜品种的选育方向上达成了一致，接着就把书记、所长请到大白菜试验田，让领导们实地看到我们的工作进展，并借此机会向他们详细汇报了我们的育种规划。当领导们看到在短短几年间，我们的大白菜育种从当初一个连种株都留不下来的局面到现在发生了那么大改变时，当场表示无条件支持我们的研究工作。

就这样，我们的早熟大白菜育种工作与中晚熟大白菜的育种工作开始同步进行。

在具体的目标选定上，我与茹振钢进行过仔细的分析探讨。

20 世纪 80 年代，我们河南省制定的大白菜育种目标是"一大二白三叠抱"。可是，根据对生产情况的调查，我认为未来的市场需求一定是小型化、稳产和优质的品种。到底是跟着大目标走还是跟着自己的判断走，我十分纠结。于是，我和卞老师不断地进行市场调研，了解消费者的真实需求。同时，我还与茹振钢对此进行了非常认真的研判。

我们分析，从家庭结构来看，小型化已成定局。随着生活水平的进一步提高，人们对大白菜品质的要求会越来越高。而菜农对大白菜的要求首先是要稳产，其次就是能省事。

在技术实施过程中，我们从选择原始材料开始，就尽量挑选小型化的中熟品种为自交对象，以便选育出小型化的优质抗病类型。同时，对优良的材料尽可能扩大种植群体，用近乎苛刻的田间管理手段来筛选植株，尽可能选出优异单株。

大白菜留种与其他作物不一样，优良单株不一定能够成活得下来。于是，我们就采用大株选择与小株留种相结合的方法，尽量提高选种成功率。

在前期大白菜的选育过程中，有一件事情对我触动很大。

在一次新乡市组织的大白菜生产观摩会上，一位专家问我："为什么山东的大白菜品种纯度非常高，而我们河南省培育出来的品种纯度看起来要逊色很多呢？"虽说我之前也注意到了这个问题，但并没有进行过具体的分析和研究。这位专家的话深深地触动了我。自此，我们开始对山东和河南培育出来的大白菜品种进行详细的观察分析。

（二）

经过一段时间的对比研究，我发现山东的大白菜纯度并不是特别高，只是因为它们多属合抱类型，两个亲本与杂交种在外形上非常相似，所以就给人以纯度很高的错觉。而河南的大白菜多数都是叠抱型品种，杂交种的两个亲本形状差异很大，因此，即使亲本比例相同，往往给人以纯度较低的感觉。

于是，我便开始在整齐度方面下起了功夫。

在试配组合的时候，我并没有按常规的育种理论进行，即两个亲本要有一定的地理远缘、性状差异要大等，而是选择了外观性状差异较小、综合抗病性强、品质一流的亲本进行组配。虽说这样的组合单从产量来讲并不占优势，但从综合性状来讲却非常符合当时特别是未来的市场需求。

1993 年，我配制了近百个中晚熟大白菜杂交组合，其中也有一些植株稍大、综合性状比较优秀的类型。但是，为了突显自己育种的特色，我经过深思熟虑，最后只留下了一个排序为 23 号的小株型组合。这个杂交组合非常符合我们的育种目标，因此，我给它命名为"新乡小包 23"。

为了加快"新乡小包 23"的推广应用，从 1994 年开始，我们一边让"新乡小包 23"参加河南省的品种比较试验，一边让郊区的老百姓开始试种。

在试种过程中，"新乡小包 23"获得了广大菜农的一致好评。当地的老百姓一见到我就说："原老师，这个'小包 23'简直太好了！不仅种植技术简单，便于管理，更重要的是这个品种太好吃了，还没等白菜成熟，就被人预订完了。"

就这样，"新乡小包 23"在河南中北部以及河北南部地区一炮走红。连续几年，"新乡小包 23"的种子都是供不应求。

虽然"新乡小包 23"获得了市场的肯定，但在河南省品种比较试验中并没有取得理想的成绩。因为当时参加河南省品种试验的都是大株型品种，生长期较长，所以试验的方案都是根据这些品种设置的，而"新乡小包 23"属于小株型中熟品种，不仅需要高密度播种，还需要晚播种植。由于当时这类品种很少，没办法安排单独试验，所以，该品种也就只能参加大株型大白菜品种的比较试验。

不适合的种植密度、不适合的播种时间和不恰当的管理方式，导致"新乡小包23"在品种比较试验中很快就被淘汰了。

尽管没有通过河南省的审定，但是，新乡市种子管理站的站长及专家们却对这个品种高度认可，认为如果这一品种不在生产上推广应用，那将是大白菜育种史上难以弥补的遗憾。于是，"新乡小包23"通过特殊方式，在新乡市通过了审定。

得益于我们国家的政策，作为非主要农作物的大白菜，只要是老百姓喜欢，即便是没有通过审定，也可以在适宜的区域推广应用。

有一年的大年三十，我与茹振钢回沁阳老家过年。我们去逛菜市场的时候，看到一位菜农拉了一车大白菜在销售。出于职业习惯，我俩不约而同地向他走了过去。

明知他卖的是"新乡小包23"，但是我故意问道："老乡，您卖的是什么白菜啊？"老乡回答说："这个品种叫'新乡小包23'。"茹振钢接着问道："您的白菜为啥比别人的贵得多呢？"老乡说："你不知道这个品种有多好！不仅好种，好管，稳产，收成好，更重要的是非常好吃。不论是凉调还是熟食，是炒着吃还是涮火锅吃，都特别好吃！这个'新乡小包23'，听说还是新乡市农科所的一位沁阳籍老乡培育的呢！"说着说着，又有人来买白菜了。这位老乡就向我们摆摆手说："不给你们说了，说了你们也听不懂！"我笑了笑，牵着茹振钢的手走开了。

每每想到这件事，我和茹振钢的心里都有一种说不出的高兴。

与其他叠抱型大白菜相比，"新乡小包23"虽然叶球不大，但叶数很多，而且还抗病毒和干烧心。它不仅在秋天表现优良，还突破性地能够进行春季栽培。这更加突显了"新乡小包23"与众不同的优良特性。

众所周知，大白菜是秋播蔬菜，一般情况下，如果春季播种，它便不会结球，只能长成散叶的小白菜进而开花结果。因为大白菜在营养生长期对温度的要求是由高到低的，而春天的温度则是由低到高的，所以多数白菜品种都无法在春天种植。"新乡小包23"能够在春天种植成功，不但满足了消费者春季对大白菜的需求，更是给大白菜生产者带来了很好的经济收益。

创新是科学技术发展的源泉，同时，创新也需要付出代价。

"新乡小包23"虽然能够进行春季种植，但也需要有一整套行之有效的、与秋季种植不一样的栽培管理技术与之匹配。为此，我们进行了艰辛的探索，最终形成了一套完整的技术操作规程。

在刚刚推广"新乡小包23"春季种植技术的时候，由于是新生事物，菜农们往往在第一年种植的时候，严格按照技术规程进行操作，但到第二年就开始随性起来。这样一来，收获的时候就要全看天意。如果幸运，就能丰收；如果遇到不利的天气或采取了不当的管理，便损失惨重。种植成功，皆大欢喜；一旦失败，菜农们就会把怨气撒到品种上来。

春季种植的"新乡小包23"，如果严格按照技术规程进行管理，五一前后便可结球；如果播种过早或管理不当，五一前后就会抽薹开花。一旦春白菜出现抽薹开花现象，我的电话铃声就停不下来。多数菜农会非常理性地询问失败的原因，进一步掌握栽培技巧；但也有少数人会非常激动，不停地找种子的原因。

记得我们推广"新乡小包23"春季种植技术的第二年，倒春寒非常严重。那年5月初的一天，有一位菜农在晚上12点钟给我打来电话，说是他种的白菜开花了，我询问他种植管理情况，他一概不理，非说要我赔他所有的损失，否则就要去告状。出于对自己培育品种的自信，我不仅不担心他去告我，还告诉他要找哪个部门去告状。因为我相信，有理走遍天下！

尽管这件事情最后不了了之，但对我的触动非常之大。为此，我们对"新乡小包23"又进行了多次更加详细的栽培试验，并且把栽培技术清楚明白地告知了种植这一品种的每一位菜农。很快，菜农们不仅种下了好品种，还掌握了新技术。

到目前为止，"新乡小包23"在其适宜种植范围内仍然是最好的春季栽培品种，依然是秋季生产中的主栽品种。

在新品种不断涌现的当下，一个品种能够连续几十年被作为主栽品种，确实是一件非常不容易的事情。但是，"新乡小包23"做到了。

2003年，"新乡小包23"获得了河南省科技进步奖二等奖。

第三十五章　苦涩的汤药

1996 年冬天的一个凌晨，茹振钢突然兴奋地给我说："我有个新的想法，就是要培育一个早播不受冻、迟播不晚熟、咋种都不倒、高产更稳产的大品种。"

当时，尽管"百农 62"和"百农 64"在小麦育种领域已经有了一定的影响力，但与茹振钢理想中的目标仍有一定的距离。所以，他还鼓着劲儿，想要培育出一个更大的品种。

茹振钢之所以制定出这样一个育种目标，缘于一次外出考察。

1996 年 5 月的一天，茹振钢到周口商水考察小麦生产情况。来到田间后，一位老农指着一片丰收在望的麦田兴奋地说："茹老师，你看看俺的麦子长得多好，穗子又大又多，今年可是要大丰收啦！"看到老农这样兴奋，茹振钢更是高兴，连连点头赞同道："是的，如果没有天灾的话，今年一定大丰收。"

当晚，这里突降暴雨。茹振钢第二天一早来到这片麦田，看到这片丰收在望的麦子一夜之间像被石磙碾过一样成片成片倒在地上，心里非常难受。麦子一倒伏就会严重减产，收割难度大大增加，乡亲们的收入也会随之锐减。看着辛辛苦苦 8 个月的心血，就这样一夜之间化为乌有，那位老农满脸忧愁地坐在地头，一句话也说不出来！

那次考察回来后，茹振钢就一直在想，怎样才能培育出让农民朋友种得安心、收得放心、高产又稳产的小麦品种呢？

为了早日实现这一育种目标，从 1997 年开始，茹振钢冒酷暑、顶严寒，不辞辛劳地走遍了黄淮地区的各类麦田。他和他的团队在寒风凛冽时深入麦田观察小麦的受冻过程，在狂风暴雨中观察小麦的抗倒伏性能，在烈日暴晒下观察小麦的耐高温特性。

在观察过程中，茹振钢发现，只有耐得住极端天气的材料才能经得起考验。于是，茹振钢便开始在极端气温下，定向选择适应能力强的小麦新材料与新类型。

就这样，他把一个从 1994 年就开始配制的组合，经过 8 年的选择纯化，在 2002 年培育成了当时他认为很好的一个新品种——"百农矮丰 66"。这一品种株型又直又紧凑，矮秆大穗，抗病抗倒，非常适宜密植。

"百农矮丰 66" 是茹振钢形态构型育种理论的具体应用。他通过植株构型设计，让小麦充分利用光能和土壤肥力从而提高产量。

在该品种 2005 年参加河南省品种比较试验的时候，茹振钢向主持省品种比较试验的赵虹老师建议通过缩小耧距来增加种植密度，用高密度种植来进一步提高"百农矮丰 66"单位面积的产量。

在参加品种比较试验的同时，茹振钢还将"百农矮丰 66"在河南各地广泛布点，进行多点示范。他同样试图通过提高种植密度来获得理想的产量。

然而，这一年，就在麦子播种的季节，河南各地普遍出现了连续降雨天气。从 10 月上旬开始，连阴雨持续不断地下了一个月。"百农矮丰 66"是个适宜早播的中晚熟品种，播期推迟后，自然就会影响到该品种优势的发挥。

这年冬天，濮阳地区的试种人给茹振钢打电话，反映"百农矮丰 66"的麦苗普遍黄瘦，出现成片死亡现象。不久，商丘、周口、驻马店都传来了同样的信息。

这对茹振钢来说简直就是晴天霹雳！

当看到一片又一片瘦黄的麦苗时，茹振钢怎么也不敢相信眼前的事实。一下子，他那满心的希冀变成了泡影！

就这样，茹振钢这 8 年来几乎倾注了全部心血培育出来的新品种，夭折了。他一时间无法接受这个事实，情绪日趋低落。我第一次看到这样的茹振钢，一时也不知道该如何开解他，便只能想办法转移他的注意力。我建议他再去麦田里观察观察，如果能找到问题所在，说不定会有意想不到的收获！

终于，茹振钢一改前几日的萎靡不振，跑到麦田一蹲就是大半天。

经过十几天的观察思考，他终于找到了问题的根源。原来，"百农矮丰 66"的根系虽说下扎得很深、耐旱性很好，但是，由于上层水平根须太少，导致它出现了不耐淹不耐湿的特性。所以，土壤湿度一大，"百农矮丰 66"就会出现大面积死苗现象。

经过不断跟踪观察，茹振钢还发现，由于"百农矮丰 66"株型过于紧凑，生长后期，植株群体覆盖不满地面，导致其漏光率比较严重。再者，"百农矮丰 66"是一个晚熟品种，需要早播来弥补这一缺陷。但是，由于那年的特殊天气，"百农矮丰 66"无法适时早播，导致幼苗生长期营养严重不足。该品种在生长后期颖壳呈绿色的时间比较长，当别的品种呈现一片金黄的时候，它却还显绿色，人们便开始担心它的成熟期会不会太晚，小麦籽粒会不会秕，产量会不会降低，面粉质量会不会下降……老百姓的担心，也给茹振钢带来了巨大的压力。

在"百农矮丰 66"刚刚培育成功的时候，茹振钢满怀信心，有这么一个推广构想：以几个大经销商为龙头，每个县设一代理商，这样不仅可以让该品种遍地开花，达到快速推广的目的，还能快速回笼资金，很好地解决科研经费不足的问题。当然，希望越大，失望也越大。

　　我怎么也没有想到，这个品种的夭折，竟然给茹振钢的精神带来了巨大的打击。

　　那一阵子，茹振钢如同变了一个人似的，沉默寡言、情绪不稳。后来，他慢慢开始不敢在床上睡觉。我问他原因，他也不说话，只是紧皱眉头自顾自地躺在地上睡觉。有时候，他甚至通过咬自己的胳膊来让烦躁的情绪安定下来。好长一段时间，他的胳膊上到处都是牙印。那时候，他不敢往阳台上站，不敢从高处往下看，不敢拿刀，不敢让女儿坐在自己身边，因为他担心自己会不受控制地做出一些意想不到的事情。

　　我那段时间怎么也想不明白，为什么他白天到单位正常上班，一回到家就判若两人。

　　茹振钢消沉的那段时间，我的事业正处于上升阶段。新品种不断问世，试验示范、品种推广、成果申报等一系列工作让我忙得不可开交。可这个时期的茹振钢对我特别依赖，只要他回到家里看不到我，就会烦躁不安。我不得不每天早早下班等他回来，上班时要等他走之后才能出门。

　　但是，我也有自己的事业，也是一个工作狂人，更怕耽误了工作进程。我经常需要出差，每逢出差在外，茹振钢就会焦躁不安地不停地打电话，让我苦不堪言。我当时并没有把茹振钢的表现与疾病联系到一起，内心感到非常委屈。

　　时任农学系书记的詹桂枝大姐发现了茹振钢的不正常，以为我们发生了什么不愉快的事情，便找我谈心，侧面了解情况。詹书记了解到了我俩的实际情况后，提醒我要注意茹振钢的心理和身体健康。这时，我才突然意识到，茹振钢的一系列不正常表现，就是一种病态！我知道，茹振钢非常信任中医，于是我们就找了一个当地比较有名气的退休老中医为他看病。果然，诊疗结果与我们猜想的一样，他的一系列行为是精神受刺激引起的不正常行为。医生建议马上治疗，否则再发展下去就会出现精神分裂症状。茹振钢心里清楚，一旦得了精神分裂症，那便很难继续在科研领域工作了，因此他很配合医生，当即便开始喝中药。

两年的时间里，他喝下了一碗碗苦涩的汤药，病情逐渐得到控制，也逐步恢复了往日的精神状态。

病虽然是治好了，但也留下了一些后遗症。至今，茹振钢的右脑偶尔还是会出现麻木状态，所以他每天中午必须要休息一会儿。他现在仍不敢拿刀，不敢登高，等等。

"百农矮丰66"的失败，对茹振钢来说不仅是一个沉重的打击，也是一个深刻的教训。这一次，茹振钢更加清醒了。他深刻地意识到，心急解决不了任何问题。打那之后，即便是遇到再大的事情，茹振钢都会沉着应对。

第三十六章 国外 "取经"

（一）

"百农矮丰 66" 的失败，让茹振钢深刻体会到，自己的理论知识和实践经验还不能够完全满足小麦育种实践的需求。他深知，要想培育出更加理想的小麦新品种，就必须进一步提升自己的理论水平和实际操作能力，必须充分了解和掌握全世界小麦的生产状况与先进的育种技术。这就需要走出国门，到世界各地参观学习。

2002 年到 2008 年期间，茹振钢在做好科研工作的同时，随专家考察团先后到美国、英国、智利、澳大利亚和俄罗斯等国家考察学习。

通过出国考察，茹振钢了解了小麦的分布状况及世界各地的小麦生长特点、生态类型、产量水平、品质要求和育种动态等信息。

在美国考察时，茹振钢学习了用倒逼机制进行新品种选育的方法，即先对育种的原始材料及中间材料进行检测，选出优良类型；接着让面粉厂试用，然后对面粉厂满意的类型进一步杂交选育，进而放到农场生产。而我们国家的育种往往以产量及抗病性为评判标准，忽视了与面粉企业的合作。通过此次考察学习，茹振钢学会了根据市场需求来倒逼育种，制订的育种目标也变得更加多元化了。

墨西哥有国际小麦育种中心之称，以生产春播小麦为主。在那里，茹振钢学会了小麦扩繁时的宽行稀播技术，以及育种与生产紧密结合的工作机制。他这次学到的扩繁技术，对日后的小麦快速繁育工作有很大的促进作用。

在英国，茹振钢考察了一个有两百多年历史的作物育种试验站。这个试验站受联合国粮农组织资助，并与世界各国约定，任何战争都不能破坏该试验站。

在澳大利亚，茹振钢与专家团一起参观了一个 50 亩大的纱帐加代繁种试验田，学习了小麦单倍体育种及秋水仙碱处理技术。该技术是将单倍体苗置于 12℃ 以下的环境中来促进多分蘖，置于 12℃ 以上的环境中来加速拔节。增加分蘖后，再用秋水仙碱处理，成倍提高成功率。同时，他们还了解了澳大利亚的科研投资模式——政府、企业、学校共同为科研投资，各取所需，政府要的是社会效益，企业要的是经济效益，学校要的是科研成果。

智利地广人稀，物产丰富。智利的海岸线特别长，农作物和蔬菜资源非常丰富。当地的小麦植株高大粗壮，不倒伏，亩产量可达 1800 ~ 2400 斤。不过，智利的育种理论与我们国家的不太一样。我们国家为了防止倒伏，在育种时选择的都是偏矮秆类型的植株。这样的植株产量很难有突破性提高。亩产 2400 斤的产量水平，在我们国家的气候条件下简直是痴人说梦，但在智利就比较容易实现。经过此次考察，茹振钢在育种观念上有了很大改变。随后，他提出了一个大胆的设想，未来的小麦育种要向高大、粗壮、抗倒伏的方向发展。

在意大利考察学习时，茹振钢发现，我国曾经种植的"南大 2419""阿夫""阿勃""郑引一号"等都是由意大利科学家培育，经由南斯拉夫、阿尔巴尼亚引入的。这些品种在我国年种植面积最多的时候曾经达 1 亿多亩，但它们在当地并不一定十分优秀。这一事实也让茹振钢坚信自己生态育种理论的可行性，即如果将一个品种撒向全球，总会有最适合它的地方；一个在当地表现一般的品种，在其适应区域很可能会有超越想象的表现能力。

在俄罗斯考察学习时，茹振钢学习了一穗一穴播种选择技术。这种播种选择方法，更适合初学者在对单株选择的把握不大时使用。这样既可以选择优良单穗、优良单株，也可以选择优良株系。另外，俄罗斯的专家们在选择新品种时，必须把以前的老品种拿出来做对照，以便进行详细的观察与比较。这样，可以观察到新品种的综合遗传进度、产量进度以及品质进度。如果新品种的某些关键性状不如老品种，就不能推广应用。

茹振钢曾经给我讲，全世界的小麦分布分为初生基因中心、次生基因中心和生产应用扩展区三大中心，各个中心的小麦品种具有不同的性状和特点。小麦的初生基因中心位于土耳其、叙利亚、伊拉克、阿富汗、外高加索和土库曼斯坦一带。次生基因中心有四个地区：第一个是印度和巴基斯坦，这里的小麦品种株型直立、早熟、籽圆，对日照不敏感；第二个是中国、日本、朝鲜，这里的小麦品种早熟、矮秆、多花多粒；第三个是非洲东北部（埃塞俄比亚），这里的小麦品种抗锈病；第四个是地中海沿岸，这里的小麦品种硬粒大籽、小叶强秆、对日照不敏感。小麦生产应用扩展区有四个：第一个是东欧、西欧、北欧，这里的小麦晚熟、高产、抗条锈病和白粉病；第二个是拉丁美洲（墨西哥、巴西、阿根廷、智利），这里的小麦品种抗旱、抗条锈病；第三个是北美洲，这里的小麦品种表现超强筋；第四个是澳大利亚，这里的小麦品种抗旱耐盐碱，对日照不敏感。

充分了解小麦的生态区域并利用好世界性的品种资源，是搞好生态育种的重要保证。

（二）

通过到世界各地考察学习，茹振钢不仅在小麦育种方面收获颇丰，在其他方面也有不少收获。

出国考察期间，国家对每位考察者所带的经费是有严格限制的，每位专家都必须严格执行国家政策。与一般旅游不同，专家们的考察线路及考察内容有许多不可控性。

第一次去美国考察时，专家们的考察经费早早就出现了赤字。为了达到最佳的考察效果，在 15 天的时间里，他们单坐飞机就有 28 次。为了把有限的经费用在刀刃上，同志们经常是少租几间房子，多数人集中在一起熬夜，谁困极了就换班去睡一会儿。他们也舍不得天天买饭吃，相当一部分时间都是用自己带去的方便面和榨菜充饥。

到智利考察的时候，由于去的人少，雇用翻译的费用相对就比较高，经费早早被花得差不多了，他们待在房间里没办法出来。这个情况被我国驻智利大使馆的工作人员知道了，大使馆的领导派出了三位参赞全程陪同他们进行考察，吃住行全部免费，专家们顺顺利利地完成了任务。智利之行，茹振钢最大的感受是，在关键时刻，国家就是最大的靠山。特别是出国以后，五星红旗就是大家心中的红太阳，祖国的强盛就是自己最大的自豪和骄傲。

到澳大利亚考察的时候，因为去之前没有跟翻译对接好，专家们在那里空等了两天，所以经费也就不够了。为了节省开支，他们回到北京后都直接坐上了返乡的火车。茹振钢在火车上就给我打电话说，要在九州宾馆预定一桌菜，让疲惫不堪的专家们补充些能量，早些回家休息。结果，我没有领会到他想要在火车站附近的那家九州宾馆用餐的意图，而是在农科所附近的九州宾馆订了一桌餐，而火车站距离这个九州宾馆，还有 6 公里路程。接到茹振钢后，他把我好一顿批评。但是和他同路的专家们不仅不让茹振钢说我，还兴高采烈地争抢着给我讲述他们在外考察时的趣事，在场的每个人都开心极了，这顿饭自然也就吃得十分舒畅。

茹振钢出了这么多次远门，唯有一次从英国返程的时候最让我揪心。

那天，由于天气不好，飞机迟迟不能起飞。一直得不到他的消息，我坐卧不宁，寝食难安。由于当时的航班消息不像现在这样方便查询，所以我再着急也没办法。直到第二天下午得到飞机落地的消息，我那颗悬着的心才终于安定下来。为了减少开支，茹振钢没有休息就坐上火车直奔新乡。因为火车到站的时间是凌晨 2 点多钟，为了我的安全，他坚持不让我到火车站接他，而我是一定要去接自己心目中的英雄的。深夜的大街异常安静，灰白色的灯光看起来也很瘆人。我只身走在街上，说不害怕是假的，那一刻，我有些犹豫，但渴望早一刻见到他的强烈愿望战胜了恐惧。我走到路边出租车旁，叫醒了在车中打盹的司机，朝火车站方向飞驰而去。

我在出站口张望着，终于看到了茹振钢的身影，他一改以往风风火火的状态，走得有些缓慢。我一个箭步冲上去，激动万分地接住了他的行李，而茹振钢却只是面无表情地在原地愣了一下，然后有些迟钝地跟随着我坐上了出租车，一路上呆呆地没说一句话，到家后倒头便睡。我知道他是累过头了。

第二天一早，我睁开眼睛，发现茹振钢已经没了踪影，原来，他牵挂着多日不见的试验田，顾不上等我醒来便上班去了。我满腔的热情没有得到一丝回应，气得一句话也说不出来，只有长叹一声。

平日里，茹振钢几乎不拿钱，所以，也几乎不给我买礼物。即使是结婚的时候，他也没有专门为我买过任何东西。但是，每逢到外地出差，特别是出国的时候，哪怕是从牙缝里挤出点钱，他也要为我带些礼物回来。我的项链、手镯、皮包等物件，都是他出国考察时带回来的。

第一次去美国的时候，他给我带了一条金项链，我爱不释手。没多久，项链出现了斑驳的锈迹。我知道这条项链不是真的金项链，但我仍然很喜欢戴，因为那是茹振钢的一片心意。直到有一天，淘气的女儿用小剪子把项链剪断了，我才没再继续戴。茹振钢还从美国给女儿带回来一个比较精致的小水杯，倒过来一看，水杯底部的隐蔽处写着"Made in China"。尽管到美国买了个"中国制造"，我们也挺高兴。通过这件事情可以看出，美国的许多生活用品都是中国生产的，所以我们非常自豪。

在国外考察学习时，茹振钢还听到了一个令他十分惊讶的故事。

据说，有个国家为了破坏其邻国的粮食生产，就在两个国家的边境线上悄悄挖了个通道。而后，这个国家就利用这个通道把粮食以极低的价格卖给甚至无偿送给邻国。遇上了天上掉馅饼的好事，邻国便渐渐地放松了本国的粮食生产。可是，没过几年，那个国家忽然关闭了向邻国输送粮食的通道，不再给对方输送粮食。不用说，毫无准备的邻国，很快就出现了粮食危机，闹起了粮荒。粮食成了那个国家控制邻国的武器。

通过这个故事，茹振钢真正感觉到把饭碗牢牢掌握在自己手中的重要性。于是，在之后的育种工作中，茹振钢对保卫粮食安全的战略使命感和责任感愈加强烈。

茹振钢曾骄傲地跟我说："我们的职业非常重要，关乎着十几亿人的吃饭问题和国人在世界上的尊严问题，一定不能小瞧自己的工作！"

第三十七章　旅游的收获

（一）

2009 年 8 月，女儿茹苏珊赴美国留学之后，我心里像是被掏空了一样，工作之余，时常会感到寂寞和孤独。茹振钢觉察到了我情绪的变化，但是，忙碌的他很多时候无暇顾及我的感受。

2010 年春节假期快要到来的时候，一天，茹振钢悄悄跟我说，想趁春节假期这几天，带我出去放松一下。和茹振钢结婚几十年来，我俩很少一起出去旅游。听他这么一说，我心里非常高兴。经过简单沟通，我们初步把旅游的地点定在了厦门。由于没有旅游经验，我们便约了表弟媳妇和她的女儿丁尉，我同事的两个女儿和同事的外孙女小叮当一同前往。

这年的大年三十，我和茹振钢等一行七人踏上了从郑州开往福建的绿皮火车。我们定下的旅游第一站是武夷山。一路上，吃的、用的东西全是由表弟媳妇准备的，我与茹振钢不善家务的缺点暴露无遗。

茹振钢有个习惯，每逢到外地，他都会特别注意观察当地的地形地貌，当地的植被与栽培作物就更不用说了。

可是，这一次，火车从郑州始发，途经湖北、江西等地的时候都是晚上，所以我们唯一能做的事情就是睡觉。一觉醒来，火车驶入了武夷山地界。出了火车站，我们便坐上旅游大巴前往旅游景点。

行进的路上，茹振钢一直看着车窗外的田野。随着他的目光，我也不时地向外望望。这里的田野与我们北方大不相同，我们那里到处是一眼望不到头的麦田，而此时的福建到处都是茶园和收割过的稻田。

看着与我们北方不一样的田园风光，茹振钢自言自语道："为什么这里就没有一块麦田呢？"

一路上，茹振钢一直都心不在焉，什么水帘洞、桃源峪……在他看来，这些如画的美景远不如麦浪有吸引力。在虎啸岩景点，茹振钢无精打采地跟在后面，我们要时不时回头催促一下，以免他掉队。忽然，后面的茹振钢兴奋地大喊："哇，快看，小麦！"

听到茹振钢的喊声，我们都停下了脚步，向着茹振钢所指的方向望去。只见不远处的一个岩石缝里，一簇青色的小苗若隐若现。茹振钢像发现宝贝一样，疾步走过去，我们也都随着他围了上来。

我们走近一看，发现这簇青色的小苗竟然有很多种，有大麦苗、小麦苗，还有豌豆苗等。我赶快拿起照相机，拍下了这激动人心的场景。

大家猜测，这可能是当地老百姓上山时丢撒的五谷杂粮生长出来的。茹振钢仔细地观察了这簇青苗之后，小心地将它们挖了出来，挑选出其中的小麦苗，然后在塑料袋里装了一些岩石缝里的碎土，把小麦苗栽了进去，浇了些矿泉水。他像捧仙草一样小心翼翼地捧着麦苗，不时地端详着往前走。

由于我们走的是山路，我生怕他被绊倒了，就不停地提醒他留心脚下。我边走边开玩笑："麦苗是你的宝贝，你是我的宝贝，两个宝贝都要安全！"

茹振钢笑着说："我一个人关乎着两个宝贝的安全，责任重大！"

走着走着，茹振钢又突然说："我不往前走了，我要回家。"

好不容易陪我出来旅游一次，茹振钢竟然要半途回去，真是让我哭笑不得。这让我想起了几年前的一件事。

那时，我在武汉参加种子交流交易会，茹振钢在湖南考察。有一天，他突然跑到武汉，要我和他一同到武汉郊区看看。我们两个人在一起时，我一向是他的"配角"，于是便放下自己手头的工作，二话没说就跟着他一起去了。路上，我有了自己的盘算，正好顺便考察一下当地的蔬菜情况。

到了郊区后，茹振钢察看了几块麦田，在一块地里挖了几株快要打苞的小麦，便要拉着我打道回府。我这才明白，原来他风风火火地来找我就是为了得到那几株小麦植株！茹振钢解释道："生长在武汉这种气候条件下的小麦，会携带一些特殊的遗传基因，是很难得的种质资源。"我说："麦苗是挖到了，你也得照顾一下我的情绪，让我看一下这里的蔬菜生产情况，好吗?"他说："行呀，那我们就顺便参观一下。"就这样，麦苗挖到了，蔬菜看到了，我们各自都有了收获，都很满意。

没承想，这次他借春节假期，打着陪我旅游的幌子，又是来福建考察小麦资源的。茹振钢的这种做法，既在我的预料之外，又在我的预料之中。

（二）

看清楚了茹振钢的旅游动机，我真是有点生气。这次，我没有妥协，态度坚决地要求他必须全程陪同。他想了想，大过年的，女儿又不在家，也不忍心惹我生气，于是就勉强答应了。

要继续旅游，我们就要想办法保护好这几株小麦苗。于是，茹振钢就把矿泉水瓶从中间截断后用下半部分装了些土，栽上小麦苗后又浇上水，然后装到塑料袋里。就这样，这几株小麦苗跟着我们踏上了旅程。

正常情况下，茹振钢在坐大巴时，总会先让别人上车，然后自己随便找一个地方坐下。但这一次，为了麦苗的安全，他第一个冲上了车，找了一个靠窗户的位置坐下，两手捧着矿泉水瓶。在大巴车上，茹振钢双眼紧盯麦苗，生怕它出现什么闪失，偶尔才会向窗外瞟上几眼。而我却一直在关注着窗外。突然，眼前出现了一片大白菜，我抑制不住激动的心情大喊一声："白菜！"听到我的喊声，茹振钢也不由自主地向窗外望去。

这样炎热的地区，能种植出这样的结球大白菜，有些出乎我的意料，我对此充满了兴趣。我当机立断跟茹振钢说："如果火车站离这里不远的话，我们到火车站后再返回来一趟，看看这里大白菜的生长情况。"茹振钢嘴角上带着笑意，不假思索地点头答应了。

我们记下了这块大白菜田的沿途参照物，心里计算从这里到火车站的车程。到了火车站后，我俩估算了一下来回的时间，觉得不会耽误我们搭乘火车，就在附近买了编织袋，打车朝那块大白菜田赶去。到了目的地，我仔细观察了当地种植的大白菜类型，发现了一些带有地方特色的优良单株，如获至宝。我们挑选着挖了些，高高兴兴地回到了火车站。

茹振钢看着编织袋里的大白菜，大笑着跟我说："我发现了小麦苗，你得到了大白菜，这一下我们两个人算是扯平了！"我高兴地回答说："是的，各有所获！"

到了火车站后，4岁的小叮当看到我们高兴的样子，以为我们弄到了什么宝贝，就赶快凑过来看热闹。其他几个同行者也都凑过来。当看到大白菜时，大家都非常好奇，说："这些麦苗与白菜哪里都有，你们俩不好好观看风景，为什么要跑到这么远的地方来采集这么普通的东西呢?"

我们两个人异口同声地说:"这才是我们心目中的宝贝!"

下午 6 点多钟,我们坐上了火车晃晃悠悠地继续向南行进。一路上,茹振钢时刻操心着他的小麦,我时刻操心着我的大白菜。由于福建的天气较热,每到一个宾馆,我们都要先把白菜拿出来晾一晾,把烂叶剥下来。同行的游客觉得很新奇,不仅围着看,还动手帮忙。小叮当更是跑前跑后,高兴坏了。

在返程途中,当火车到达江西的时候,茹振钢忽然又喊了一声:"小麦!"我开始以为是矿泉水瓶里的小麦出了什么问题,但顺着茹振钢手指的方向一看,原来车窗外出现了一块儿小麦田。茹振钢让我赶快给他取出纸笔,记下了刚刚过去的那个车站的名字和那块麦田的标志性参照物。回到新乡后,他马上安排自己的助手赶赴江西,从那块小麦田里采挖了一些样本带了回来。

有一年春天,茹振钢从南方回来,非常兴奋地跟我说:"抗赤霉病的材料创造出来了!"

原来茹振钢拿到那些育种材料以后,经过多年的观察、杂交及筛选,竟然从中选育出了抗赤霉病的材料。

又一年秋天的傍晚,我们准备吃饭的时候,茹振钢神神秘秘地拿出手机说:"我要让你看一样东西。"我笑了笑跟他说:"不用让我看,我猜应该是抗赤霉病的类型选育成功了!"他高兴地说:"不仅如此,它还有特殊功能呢!"

这时候,茹振钢让我看着手机上的照片继续跟我说:"你看,这个材料不仅抗赤霉病,而且地面上还有霸王根,像玉米根系一样又粗又壮。这样,它的综合抗病性及耐湿能力就会非常强。"我看完照片后,轻声跟他说:"我也告诉你一个好消息!我从福建带回来的那些大白菜中选育出了优良的抗热自交系!"茹振钢听罢,更高兴了,竖起了大拇指连连称好。

那顿晚饭,我俩吃得格外香甜。

第三十八章　突破瓶颈

（一）

茹振钢的生活非常简单，他不喜欢打牌，业余爱好很少，最喜欢拉着我陪他说话。了解他的人都知道，要想找我出去玩，必须等他不在家的时间。

有时候我也特别需要见见朋友，也需要出去散散心，但首先要征得茹振钢的同意。他会说："好的，给你一个小时的时间吧！"

能给一个小时的时间，就很难得了。只是玩到兴头上，难免会超时。如果我过了一个小时不回家，他就会打电话过来；两个小时不见我的人影，他就该生气了。因此，只要茹振钢在家，我除了工作上的事情就很少出门，全心全意地陪他说话。

结婚前，茹振钢曾经是做家务的一把好手；结婚后，由于缺少进一步锻炼，他的独立生活能力日渐下降。可能说起来没有人相信，茹振钢连去银行取个钱、到医院看个病都不会，甚至连理发都要拉着我陪他一同前往。

回到家里，茹振钢往往是处于放松的状态，坐在沙发上发呆是一种常态。

记得有一次，我妹妹和妹夫来家里做客，妹夫一进家门发现茹振钢一个人呆呆地坐在沙发上，就问："哥，你这是怎么了？"茹振钢木木地说："我的眼珠子不会转了。""啊?!"妹夫吓了一跳，接着问道，

"这是怎么回事啊?"我马上给妹夫解释:"你哥一天到晚观察小麦,把眼睛都瞪困了。"妹夫笑了笑说:"搞工作也要注意身体。身体可是事业的本钱,把身体弄坏了啥事也干不成了。"茹振钢有气无力地说:"小麦花期太短,不抓紧时间观察,有的杂交组合就做不了了。如果赶不上趟的话,一错便是一年。"妹夫听他这么一说,便随口问他今年又有哪些新突破。一说到这些,茹振钢瞬间来了精神,开始眉飞色舞地夸起他的小麦新品种来。他这一开口,妹夫算是插不上话了,只好当一个忠实的听众。

茹振钢一直都有午休的习惯。午休可以让他高负荷运转的大脑得到休息,体力得到恢复,可以以更好的状态迎接下午的工作。

茹振钢白天回家后一般很少说话,早上 5 点或者是 7 点左右是他说话最多的时候。那时候,大多数人还在梦乡,但却是我们两个人最常聊天的时候,也是我感觉最幸福的时候。

记得多年前的一天,我睡得正香,突然听到有人在叫我:"连庄,你听我说……"

我还没完全清醒,便只是轻轻地回应了他一声。可茹振钢已经非常激动了,他哑着嗓子兴奋地给我讲了起来:"连庄,我终于想到解决小麦耐高温不耐寒、耐干旱不耐涝、耐瘠薄不耐肥的好办法了……"

我怔了一下,这才看清是茹振钢靠在床头跟我说话。我知道这些问题已经困扰他很久了,如果能得到有效解决,那小麦育种上的好多问题也就迎刃而解了。

还没有等我问什么,他就兴奋地接着给我讲起来:"高中的时候我们学过桥式电路,它用 4 个二极管就可以把交流变压电路输出的交流电转换成单向脉动性直流电。要是小麦里也有一个像整流器一样的东西,那么不管遇到什么情况,它都能将其转化成适宜自己生长的环境。

这样，小麦不就可以既耐高温又耐寒，既耐干旱也耐涝，既耐瘠薄也耐肥了吗？"

还没有等我说话，茹振钢就迫不及待地继续说道："这个办法要是能成功的话，不光适用于小麦育种，白菜育种照样用得上！"

我接话道："是的，我也正在想你的那个想法能不能用在白菜育种上呢……"其实，每逢茹振钢有什么新想法时，我特别喜欢听他讲，因为能启发我的思路。

从那天起，茹振钢便按照他的思路沉浸于寻找小麦中的"整流器"。经过深入观察和思考，茹振钢终于找到了可以成为小麦"整流器"的器官——根系。他深信，只要能把小麦的根系研究透彻了，所有问题都能迎刃而解。

但是，小麦的根系深扎于地下，不方便观察，除了从地里将生长的小麦挖出来进行根系观察研究，他还借鉴了国内外研究根系的方法，把小麦种到箱子里，需要观察的时候，打开箱子挖出小麦，然后用水小心翼翼地洗去泥土，让埋藏于土中的根系露出来，进行观察研究。可即便再小心，挖取过程中，小麦根系还是会遭到破坏。观察不到生长状态下的完整根系，就不能全面系统地了解根系的纵向生长和横向生长情况。

怎么能像观察小麦地上器官一样完整而又直接地观察根系的生长状况呢？这成了茹振钢育种路上难以跨越的一大障碍。

又是一个凌晨时分，茹振钢忽然大声把我喊醒，高兴万分地说："我想到观察根系生长的好方法了！""什么好方法？""前几天，我在王屋山区无意中看到裸露在丘陵土岸立面上的植物根系，刚才我心里忽然一亮，要是把小麦播种到丘陵土岸上面，将土岸立面用遮挡物挡起来。小麦生长的时候，根系沿着土岸立面向下生长，到时候移开遮挡物不就能直接观察到小麦根系的生长情况了!"

于是，当小麦播种季节到来的时候，茹振钢就与财源种子公司的王财秀一起在丘陵地带找了一个理想地块，播下了他要研究的小麦品种，并用一层塑料布和一块竹笆将土岸立面遮挡了起来。

当麦苗生长一段时间之后，茹振钢移开了竹笆。果然与他想的一样，小麦的根系裸露地生长在土岸的立面上，他直接观察到了小麦根系的生长情况。可是，由于根系原来是被竹笆挡着的，当竹笆被移开之后，根系一见光，立马蔫了，无法更加详细地观察其生长状况。

尽管这种方法比根系观察箱先进多了，但还不能完整系统地对小麦根系进行研究。几年后，也就是2009年国庆节假期的一天，茹振钢破天荒地要陪我逛商场，这让我喜出望外。当我们来到商场的玻璃橱窗前时，茹振钢停下了脚步，全神贯注地观察了一会儿玻璃橱窗和里面的模特，而后突然说："有了! 走! 回家!"说着，茹振钢拉着我的手就往外走。

这让我有点丈二和尚摸不着头脑，非常生气："你这人这么可笑，赶了10多公里的路，刚刚来到这里，一分钱东西都没有买到，咋能说走就走呢?"

生气归生气，当惯配角的我，还是跟着他走出了商场。

回家路上，他说玻璃橱窗给了他灵感，他要建造一个地下根系观察通道，变地上观察为地下观察，把根系观察墙的竹笆换成透明玻璃。这样，就可以透过玻璃直接观察小麦根系的生长动态了。

听到他的解释，我才恍然大悟他为什么端详了一会儿玻璃橱窗后就掉头要回家。

回去以后，茹振钢就一头钻到试验室里去搞他的根系观察通道设计了。

经过 3 年的深入研究，茹振钢在根系观察箱、根系观察墙的基础上，终于在 2012 年创建了全国首座透明玻璃大型根系地下观察走廊，一下子解决了根系观察研究的瓶颈问题，在根系研究方法上有了重大突破。

这样一个颇为壮观的根系观察走廊，就"藏"在新乡县朗公庙镇毛庄村的河南科技学院小麦育种基地一隅。

顺着台阶下到地下 4 米左右，就进入了一条长约 50 米、宽约 3 米的巨大根系观察走廊。走廊两侧全是整块巨型透明玻璃。透过玻璃，能够清晰地看到一簇簇小麦根系在土壤中的生长情况。这些根系或水平或垂直或斜向生长，或弯曲或重叠，紧紧贴附在玻璃幕墙上，像雕刻在玻璃墙上的细纹，又像纹理交错的大理石板面。

小麦根系观察走廊，可以根据科研需要，随时观察小麦根系在不同生长时期的生长发育状况，开创了小麦根系生长形态、生长发育规律、生理特性及功能观察研究以及农艺措施对根系的影响和调控等研究的新方法、新途径。

（二）

小麦在生长过程中，从扬花至成熟的各个时期，均可能出现倒伏现象。倒伏不仅会使小麦产量大幅度降低，而且还会因病菌滋生产生毒素使粮食质量严重下降。因此，小麦的抗倒伏性状，一直是茹振钢育种的重要科研内容之一。

除受品种本身的茎秆特性影响外，自然界的狂风暴雨也是导致小麦倒伏的主要原因。

在小麦育种和生产过程中，茹振钢没少目睹狂风对小麦近乎毁灭性的打击。无论是局部的还是普遍性的狂风，都会在不同程度上给小麦生产造成不可挽回的损失。每每看到一片片小麦倒伏在地时，茹振钢的心都在滴血。

最让茹振钢痛心的是 1997 年，小麦成熟前，豫北的新乡、焦作等地遭遇了一场特大狂风。挟卷着黑云奔涌而来的狂风，肆无忌惮地凌虐着一片片金色的麦田。狂风过后，一块块丰收在望的麦田成片倒伏，眼看就要收割的数万亩小麦损失惨重，乡亲们坐在倒伏的小麦旁欲哭无泪，茹振钢也是心如刀绞。

自此，茹振钢立志要培育出一种 8 级狂风也吹不倒的小麦品种。

小麦抗倒伏性状必须通过风力来检验，可自然界的风是一种不可控因素，不是你想要刮风就会刮风的。茹振钢的育种之路上又出现了拦路虎。

一天凌晨，茹振钢又睡不着了。他问我："你说如何才能检验一个小麦新品种的抗倒伏性状呢？"

我不假思索地说："小麦倒伏的外在因素主要是风，只要观察小麦新品种经受大风的情况，不就可以检验出它是否抗倒伏了吗？"

"你说得对。可要是小麦生长期间没有大风呢？"茹振钢之所以这样问，是因为他在对小麦抗倒伏研究过程中，真的遇到过这样的情况。

"那就只有等下一年了。"

"要是下一年还没有大风呢？"

"就只有等下下一年了。那有什么办法呢？检验小麦抗倒伏需要大风，又不能建个温室或大棚把土地覆盖起来，用改变小环境的办法来人为创造大风啊！"

我只是随口一说，但茹振钢好像忽然想到了什么，瞪着眼睛看着我，好大一会儿没有说话。

几年之后的又一个凌晨，茹振钢跟我说："前几天的一次小麦生产座谈会，在谈到小麦抗倒伏研究问题时，一位农民朋友说，他们之前小麦扬场时用到的'老虎洞'风力不比8级大风小，建议我把'老虎洞'搬到麦田里对着小麦吹，这样就能检验小麦的抗倒伏性状了。你感觉这个建议怎么样？"

我想了想说："这是个人工造风的建议，有一定道理，但是也有很大的局限性。"

又是一个春天，茹振钢出差回来后的一天凌晨，他又睡不着了，便轻轻地把我从睡梦中叫醒。

他披着衣服靠在床头："连庄，这次出差时，在飞机上我一直考虑着一个问题。"

"考虑什么问题？"

"我在想，如何把改变小环境条件和'老虎洞'结合起来搞小麦抗倒伏试验研究。想着想着，我无意中看到了机翼，忽然想到飞机空气动力试验时的人工风洞，那不就是像温室和大棚那样，在局部空间里通过人工造风来试验吗？于是，我就想，要是搞一个像飞机空气动力试验的人工风洞，不就可以进行小麦抗倒伏试验了吗？"

我之前对人工风洞不太了解，便好奇地问："什么是人工风洞？"

"人工风洞就是一种管道状的实验设备。它能够通过人工操作控制气流，模拟飞行器或物体周围气体的流动情况，并可度量气流对物体的作用以及观察物理现象。"

听到茹振钢这样一讲，我高兴地说："那太好了！这样的话，不就可以人为改变局部空间里的空气流动速度了吗？"

"我想着是这样的！但是，这只是个设想而已，不知道可行不可行。"

"只要有设想就有实现的可能。"

茹振钢把他的设想与同事们进行了探讨，当场就得到了牛立元博士和胡铁柱博士等人的肯定。

于是，按照科研工作分工，牛立元承担起了人工风洞研究的重任。

经过 1 年多的研究设计，茹振钢带领他的科研团队，终于在 2011 年 8 月成功研制出了数字化小麦抗倒伏试验风洞，并于 2013 年申请了国家专利。

利用人造大风在实验室里进行小麦抗倒伏试验后，根据试验和检测结果，可以对小麦根系、麦秆等抗倒伏能力进行全方位的分析判断，实现在大自然环境下的试验效果，为小麦的抗倒伏研究提供依据。在数字化风洞实验室建成的那天，茹振钢特别高兴。晚上吃饭的时候，他给我说："有了数字化风洞实验室，可以不再为研究小麦抗倒伏问题作难了。什么时候想检测哪个品种的抗倒伏性，就什么时候把小麦拿到风洞实验室里去检验，太方便了！"

我也高兴地说："工欲善其事，必先利其器。有了科学的仪器设备，以后研究工作必定事半功倍！"人工风洞大大缩短了茹振钢研究小麦抗倒伏性状的时间。他带领自己的科研团队不断探索，在创新人工风洞的基础上，研制出了便携式作物抗倒强度电子测定仪，实现了在实验室和田间正常生长状态下，对小麦单株、小麦群体抗倒伏能力的快速、定量评价与选择。

不仅如此，茹振钢还借助于蔬菜研究和生产的经验，建造了人工气候室、智能温室、智能大棚等科研设施，突破了自然条件的限制，实现了一年四季的加代效果，一年当作四年用，大大缩短了小麦育种的周期，加速了小麦的育种进程。

第三十九章　"百农矮抗58"

（一）

"百农矮丰66"的失败，让茹振钢认识到，衡量一个优良品种的标准是多方面的。就株型来说，不仅要紧凑，单株的分蘖成穗能力、自我调节能力也要强，只有株型均匀分散，才能够更好地截获光能。就地下部分来说，根系要有良好的分布状态，主根系要强健，侧根系要发达。这样，在干旱情况下，垂直向下的主根可以充分吸收深层水分，提高植株的抗旱能力。在雨水多的情况下，水平方向的侧根可以有效吸收地表空气，根系不至于因窒息而死亡。就叶片来说，不仅要有较强的光合能力和养分积累能力，还要有很强的抗冻能力、抗风能力和综合抗病能力。此外，植株茎秆还要有很强的抗倒伏能力，这样，即使在恶劣的气候条件下，小麦也能正常生长。

按照这个评定标准，茹振钢结合自身的实践经验，综合考虑了黄淮麦区老百姓的实际需求，围绕小麦优质不高产、高产不优质、植株高易倒伏、植株矮易早衰等当时小麦育种界难以解决的问题，把培育高产、稳产、优质、抗倒、抗冻、抗病的新品种，作为自己的育种目标。

为了培育出完美的新品种，茹振钢带领他的育种团队，从1996年选出的1289份优良育种材料中，连续多年进行了多手段、多角度、多层次的一次又一次的组配选择，并于2002年，对选择出来的优良组合，进行了抗寒、耐旱、抗倒、抗病等逆境选择研究。

在进行抗寒性选择研究时，他们将几十亩的试验材料提早播种，深冬时节将不抗冻、生物学性状不符合选育目标的单株直接淘汰。通过对成万株小麦的步步筛选，最终只留下百余个优良单株。而后，茹振钢又对这百余个单株后代，采用连年早播、利用自然逆境、人工模拟极端低温等方法，连续多代选择，终于选出了能耐－16℃低温的单株，解决了小麦的耐寒问题。

为了解决高产性与广适性难以并存的技术难题，在小麦拔节期，他们采取聚合抗逆、抗病等性状的研究手段，通过多病原混合接种、实施大肥大水管理等措施，诱导病害充分发生，然后通过综合鉴定、强化选择的方法筛选出了抗条锈病、白粉病、纹枯病等综合抗病性强的优良类型，以增强植株的广泛适应能力。同时，利用均数平衡选择理论，解决了小麦主要数量性状的结构性协调问题，再通过观察幼穗发育节律选育出了与黄淮麦区生态条件相吻合的优异类型，最后通过测定光合速率和后期耐高温特性选出了落黄好的优良品系。

高产、优质难以并存的问题解决了，抗倒伏的问题还摆在面前。在经过多次研究和试验之后，茹振钢终于有了完美的解决方案。他们通过选择小叶多穗的品种来增加亩穗数，提高丰产性；定向选择株高70厘米左右、植株重心较低、茎秆基部刚性强、上部弹性足的类型，利用人工风洞，选择不同的人工模拟风力对植株进行测试，筛选出了能够抵抗8级大风、亩产量能达到1400斤的优良株系。

在经过无数次筛选后，他们又按品系分小区种植筛选出了酸碱环境适应能力强的兼容性根系，同时，利用地下根系走廊又对根系的动态变化进行了系统研究，从而选出了生长速度快、根量大、色泽鲜亮、水平根系和垂直根系均发达的根系类型。

通过对地上植株性状和地下根系性状的同步选择，他们培育出根系活力好、后期叶片功能好、成熟期耐湿和耐高温危害、抗干热风、籽粒灌浆充分的品系，有效地解决了小麦矮秆品种易早衰的技术难题。

就这样，茹振钢带领他的科研团队，经过10年的辛勤努力，终于在2002年从若干选育系谱中，筛选出了一个亩成穗数达45万~58.5万穗、产量潜力每亩达1400斤以上、综合性状表现优良、遗传性状稳定、代号为"5245-5248"的优质小麦新品系。由于这个品系代号的两组数字中，一组数字后边是5，一组数字后边是8，加上其茎秆较矮，又是百农系列，就被命名为"百农矮抗58"。

"百农矮抗58"最初在参加品比试验时，相对于其他品种有些晚熟，这让老百姓不是十分满意。

为了让老百姓种得安全、收得放心，茹振钢又经过几百个单株的大群体选择，使"百农矮抗58"的微效基因得到了有效累加。经过大面积单株选择、株系比较，最后又选出了早熟、高产的"百农矮抗58"新品系，使其优良性状得到了进一步提升。

茹振钢对每个品种的应用价值都有一个明确的定位。在"百农矮抗58"投入试验后不久，他就让我到试验田里看，并且说："这个株系以后不仅是个大品种，同时还是一个具有广泛适应性的好品种。"

当时，我既相信又不相信。我相信的是茹振钢在我面前从来没有说过不着调的话；不相信的是，只有几行的种植数量，怎么就敢肯定它将来是个大品种呢？

茹振钢看我半信半疑的样子，更加坚定地说："你就看以后的结果吧！"

当这个品种只有7.8斤种子的时候，他就让临颍县的陈福祥经理用7斤种子进行了14亩地的超稀播繁殖。茹振钢自己留了0.8斤种子进行进一步观察试验。

将"百农矮抗58"进行创新扩繁主要是为了在该品种通过审定以后就能快速推广，让老百姓尽早用上好品种。

"百农矮抗58"在2005年9月通过了国家审定，并同步进行了生产示范。

为了提高"百农矮抗58"的知名度和宣传效果，这年的种子交流会上，茹振钢喊出了每斤500元的销售价格。这个价格在当时简直就是天价。标出这样的价格，茹振钢并不是要卖多少钱，而是为了让大家更加关注这个品种的价值，同时也是他对"百农矮抗58"非常自信的一种表现。

由于奇特的种子价格，这个品种成了那次交流会上的焦点和热点。

（二）

听闻"百农矮抗58"的优秀表现，第二年春天，滑丰种业的赵秀珍总经理与当时的滑县县长一起来到了河南科技学院试验田，想亲眼看一看"百农矮抗58"。

赵经理有着丰富的小麦种子营销经验，在选择品种时，眼光独到。当他们一行看到了整齐划一、稳健丰满的"百农矮抗58"时，赵经理高兴得笑口难合，当即便与茹振钢达成了联合开发协议。

与此同时，尉氏的王凤莲总经理也相中了"百农矮抗58"，更相中了茹振钢的行事风格。为了表示对科学技术的信赖和对科研人员的尊重，王总送来了一辆价值40多万元的皇冠车，搞得茹振钢措手不及。茹振钢找到学校领导，想把这辆车送给学校。学校领导经过再三考虑后，决定将这辆车留给研究中心，给专家插上腾飞的翅膀，让其发挥更大的作用。

接过车钥匙，茹振钢将这辆车子的所有权交给了研究中心。

茹振钢对"百农矮抗58"充满了信心。他觉得这样一个大品种，单靠这两家公司来推广，力度还远远不够，于是又找来了三家公司共同推广。

在与五家种子公司达成初步推广意向后，茹振钢非常高兴地给我说："只要种源充足，这次我就可以大干一场了。"

头一年，在每亩用0.5斤种子的超稀播条件下（老百姓的种植习惯是每亩25斤左右），陈经理旗开得胜，以每亩800斤的产量共收获繁殖材料11200斤。这可乐坏了茹振钢。除去全省试验示范以及大面积布点，第二年他又让陈经理以每亩5斤的播种量继代扩繁，这一年更是获得了大丰收。

正当"百农矮抗58"从种子繁殖到宣传推广都顺风顺水地朝着理想的方向发展时，意想不到的事情发生了。

由于陈经理的种子公司仓储条件有限，种子储存期间遭遇连阴雨后，仓库漏水，导致一大批种子失去了发芽率，这一下可把茹振钢急坏了，本该获利的临颍县种子公司也因此损失惨重。茹振钢的推广计划不得不暂时中断。

科研工作就是这样，所有环节都要十分严谨，一点小小的纰漏就会导致全局的失败。面对这样的情况，茹振钢只能再次利用超稀播方式进行种子扩繁，以最快的速度满足推广需求。

尽管"百农矮抗58"的繁殖遇到了不小的困难，但它的推广势头却好得超乎想象。

王凤莲总经理曾经跟我说："第一次与茹老师洽谈合作事宜时，他就给我们讲了'百农矮抗58'的推广计划与推广目标。回去的路上，和我一同前来的副经理始终不敢相信茹老师的推广计划能够实现。但是，事实证明，'百农矮抗58'的市场需求和经营效果远远超过了茹老师的预期。在与茹老师合作前，我们公司是刚刚完成收购的一个县级种子公司，外欠债务2000多万元。与'百农矮抗58'结缘后，公司不仅把债务全部还清了，还成了河南省种子经营方面的知名企业。"

茹振钢与每家企业合作时，都签订了非常严格的合作协议，并且根据情况变化一年一授权。学校只要1%～2%的利润，余下的都留给企业。茹振钢认为，企业利润高了，品种的推广力度也就大了，学校的利润也会随之增加，社会效益也就更大了。

为确保农民用上放心优质的种子，他要求企业必须使用高质量的繁育材料。为了防止假冒伪劣种子干扰市场，他牵头建立了"首席专家负责、分区授权、多点示范、就近供种"的推广模式，提出了"东西一条线，南北一滚动，多家经营，激活市场"的营销模式，保证宣传口径、经营策略统一，确保步调一致、价格统一。良好的推广模式，使得"百农矮抗58"的推广势头一浪高过一浪。

"百农矮抗58"之所以能够成为一个大品种，品种好是基础，积极有效的推广策略是前提，各环节严格把控是成功的重要保证，企业及各方面的相互配合，是成功的必要因素。

当然，一个好品种能快速推广，更得益于政府的大力支持。2008年，"百农矮抗58"被河南省政府评定为小麦新品种产业化研究与开发的重大科技专项，下拨专项科技经费500万元，为"百农矮抗58"的研究与推广装上了"加速器"。自2009年起，"百农矮抗58"连续4年被当时的农业部推荐为黄淮麦区主导品种。据统计，2009—2010年度全国范围内建立了19个万亩高产示范基地，"百农矮抗58"的亩产量为1072～1291斤，平均亩产1204斤；2010—2011年度全国范围内建立了16个万亩高产示范基地，"百农矮抗58"亩产量为1166.4～1389

斤，平均亩产量 1241.06 斤。

2011 年 5 月 14 日，河南省政府在浚县王庄乡召开了小麦新品种"百农矮抗 58"高产观摩会。在"百农矮抗 58"万亩示范田，包括中国工程院院士、著名小麦育种专家程顺和，中国工程院院士盖钧镒和刘兴土等几十位国内农业领域的著名专家，地方种子公司代表和种粮大户代表在内的 150 多人一致认为，"百农矮抗 58"经受住了大风大雨、冬季干旱低温等多种恶劣气候环境因素的考验，已成为政府放心、企业欢迎、百姓受益的新品种。

2012 年 6 月 7 日，河南省农业厅、河南省种子管理站、河南农业大学和河南科技学院等单位的专家教授组成了验收组到新乡开展项目验收工作。在新乡市农业局组织的万亩示范田中，"百农矮抗 58"在大前村农民时瑞强家 9 亩麦田里实打实收的平均亩产是 1297.1 斤。

全国小麦专家指导组副组长、河南农业大学教授郭天财说，在同类小麦品种中，"百农矮抗 58"高产稳产性、矮秆抗倒性、多抗广适性表现最为突出，综合性状优良，深受农民群众和种子企业欢迎，是近年来黄淮地区推广速度最快、推广地域最广的品种，为我国小麦丰收作出了巨大贡献。中国工程院院士程顺和也评价说，"百农矮抗 58"是小麦育种近 30 年来的一项新突破。

（三）

2014 年 1 月 11 日，河南科技学院大门前，一个红色气球拱门如同雨后一道彩虹，把学校装点得喜庆万分。"热烈祝贺我校小麦新品种'百农矮抗 58'荣获国家科学技术进步奖一等奖"的醒目标语，高悬在气球拱门上。

下午两点多钟，装点着红色彩带的一辆辆小轿车，像迎亲队伍一样驶出学院。这个车队，是去新乡高铁站迎接从北京归来的茹振钢及其获奖团队的。

前一天，在北京刚刚结束的 2013 年度国家科学技术奖励大会上，"百农矮抗58" 荣获国家科学技术进步奖一等奖。

在颁奖仪式上，茹振钢上台领奖并与其他获奖者一起受到了习近平总书记等党和国家领导人的亲切接见。

这一奖项，不仅是茹振钢和其育种团队的荣誉和骄傲，更是河南科技学院的荣誉和骄傲，填补了河南高校 30 年来国家一等奖奖项的空白。

这天下午，新乡高铁站站前广场上，锣鼓喧天，一派喜庆气氛。

前来迎接茹振钢的河南科技学院领导和研究中心团队成员以及师生代表，怀着喜悦的心情，手捧鲜花，列队欢迎，沉浸在一派欢快喜庆的气氛中。

应河南科技学院邀请，那天我也在欢迎队伍之列。

当茹振钢抱着鲜花和获奖证书走出出站口时，前来迎接的科技学院领导、教师和学生们，争抢着与茹振钢握手，争抢着给茹振钢献花，争抢着与茹振钢合影留念。

当车队来到学校门前时，茹振钢一行又受到了等候在这里的师生的夹道欢迎。

茹振钢一手将国家颁发的大红证书放在胸前，一手捧着鲜花，踏着红地毯向学校大门口走来……

"百农矮抗58" 自 2005 年 9 月通过国家审定以来，在河南、安徽、江苏、山东、湖北等 7 个省大面积推广，小麦产量从原来的每亩 1000 斤提高到每亩 1200 斤，最高可达 1500 多斤。无论是丰年还是歉年，"百农矮抗58" 都能够持续稳产，一跃成为黄淮小麦第一大品种。

截至 2017 年底，"百农矮抗 58"的种植面积累计超过 3 亿亩，小麦增产 300 多亿斤，实现增产效益 300 多亿元。

"百农矮抗 58"在连续 10 多年的推广过程中，经受住了苗期低温高湿或低温干旱的考验，经受住了收获期狂风暴雨或连续降雨等各种恶劣天气的考验，显示出了它稳产丰产的特性，是河南省实现小麦连年高产稳产的主力品种，是国家小麦生产的支柱品种。

一位记者曾按照小麦生产情况进行过估算：中国人吃的每 4 个馒头中，就有 1 个来自河南；每 8 个馒头中，就有 1 个来自"百农矮抗 58"。"百农矮抗 58"让河南省实现了历史罕见的夏粮生产"十连增"，被誉为"黄淮第一麦"，最大程度地保障了国家粮食安全。

第四十章　结缘"财源"

财源种子公司对于我和茹振钢来说是非常重要的合作伙伴。几十年来，我俩与财源种子公司结下了不解之缘。

20 世纪 90 年代初，我们的大白菜品种如井喷一样不断培育成功，"新早 89 – 8""新乡 903""新乡中包 75""新乡小包 23"等一系列品种相继问世，所有品种都供不应求。随着大白菜新品种不断问世，繁种基地的选择成了我面临的最大难题。

我们最初在新乡周边地区繁种时，要么越冬时白菜苗被冻死；要么春季花期蜂源不够，导致白菜授粉不良，结实率较低；要么是灌浆期病虫害严重，种子质量差且收成不稳定。

正当我为繁育基地发愁时，遇到了前来新乡购买"新早 89 – 8"大白菜种子的王财秀。

王财秀当时不到 40 岁，性格直爽，憨厚朴实，聪明能干，在济源开了个种子农药门市部。因为"新早 89 – 8"表现优良，济源菜农对其高度认可，所以王财秀便专程来到新乡市农科所购买种子。

当时，前来购买"新早 89 – 8"种子的人很多，由于种子数量有限、供应缺口很大，我不得不限量供给。当得知王财秀对这个品种的需求更加迫切后，我便悄悄地多安排了一些种子给他。王财秀非常感动，但同时也有些不解，他问我："原老师，这么好的品种你们为什么不多繁育一些？"

我长叹了口气，把这一品种繁种过程中遇到的困难告诉了他。王财秀听后，以特别肯定的口吻跟我说："我们那里的环境条件非常优良，如果需要，我可以帮助你们进行种子繁育工作。"我说："那今后我们继续保持联系。"

回家后，我把这件事告诉了茹振钢。茹振钢说繁种基地非常重要，特别交代我要慎之又慎。我想了又想，为保险起见便想让茹振钢与王财秀见个面，替我把把关。

两个多月后，到了该计划繁殖下一年种子的时候了，王财秀如约来到了新乡市农科所。在我们单位附近的一个小餐馆里，茹振钢单独见了王财秀。经过一番交谈后，茹振钢与王财秀由拘谨到放松，由寒暄客套到无话不谈，越说越投机，最后成了相互信任的朋友。

回家后，茹振钢给我说："在与财秀的交流过程中，他只谈工作不谈钱。我觉得他是一个值得信赖的人。"

有了茹振钢的支持，我便和王财秀开始了大白菜种子繁育方面的合作。开始合作以后才知道，王财秀当时对大白菜的繁种技术只是了解一些表面的东西，真正的实际操作还是第一次。接到任务以后，他一边从我们这里了解品种的特征特性，一边从当地老百姓那里学习繁种经验。

由于他们当地的繁种条件太过优越，加上财秀的钻研精神，第一年合作，我们安排的100亩繁种田旗开得胜，获得了从未有过的丰收，不但产量大幅度提升，种子还十分饱满。我与卞高中老师喜不自胜，我们的李景生主任和朱止民书记更是笑得合不拢嘴。

王财秀来送种子那天，当满载白菜种子的汽车缓缓驶入农科所院内的时候，我们单位的全体员工夹道欢迎。让全所人如此兴奋的原因是，我们第一次见到这么多的大白菜种子。这不仅是繁种户们一年的劳动成果，也是成果转化的一项利器，更是全国广大菜农的希望所在。

第一次繁种成功后，我们双方更是增强了合作的决心与信心。但没想到的是，第二年由于天气不好导致种株不结籽，繁殖的种子大幅度减产。

那年特别奇怪，尽管大白菜种株长势喜人，可是，蜜蜂只在野花上飞来飞去，就是不去白菜花上采粉。白菜是异花授粉作物，必须由蜜蜂授粉方能结籽。越是不结籽，植株生长就愈旺盛，也就更不会结种子。看到此番情景，当地的老百姓慌了，村干部也慌了，电视台、报纸等新闻媒体甚至将此事当作重大新闻报道。一时间，这件事情闹得沸沸扬扬。面对突发情况，王财秀做了大量解释工作，才算暂时稳定住了大家的情绪，百姓们这才没有直接找我们说事儿。但是，随着情况进一步发展，大家的情绪越来越难以控制。王财秀实在没有办法了，便让我和茹振钢出面解决问题。

接到电话后，我与茹振钢等便火速坐上了赶赴基地的火车。到达现场后，我、茹振钢、卞高中老师以及王财秀四个人共同与老百姓交流、分析、寻找问题的原因。经过调查，我们发现因为那年雨水偏多、温度又低，植株长得比较旺盛导致蜜源不甜，所以蜜蜂宁愿采野花上的蜜也不到白菜花上采蜜。找到原因后，我就赶快让老百姓进行人工辅助授粉，尽量弥补损失。

经过补救后，白菜制种田尽管获得了一些产量，但与老百姓的期望值还相差甚远。后来我才知道，其他单位的繁种田也出现了类似情况，同样造成了大幅度的减产。尽管是天气原因，但是，老百姓并不买账。于是，我便表态说，要把当年所有大白菜种子的经营利润全部返还给老百姓。同时，茹振钢还承诺，明年要在当地繁育小麦品种，免费给老百姓提供最好的小麦原种。

在茹振钢的大力支持下，我渡过了这个难关。

　　还有一年，在育苗过程中，白菜种子的亲本发芽率低于预期，接完从基地打来的电话后，我心急如焚，立马带上亲本赶赴育苗现场。

　　当时，我感冒很严重，浑身发冷。但是，为了能够尽快采取补救措施，我便全然顾不上身体的不适了。到县城后，我马不停蹄地坐班车进入了大山深处。到达目的地时，天色已晚，我就在当地农户家里住下了。由于感冒发烧再加上山里晚上气温很低，我浑身打战。在屋里睡不着，我就跑到屋外，在月光下来回快速走动以增加热量。后来，女房主看我实在难受，就让我睡到她的床上。人家母女俩一个抱住我的头，一个抱住我的脚，才把我全身暖热，让我睡了个安稳觉。后来，每每想起她们的关爱，我内心都是暖暖的。

　　在王财秀的鼎力相助下，我们每年都能保证大白菜的繁种质量。这不仅确保了老百姓的生产需求，也提高了我们新乡市农科所在大白菜育种行业中的地位。

　　看到我们与王财秀合作得如此愉快，茹振钢很是得意，因为他觉得自己对王财秀的考察结果在合作中起了大作用。所以，在此后的繁种过程中，每当我去基地的时候，他只要有时间就跟我一起去。

　　慢慢地，茹振钢由跟随变成了主动。一开始，我并不知道他的意图，后来才明白，茹振钢是在寻找日后与财源种子公司合作的机会。

　　经过进一步观察与了解后，茹振钢把"百农矮抗58"的部分繁种任务也交给了王财秀，在太行山附近开辟了小麦繁育基地。

　　由于那里独特的气候条件与肥沃的土壤环境，"百农矮抗58"一投产，便获得了大丰收。整个繁种田整齐划一，小麦密密麻麻。当我看到那一片丰收景象时，简直不敢相信自己的眼睛。我心里不由得赞叹，这样的繁种田真是太让人震撼了。

　　那一年，茹振钢原本要在滑丰召开种子观摩及专家验收会，在我的建议下，他决定改在财源种子公司的基地进行。当时，王财秀的财源种子公司刚刚起步，业务能力还有待提高，首次承办这么一个大型会议，自然会有思虑不周之处。

由于在进行观摩与专家测产过程中，财源种子公司规划的观摩路线不太合理，专家们在一片长势较差的地块进行了随机测产。这样一来，测出的"百农矮抗58"产量远远低于实际水平。对此，茹振钢非常生气。王财秀深感愧疚。不过，好品种就是好品种，经得起各种考验。其实，专家们测得的数据表明"百农矮抗58"仍是比较优秀的，只不过没有大家预估得那么好罢了。

这件事并没有影响财源种子公司与茹振钢的合作。经过不断的磨合，财源种子公司与茹振钢的合作越来越愉快，越来越默契。茹振钢与王财秀不仅在常规育种、加代技术上进行了多方合作，在杂交小麦的繁种技术上，更是进行了前所未有的探索性合作。

王财秀总是说："大白菜做基础，小麦做高端，一小一大聚合成了尖端科技，共同支撑着财源种子公司的发展。"

后来，王财秀建立起了自己的小麦科研团队，陆续培育出了"禾丰3号""财源2号""郑科168""百农1316"等多个小麦新品种，成了当地有名的小麦育种专家。种子繁育基地的建立，不但极大地提升了当地的土地效益，也增加了周边老百姓的劳动收益，促进了地方经济的进一步发展。

"先看小麦花初开，再看白菜花正浓"，每逢春天小麦扬花、白菜开花的时节，太行山前的繁种基地如同油画一般，黄绿相间，十分喜人。

第四十一章　接受采访

（一）

我与茹振钢第一次参加电视台的人物专访栏目，是在 2008 年。

在 20 世纪 90 年代，我的大白菜育种工作可以说是风生水起，新品种接连不断地被培育出来，"新早 89 - 8""新乡小包 23""新乡 903""新乡中包 75""新早 56""新早 48"等一系列大白菜新品种，在生产上得到了广泛的推广应用。这在一定程度上满足了市场的需求，丰富了人们的菜篮子。作为科研项目主持人的我，先后被评为"新乡市十大女杰""河南省劳动模范""全国三八红旗手"等。2008 年 1 月，我又被推选为河南省第十一届人大代表。

2008 年的一天，新乡电视台邀请我做客《非常人生》栏目。我没有现场录制节目的经验，担心自己应付不下来。于是，当《非常人生》栏目主持人郝红霞联系我的时候，我便问能不能让茹振钢和我一同出场，这样节目内容会更丰满些。主持人爽快地答应了。

有了茹振钢的陪伴，我心里踏实多了。

本来这次节目的主角是我，可因为茹振钢有着特别强大的气场，不知不觉他就变成了访谈的主角。

我们虽然是第一次面对摄像机镜头，但与主持人配合得非常默契。在录制过程中，主持人听说茹振钢喜欢写诗，便请他现场为我赋诗一首。因为是主持人临时起意，我原以为茹振钢会拒绝，没想到他很爽快地答应了，并且，在很短的时间内就有声有色地吟诵了起来：

献给红装素裹的风雨丽人

昆仑、太行是你的身躯，

长江、黄河是你的衣裙。

俯视彩虹桥下那世界的东方，

屹立着你这样一位红装素裹的风雨丽人。

我满怀对你的深深敬意，

捧起南国的春水为你洗礼，

穿引北国的情丝为你点缀。

我唤来江河湖海演一支你爱唱的歌，

我挥舞山川星辰奏一首你爱听的曲，

我登上世界的屋脊采一片湛蓝的天空，

我踏上辽阔的原野托一块碧绿的大地，

连同这多彩的玫瑰，

献给你。

让阳光伴你沉思，

让雨露给你滋润，

啊！红装素裹的风雨丽人，

在你装点世界的同时，

世界也点缀着你！

听了茹振钢的吟诵，我非常惊讶，觉得他简直是出口成章。节目录完以后，大家都非常满意。我出于好奇，便问茹振钢："我知道你经常借诗言志、以诗寄情，但没想到你能在这么短的时间作出一首如此大气磅礴的诗。"接着，我话题一转继续道："可是，我却感到受之有愧呀！"

茹振钢笑着说："其实，这首诗一直装在我的心里。"

我相信茹振钢的话，因为，我知道每当茹振钢在科研工作上采取重大行动的时候，都会从大自然中汲取前行的勇气和力量，家人及所有支持他的领导、同事和朋友，都是他工作的最大动力，所以，这首诗也是他酝酿了许久的对身边所有关心支持他的人的致谢信！

录完《非常人生》后不久，我俩又同时应邀参加了新乡市建市 60 周年主题晚会，作为"感动新乡人物"上台接受采访。

随着"百农 62""百农 64"和"百农矮抗 58"等小麦新品种的不断推广应用，社会各界和新闻媒体也给予了茹振钢高度的关注。

此后，我和茹振钢就经常接到媒体的采访邀约。2014 年 1 月，茹振钢获得 2013 年度国家科学技术进步奖一等奖后，多家媒体开始对茹振钢进行采访报道。越是在小麦播种与收获、茹振钢科研工作最繁忙的季节，媒体的采访越是密集。

一般新闻报道性的采访还比较简单，但面对那些纪实性的或是连续性的采访，茹振钢就需要投入很大的精力去配合。

2015 年 5 月下旬，新华日报社、中央电视台、中央人民广播电台、人民日报社、光明日报社、经济日报社、科技日报社、工人日报社等诸多媒体单位，纷纷云集河南科技学院，对茹振钢进行了立体的、全方位的采访报道。

要知道，新乡的小麦是在 6 月初开始收获，5 月下旬正是茹振钢选种的关键时期。繁忙的选育工作已经使茹振钢精疲力尽了，诸多记者的采访简直让他应接不暇。所以，有时候记者到家里采访时，我会主动介绍一些对媒体有用的信息与素材，帮茹振钢分担一些采访压力。

（二）

茹振钢的故事有很多，我心里便有一本由茹振钢工作和科研历程串起来的故事书。

当年他写给我的信件都发黄了，我还好好地保存着。1982 年至 2000 年，也就是茹振钢最艰难、工作压力最大的时期，他记下来的日记都被我保留了下来。这些日记，是他心路历程的真实记录。

新华日报社采写的一篇报道中，在最后一个章节介绍了茹振钢与我琴瑟和鸣的工作与生活状态。中央电视台的《领航科技》节目，用了 4 分钟，将茹振钢的事迹鲜活生动地呈现在了观众面前。

2015 年 5 月，河南日报的记者赵同增想采访茹振钢，却苦于没有机会。有一次，他到新乡农科所的试验田里采访专家，但一时没有写作思路，就在周边寻找灵感。他随意转悠的时候，正好与在试验田里为大白菜授粉的我相遇，于是，我们两个人就交谈起来。交谈中，他被激起了采访灵感，随后特意到我们家挖掘素材，后来，他以我和茹振钢各自的科研成果为主要内容写了一篇报道——《根植在中原大地的"居里夫妇"》。

看到这一题目，我们愧不敢当。我认为报道内容是客观翔实的，但题目过于夸大。但他们的领导觉得很好，我们便也不再坚持。

看了这篇报道后，茹振钢认为，这篇文章把我们两个人的材料整合得比较到位，并对赵同增的文笔给予了高度评价。

在党的十九大召开前后，茹振钢又接受了一轮高密度的采访。

2017 年 2 月 15 日，茹振钢作为科学家参加了中央电视台《对话》栏目的录制，探讨科技成果如何转化为生产力的问题。

2017 年 5 月 16 日上午，新华社等 10 家媒体的 20 多位记者齐聚新乡，对茹振钢进行了或集中或单独的采访报道。

2017 年 6 月，新华社客户端《国家相册》第四十一集《高考四十年》，对茹振钢进行了报道。

2017 年 7 月 4 日，中华人民共和国农业部、河南省人民政府网站，同时发布了《河南省杂交小麦研究取得重大突破，解决了黄淮麦区杂交小麦的核心问题》的重大消息。当天，河南电视台《新闻联播》又专门进行了报道。

2017 年 7 月 11 日晚 6 点 30 分，中央电视台 7 套《科技苑》节目，播放了《让小麦育种跑起来》的专题片，介绍了茹振钢小麦育种的加代技术。

2017 年 9 月 6 日，我陪同茹振钢到中央电视台综合频道《生活圈》栏目录制国庆特别节目《我的中国　我的梦》。该节目在 2017 年 10 月 4 日中秋节上午 10 点 50 分播出。

为了记录这次难忘的经历，我为茹振钢写了一首诗：

寒门出身幼时苦，立志事农解国忧。

卧薪尝胆多磨砺，跋山涉水闯隘口。

"矮抗 58"初梦圆，杂交小麦长梦铸。

更借央视东风劲，飞马扬鞭率春秋。

2017 年 10 月 1 日，中央电视台和河南电视台并机播出的喜迎十九大特别节目——《河南如此多娇》，以《杂交小麦之父：改变世界的突破》为题，对茹振钢进行了报道。

2017 年 11 月 3 日，我们夫妇二人与时任河南科技学院宣传部副部长的吴玲玲及茹振钢的助手董娜博士赴北京，录制了由阿果与格桑老师主持的中央电视台的《心理访谈》栏目。

2018 年 3 月，中央电视台对茹振钢又进行了采访，并在《经济半小时》栏目中播放。

我与茹振钢共同参与了 2018 年 3 月 20 日河南电视台《家风》栏目的录制。我们在 2019 年 5 月 18 日江苏卫视播放的《美好时代》，2019 年 10 月 7 日中央电视台的《为了可爱的中国》中《我和我的祖国》单元，2019 年 10 月 14 日河北卫视《中华好家风》为庆祝中华人民共和国成立 70 周年打造的特别节目《我的家　我的国》中《无悔的抉择》单元等都有出镜。

2019 年，我们家被评选为"全国最美家庭"，并作为全国 1000 个最美家庭中的 9 个代表家庭之一，参加了中央电视台举办的"最美我的家"晚会。在晚会上，我和茹振钢向全国观众汇报了我们各自从事的小麦和大白菜研究工作。

2019 年 5 月 15 日，《河南日报》以《一对"育种侠侣"的诗意爱情》、《大河报》以《揭秘河南"全国最美家庭"："麦爸菜妈"的"田野童话"》，2019 年 5 月 27 日女性之声以《你是"白菜"我是"小麦"，比翼双飞在中原》，2019 年 6 月 1 日中央电视台《新闻直播间》栏目以《"麦爸菜妈"的 35 年较量》，2019 年 6 月 2 日中央电视台《面对面》栏目以《带你走进"麦爸菜妈"的精彩世界》为题，先后报道了茹振钢和我分别从事小麦和大白菜育种的事迹，展现了农业科技工作者的家庭风貌。

2021 年 9 月 23 日，我与茹振钢一起参加了"中国农民丰收节"晚会。晚会上我们作为"麦爸菜妈"组合讲述了两个人既相互比拼又比翼双飞的故事。

2021 年 10 月 9 日、10 日，我和茹振钢在中央电视台《朗读者（第三季）》的《你会爱他很久吗?》单元中有出镜。

茹振钢科研工作量本来就很大，加上一些专家活动和各种会议，再不间断地接受采访，真的有点应接不暇。但他依然尽最大努力来配合记者们的采访，努力传播正能量。

由于科研时间被采访占用了一些，茹振钢的许多规划与设想大都是在晚上进行的，观察与试验大多也是在节假日与星期天完成的。

第四十二章　党的关怀

在获得国家科学技术进步奖一等奖之后，2014 年 9 月 22 日，茹振钢又获得了由国家科委、中央组织部等 4 家单位联合颁发的有突出贡献的"优秀专业人才奖"。获得奖励的有 99 名个人和 100 个单位，茹振钢等 10 位同志代表上台领奖。

2014 年，茹振钢分别获得了新乡市重大贡献奖和河南省重大贡献奖。

2014 年 7 月 8 日，茹振钢被河南科技学院授予"科技功勋人物"称号。在颁奖大会上，茹振钢这样说：

"作为新时期奉献者的一位代表，被学校授予'科技功勋人物'这一光荣称号，我感到非常荣幸，非常自豪！这份沉甸甸的荣誉，不仅属于自己，还属于培养、引导我成长，关心、支持我工作，和我一起为科技学院的发展壮大而努力奋斗的集体！我能获此殊荣，也是学院对始终坚持'科学探索不止，追求发展不止，拼搏努力不止'的科学求真精神的科技工作者的最大的肯定！

"我是喝着百泉水成长起来的。从过去的百泉农专到今天的河南科技学院，我在这里学习成长、拼搏、奋斗了 30 多年，无论多苦、多累、多难我都无所畏惧，这是因为我的血管里流淌着科技学院人'不屈不挠，勇往直前'的血液。我一天也没有忘记要为'传承百农精神，促进农业发展'作贡献。我曾经协助恩师黄光正教授，繁育了家喻户晓的小麦品种'百农 3217'，又先后主持培育并推广了'百农 62''百农

64''百农 160''百农矮抗 58'等一系列小麦品种，累计种植 3 亿多亩，增产效益达 260 多亿元。这一个个成绩的取得，都离不开学校领导的大力支持，离不开全校教师员工的关心和帮助，更离不开小麦科研团队的协同创新！对此，我衷心地感谢所有的领导和同志们。

"我绝不辜负大家的期望，决心带好小麦科研团队，并与团队成员一起不断学习、不断进步，切实搞好教学、科研和推广工作，争取在高光效小麦、杂交小麦、新核型小麦三大科研层面上再创佳绩，让河南科技学院的小麦科技之花盛开在中华大地！"

2015 年 4 月 28 日，茹振钢获得了"全国劳动模范"荣誉称号。

2016 年 4 月 26 日，茹振钢作为全国劳模代表，赴安徽参加了全国知识分子、劳动模范和青年代表座谈会。其间，他受到了习近平总书记的接见。4 月 29 日晚上，他与潘建伟、杨小牛两位院士，还有王治国、许启金、刘屹、罗凌飞等同志分别做了发言。

茹振钢在发言中讲道："我们科研团队，就是要让 2.3 亿亩的黄淮大平原用上更高产优质、更安全简便、能够均衡增产的新品种、大品种。我带领团队克服了一个个困难，解决了一个又一个科学技术难题，实现了小麦亩产由 400 公斤向 600 公斤的跨越，我们正在推广亩产 750 公斤高光效品种，正在完善亩产 900 公斤的杂交小麦品种。杂交小麦是中国 60 年、世界 100 年的科研梦想和生产期盼，在中国、在河南即将让这一梦想变为现实。每一次的品种创新，都会带来巨大的生产发展和社会效益。我和团队正是按'水平＋速度＝成果''推广一批、研发一批、设想一批'的新理念来搞科研创新、搞新品种培育的……我将认真贯彻习近平总书记的讲话精神，继续弘扬劳模精神，立足本岗，兢兢业业，不断超越，永做小麦育种的'追梦人'，为国家粮食安全献出自己的一份力量！"

2016 年 6 月 30 日晚，茹振钢作为全国优秀共产党员，在人民大会堂观看了庆祝中国共产党成立 95 周年"信念永恒"音乐会。

2016 年 7 月 1 日，在庆祝中国共产党成立 95 周年大会上，茹振钢作为全国优秀共产党员代表之一，第一个走上领奖台，习近平总书记等中央领导为他颁奖。

在这么一个庄重而神圣的时刻，我的心都要跳出来了，我激动得热泪盈眶！这是一个多么重要的历史时刻呀！这不仅仅是我们全家人的极大光荣，更体现了党和国家对农业科技工作者的高度重视与极大关怀！同时，这也是党和国家对茹振钢这么多年来辛勤工作的充分肯定。我情不自禁写下了一首小诗：

> 三十余载苦作甜，潜心一磨霜刃剑。
>
> 破解世界百年梦，跨越行业万重险。
>
> 高台奖牌胸前挂，一股暖流满心田。
>
> 为有终生凌云志，尽览万水与千山。

纪念大会后，茹振钢在座谈会上发言：

"我决不辜负党中央的殷切期望，我将珍惜荣誉，谦虚谨慎，再接再厉，立足本岗，兢兢业业，不断超越，永做小麦育种的'追梦人'，为国家粮食安全献出自己的一份力量！让我们共同携起手来，在以习近平同志为核心的党中央坚强领导下，牢记宗旨，不辱使命，一心为民，勤奋工作，充分发挥共产党员的先锋模范作用，在平凡的工作岗位上不断为党和人民的事业作出新的更大的贡献！培育出更多更好的品种，使有限的土地，生产出更多的粮食。让小麦丰产，让农民增收，让国家粮食安全底子更牢，是我要努力奋斗的目标。我要力争为党旗添彩！……"

这一年，茹振钢还获得了何梁何利基金科学与技术进步奖。2018

年 4 月 13 日，"何梁何利基金"高峰论坛在河南科技学院举行。这是对茹振钢科研成果的极大肯定，学校领导也感到十分的骄傲。会上，茹振钢做了《黄淮小麦高产潜力的创新方向》专题汇报。

茹振钢在汇报中讲到，黄淮麦区对小麦新品种的现实需求，是再提高小麦产量，同时兼顾优质。高产优质、管理简单、抗倒抗病能力强、适宜大规模机械化采收的品种，才是未来的好品种。"百农 4199"就符合这些要求，杂交小麦更是这种需要的技术引领。

此次会议，同样得到了多家媒体的宣传与报道。

2017 年 10 月，茹振钢当选为中国共产党第十九次全国代表大会代表。

2018 年 5 月 28 日至 30 日，茹振钢在人民大会堂参加了 100 名科学家和 100 名优秀科技工作者座谈会。袁隆平、钟南山、施一公等著名科学家和科技工作者都参加了此次座谈会。

28 日上午，茹振钢还参加了中国科学院第十九次、中国工程院第十四次院士大会。会上，他聆听了习近平总书记的重要讲话，把总书记的谆谆教导牢牢记在心里。

能与这些顶级的科学家、科技工作者一同参会，茹振钢倍感荣幸！

2018 年 9 月 30 日，茹振钢作为优秀共产党员参加了国庆招待会。

2019 年 10 月 1 日，茹振钢作为全国优秀共产党员代表，坐在"为中华民族复兴"的 34 号彩车上，在中华人民共和国成立 70 周年之际，接受了中央领导以及全国人民的检阅。

这天，我们家人早早坐在了电视机旁，观看着阅兵盛况，等待着茹振钢的出现。当 34 号彩车出现的那一瞬间，当茹振钢激动地挥动着花团高喊着"不忘初心，继续前进"的口号出现在镜头前时，我们全家兴奋不已，我更是激动万分地说："振钢，我看到你了，你是我们全家的骄傲!"

2019 年 11 月 20 日，茹振钢获得"河南最美科技工作者"称号。

大会给他的致词是：

> 太行山作证，
>
> 百泉水含情，
>
> 希望的田野麦浪翻腾，
>
> 舌尖上的味道与君共享。
>
> 他是农民朋友的"粮财神"，
>
> 出席新中国 70 周年庆典，
>
> 为富起来强起来的祖国，纵情欢呼、泪流满面。

2020 年 5 月 29 日，茹振钢荣获第二届全国争先创新奖。该奖是继国家自然科学奖、国家技术发明奖、国家科学技术进步奖之后，我国批准设立的又一个重要科技奖项，是仅次于国家最高科技奖的一个科技人才大奖。

2019 年 5 月和 2020 年 12 月我家分别被中华全国妇女联合会授予"全国最美家庭"和"全国五好家庭"荣誉称号。

面对这些奖项和荣誉，茹振钢不敢有丝毫的骄傲和自满。这些荣誉给他带来的是更大的激励和鞭策，是他前进中更大的动力。真可谓：

> 过五关，斩六将，国家奖后省重奖，奖奖明方向。
>
> 一重山，二重山，一峰更比一峰险，登高极目远。

各种奖励接踵而至，茹振钢觉得自己身上的担子更重了。但面对今后更加艰难曲折的科研道路，茹振钢已做好了充分的思想准备，决不辜负党和人民的关怀和期望。

第四十三章　为人师表

（一）

国家 1985 年设立第一个教师节时，茹振钢暗暗下定决心，一定要走上讲台，做一名优秀的人民教师。但是，身为科研专职助手的他属于试验员序列，想要走上教师岗位，是一件非常不容易的事情。

但功夫不负有心人。1990 年茹振钢终于如愿走上了讲台。1996 年，他破格成为河南科技学院的特聘教授。

自从走上教师岗位以后，茹振钢始终以恩师黄光正教授为标杆，对教师这份职业怀着强烈的责任感和敬畏感。科研和教学双肩挑的茹振钢，围绕教学搞科研，搞好科研为社会。

茹振钢认为，每个行业有每个行业的风采，教师的风采就是把课教好，把科研搞好，为农民提供好技术服务。只有把教学、科研与社会发展融合在一起，才能展示出现代教师的最大风采。

为了把课讲得生动且有特色，让学生能够常听常新，茹振钢在备课时，往往查阅大量的科技资料，不断创新思想、理念和授课方法。为此，他还专门研读了逻辑学材料，订阅了《演讲与口才》等杂志，钻研演讲技巧，提高演讲水平，尽可能地让学生通过他的课程，学到更多的知识。

站在讲台上，茹振钢充满激情。他讲课不拘于固定模式，语言风趣、幽默，能将晦涩难懂的理论用生动形象的比喻表达出来，让学生很快领悟知识的真谛。

茹振钢喜欢用一种崭新的视角看待师生关系。在他看来，现在的学生知识丰富，思维敏捷，想象力强，老师在许多方面也需要向学生学习。所以，他时刻告诫自己，在学生面前不要以"师长"自居，不要挫伤他们的积极性，而要以朋友的身份平等对待学生，通过多谈心、多鼓励、多表扬的方式，激发学生的参与意识和成就欲，做学生的精神支柱和灵魂的塑造者。

茹振钢认为，只有知识渊博、技艺全面的老师才能培养出多面手的学生。全面发展的学生走向社会，才会有用武之地，才会受到社会欢迎。茹振钢给学生布置的作业，70%是必须完成的，30%是自由发挥的。他不拘一格培养人才，激励学生想干大事、愿干大事，培养学生能干大事。

刚刚从事教学工作的时候，茹振钢在植保系授课。育种课对于植保系的学生来说，只是选修课，然而，一到茹振钢上课的时间，学生们总是聚精会神，全神贯注，大家都如同进入了神奇的育种王国一样。植保系的好多学生都立志要当一个育种家。这让农学系的学生们羡慕不已。于是，农学系的学生就向学校强烈要求，让茹振钢担任农学系的育种老师。

上课也会激发茹振钢的科研灵感。网络代谢理论，就是在他跟学生互动的过程中得到进一步完善的。

在学业上，茹振钢对学生高标准、严要求；在科研上，他总是鼓励学生大胆创新。茹振钢每年都会让尽可能多的学生参与到科研工作中来，而且尽其所能为学生的实践能力和创新能力的培养搭建平台。他不但会将自己多年积累的知识传授给学生，还总是启发学生：搞科研要打开思路，像水滴到石头上一样向不同的方向扩散思维，只有这样，才有更大更好的发展空间。

2005 年，茹振钢培育的小麦新品种"百农矮抗 58"已经定型，他的研究能力和综合素质也逐渐被权威人士和广大群众所认可。想来听茹振钢讲课或者想跟他实习的学生也越来越多。特别是当实习期到来的时候，有许多学生都会到小麦中心报名。

可是，来实习的学生到小麦中心工作一段时间后，有一些就开始后悔了，还有的学生甚至打起退堂鼓了！因为茹振钢对实习生们的要求过于严格，有时候还会采用魔鬼训练法。

魔鬼训练法最早起源于古罗马的"斯巴达克训练"，风行于欧美。其宗旨是锻炼人的意志、忍耐度、心智模式、团队精神、沟通能力和技巧，开拓创新能力和领导能力等，是潜能开发的一种方式。

茹振钢当时并不懂魔鬼训练的理论和方法，但他采取的却是一套相似的训练法。

在对实习生进行魔鬼训练期间，他与学生们同吃同住同劳动。学生不离开，他也不回家。他对这些实习生进行了军事化的管理，用魔鬼训练法锻炼他们。实习生们虽然觉得苦不堪言，但也获益良多。

（二）

魔鬼训练的具体内容是茹振钢依据小麦育种工作的实际需要而安排的田间实战工作。这些工作对于年复一年埋头于田间地头的茹振钢和他的同事们来说，已经习以为常。但当实习生们顶着炎炎烈日，站在齐腰深的麦田里进行小麦育种实战操作时，有些学生便打起了退堂鼓。

别说是小麦选种与收获的时间段，就是在天气还不十分炎热的授粉阶段，缺少实际锻炼的同学也吃不消。

　　在进行田间授粉的时候，不仅强烈的光线让人很不舒服，长时间保持着低头弯腰这个姿势也让人难以忍受。面对这样一系列的田间工作，一些同学实在受不了了，就开始心不在焉起来。虽说他们人在试验田，心却早不知道飞到哪里去了。

　　到田间选种的时候，学生们就更难受了。那段时间，高悬在天空中的大火球，一刻不停地向大地猛烈喷射着火焰，简直像要把大地烤熟、把小麦烤焦似的。

　　2005 年的一天，同学们与往常一样，在茹振钢的带领下进行着各自的试验工作。有位学校领导来到试验田，要找茹振钢谈些事情，刚刚还与同学们在一起的茹振钢却突然不见了踪影。学生们不管怎么喊，都听不到茹振钢的回应。于是，大家就赶快在试验田里到处寻找。找了好大一会儿，才在被小麦淹没的一个田埂上找到了茹振钢。他满身虚汗、浑身无力地躺在田埂上。学生们一下子慌了，赶快手忙脚乱地把茹振钢抬到车上，送往医院。

　　原来，茹振钢由于劳累过度，又吃错了东西，没有及时治疗，导致了急性肠胃炎发作。他上吐下泻，身体极度虚弱，所以才会晕倒在地上。

　　看到这样的茹振钢，在场的同学都被他的精神打动了。他们这才真正感受到自己干的那么一点儿活真的算不了什么。在之后的实习过程中，面对小麦的收获、脱粒、运输、储藏等工作，学生们不喊一声苦不叫一句累，认认真真地完成了各项任务。经过这样一段魔鬼般的锻炼后，学生们收获颇丰，一致认为这样的训练锻炼了他们的意志、耐力、团队精神，是一种激发潜能的好方法。

　　而茹振钢经过几天的治疗后，肠胃炎的症状有所缓解，但身体仍很虚弱。此时，新乡电视台要对他进行采访报道，不得已的茹振钢只好拖着疲倦的病躯接受了采访。接受采访时，茹振钢在厚厚的衣服外面又套了一件工作服，强打精神也掩不住他那疲倦而虚弱的神情。

几天后，电视台提前将播出时间告诉了茹振钢，他兴致勃勃地让我和女儿与他一块观看。女儿苏珊看到电视里状态不佳的爸爸，刚想要说些什么，她同学的电话便打了进来，说是在电视上看见了她的爸爸。放下电话，苏珊双手捂着脸说："我的天呀，爸爸那样的形象都让我的同学们看到了，这可让我怎么出门啊！"

此时，女儿正在初中阶段，还不能完全理解爸爸。听了女儿的话，茹振钢无言以对，只是脸色一会儿青一会儿红的，很是尴尬。

此后的好长一段时间内，再有什么采访播出，茹振钢都不跟我们说了。

茹振钢虽然对学生们要求很严格，但同时也非常关心他们。只要他发现哪个学生有经济困难，一定会慷慨解囊。

我记得他有一个学生，当时家里非常困难，想要退学。得知这个情况后，茹振钢二话不说拿出了自己的工资资助这位学生，帮助其顺利完成了学业。

20世纪90年代，有位企业负责人苦口婆心地劝说茹振钢，要用高薪聘请茹振钢到他的企业去。然而，面对高薪，茹振钢却毫不动心。他婉拒道："我很理解您的心情，企业是需要人才的，但是，我是一名共产党员，是党和人民培养出来的科研工作者，应该把自己的知识和技术，用到国家和人民最需要的事业上去。那些钱对我来说自然不算个小数，但是，当一名教师，我不但可以为国家培养出更多人才，还可以搞科学研究。我培育出的小麦新品种，可以与更多的企业合作，创造更大的社会价值！"

2010年，茹振钢联合企业，筹资40万元建立了"生命科技学院教师科技创新基金"，当年便资助了 19 名青年教师，使他们的科研工作能够顺利开展。有了这个基金的支持，越来越多的青年教师积极投身到科学研究中，发表了一批高质量论文，成功申报了一批省级甚至国家级科研项目，逐渐成长为生命科技学院科研队伍中的主力军。

"百农矮抗58"获得国家科学技术进步奖一等奖后，茹振钢分两次共拿出了 230 万元交给了学校，作为学校的奖励基金和创新基金。

在茹振钢的认知里，教书育人和培育品种同样重要。

在一次北斗讲坛活动上，茹振钢的学生送给他一幅作品，上面的题词是：

献给敬爱的茹振钢老师

生于三年困难时期，

填饱肚子，

是您儿时的梦想；

粮食增产，

成为您毕生的追求；

三十年如一日，躬耕麦田，潜心研究。

走过高潮低谷，

获取赞誉无数，

抛却铅华，

您仍眷恋着土地。

您就是麦田里的守望者，

农民心中的小麦之父，

学生前行道路上的引路人。

2015 年，茹振钢被评选为"河南省最美教师"。在 9 月 10 日颁奖大会上，评委会给茹振钢的颁奖词是：

民，以食为天。

你让粮食丰收不再是奢望。

国，以粮为安。

你让河南真正成为天下粮仓。

为了抓牢世界的小麦话语权，

你勇于担当！

你是中原"粮神"，

最美教师茹振钢！

第四十四章　那些无名的英雄

俗话说，同行是冤家。但是，这句话在茹振钢这里并不适用。与茹振钢交往过的许多同行，都愿意与他一同出去考察，甚至，有些还会把从外面采集来的品种资源与茹振钢共同分享。有几位全国知名的育种专家，在退休之前，把他们多年积累的小麦品种资源都赠予了茹振钢。我一直不明白，在为人处世方面有些笨拙的茹振钢，有什么魅力可以让这些专家如此信任他。直到有一天，茹振钢当着我的面接了一个电话，我才知道了其中秘密。

那天，他的一位同行打来电话，想咨询一下申报国家级奖项的具体程序和注意事项。茹振钢听了对方的诉求后，思考片刻，便说："我觉得你们不要局限于申报国家二等奖，要有申报一等奖的打算。你们一方面可以将理论创新和技术创新结合起来，用以前培育出来的一系列品种为支撑，申报国家科学技术进步奖。然后，再以资源创新为基础，申报国家发明奖。同时，还要把参与此项工作的育种前辈请回来，集中精力打'歼灭战'……"

等他通完电话，我便打趣道："你这还真是在用尽全力帮助同行啊！"

茹振钢认真地说："当然啦！科研专家心胸不能过于狭隘，要尽可能帮助同行，让大家辛苦研究出的科研成果最大程度地发挥作用，并被社会认可。做好这一点，也同样是在为国家作贡献！"

还有一次，茹振钢召集了全省多个小麦育种方面的专家，到河南科技学院参观座谈。座谈会的主要内容是探讨小麦育种方面的一些新思路、新方法和新进展。在探讨育种新思路时，茹振钢毫不保留地把自己最新研究的成果和盘托出。

茹振钢说："经过近几年的观察研究，小麦年前的生长量占整体生长量的20%，年后的生长量占整体生长量的80%。很多人都不重视20%这个生长阶段，如果年前的生长量过大，极易出现冻害，这部分受冻叶片的生长就成了无效生长。所以，人们往往把这部分的生长量控制在较小的范围。我们的最新研究证明，要充分提高年前小麦的有效生长量，解决'木桶理论'的短板部分，才能够给后期小麦生长奠定丰厚的营养基础。但是，这种强大的生物产量必须用很好的抗寒性做支撑。"

茹振钢还让他的助手给大家汇报了分子标记在小麦育种中的作用等理论方面研究的新进展。

同时，茹振钢还邀请同行们参观了他的实验设施及最新研究成果，甚至还把刚刚独创的抗白粉病材料送给了前来开会的每位同志。

一般来说，同行是竞争对手，竞争对手之间是需要保密的。而茹振钢却说："在科研方面，我恰恰要做解密人。全国的同行你追我赶，才能给我的工作带来动力。他们在许多方面给了我很大的帮助，我更需要用实际行动来回报或支持他们的工作。"

茹振钢身上，确实有很多不解之谜。但是，从这两个事例中，我找到了他在同行中得到特殊关照与支持的缘由。

茹振钢对同行朋友是这样，对同行校友更是知无不言。

在同行校友中，与我们俩联系最多的就是董三歧和卢良峰了。

我与董三歧是果蔬二班的同学，茹振钢与卢良峰是农学四班的同学，我们都是同一届学生。

　　董三歧非常聪明，不仅学习好而且办事能力也很强。他的英语特别好，经常在班里或学校大会上给同学们传授学习技巧及心得体会。他对蔬菜育种及栽培非常感兴趣，在学校期间就跟着蔬菜界的元老李重十老师和非常有实践经验的汤铨训老师进行甜椒育种研究，还没有毕业就培育出了当时赫赫有名的"牟农一号"甜椒新品种。鉴于他的优秀表现，毫无疑问，他成了蔬菜专业留校的第一人选。

　　在学校期间，我也比较擅长搞科研，所以我和董三歧就有了许多共同语言。他比我大三岁，常会像照顾妹妹一样照顾我，我也像尊敬兄长一样尊敬他。

　　我与茹振钢交往后，第一时间便告诉了董三歧。后来茹振钢和董三歧也成了好朋友。茹振钢曾经给我说，他非常敬佩董三歧，无论是在才能方面还是人品方面，董三歧都是他学习的榜样。

　　农学四班，茹振钢是班长兼团支部书记，卢良峰是文体委员。两人尽管在做事风格上有很大的不同，却是无话不谈的好朋友。他们二人都是王芳忠老师选出的重点培养对象。茹振钢成了黄光正教授的助手，卢良峰被王老师留在了学校。

　　由于有共同的爱好和一致的理想追求，我们几个会经常聚在一起谈天谈地谈工作，特别是谈起各自的育种事业时，都会眉飞色舞、踌躇满志。要是能喝上二两小酒，那场面就更热闹了。

　　每逢此时，我总是说话最少的，不仅因为我年龄最小，还因为我觉得他们说得都有道理。我全神贯注地听他们争辩，获取他们释放的科研信息。这些信息让我受益匪浅。

　　刚参加工作的那些年，董三歧的知名度最高。他不仅培育出了一系列的甜辣椒品种，还培育出了不少其他蔬菜品种。董三歧每每谈起他的育种思路，总是头头是道的，尤其是对全国甜辣椒形势的分析，更是鞭辟入里，让我敬佩不已。

从人品到才干，董三歧可以说是德才兼备，但就是个性太强，棱角过于突出。记得有一次，他的一个品种表现非常优良，只要申报就可以通过省品种审定委员会审定。但当董三歧把申报材料整理完毕准备上报时，他竟然改变了主意，把材料往柜子里一锁，不报了！

后来，我们谈起这件事时，我问其原因，董三歧说，申报程序太复杂，会占用他很多时间，所以就不报了。

董三歧不仅对品种审定、申报奖项之类的事情不上心，还不会与商人打交道。在繁种的过程中，他总是被一些不诚信的人骗得一塌糊涂。所以，他即使很早就培育出赫赫有名的蔬菜品种，也没有太大的成就。但是，董三歧的创新思维给他的很多学生带来了启示，直接或间接地为河南蔬菜育种及生产作出了巨大贡献。

再说卢良峰。他自毕业起就一直从事杂交小麦育种工作，吃苦耐劳，工作特别认真。茹振钢常说，卢良峰是他学习的榜样。

卢良峰在培育杂交小麦方面，也是下了大功夫的。他用的不育系材料是属于三系配套型，也就是我们国家20世纪60年代以来，好多研究杂交小麦的育种工作者常用的研究材料。由于这个不育系材料有一定的局限性，进行此方面研究的育种工作者都没有培育出理想的品种。

卢良峰不信这个邪，一直坚持不懈地研究着。他把所收集的材料都进行了详细分类，谁是恢复系谁是保持系，都搞得一清二楚。但由于不育系材料本身的限制，他培育的杂交小麦产量水平的提升速度始终没能超过常规育种小麦产量水平的提升速度，或者是培育出的杂交小麦品种还存在某些方面的局限性。尽管临到退休，他培育的杂交小麦也没能在生产中推广应用，但是也同样为行业作出了贡献。

在我国农业科研的历史长河中，有很多在自己的科研领域默默耕

耘的无名英雄，他们的成绩或许并没有那么亮眼，但他们的贡献却不
容小觑，他们同样是社会发展的推动者。

第四十五章　小麦与玉米的结合

（一）

一天凌晨，茹振钢又睡不着觉了，他像往常一样，坐起来靠着床头，摇醒我之后轻声地说："连庄，你知道不知道，在黄淮麦区的河南、安徽、山东等地，小麦生长 8 个月，只有亩产 1000 ~ 1400 斤的产量，而玉米只有 3 个月的生长期，却有比小麦更高的产量，这是为什么呢？"

茹振钢这么一问，还真把没有完全睡醒的我给问住了。

茹振钢皱着眉头说："我已经琢磨很久了，现在给你分析一下。玉米在 3 个月生长期内，一直处在强光高温环境中。当弱光低温季节逐渐到来后，气温不再适合玉米生长时，玉米恰好也成熟了。因此，虽说玉米的生长期只有短短的 3 个月时间，但是它充分利用了高温、强光资源。可是小麦就不同了，它那 8 个月的生长期，前 5 个月都处于弱光低温季节，最后 3 个月才逐渐进入强光高温季节。所以，对于小麦与玉米生长天数与产量不呈正相关这一问题，我认为主要原因应该在于它们对高温与强光利用程度的不同。"

听到茹振钢这样一分析，我感觉很有道理。因为，万物生长靠太阳，植物的光合作用能力强，积累的光合产物就多，植物的生物产量就大。于是，我点了点头表示赞同。

茹振钢又说："据此，我们可以认识到，玉米之所以能够在短短的

3 个月生长期内，产出比小麦更高的产量，是由于玉米拥有对高温和强光充分利用的能力。所以，我想利用玉米生长的原理进行小麦育种，使小麦对强光的利用能力向玉米靠近，从而提高小麦的产量。

"为了弄清楚玉米的生长与产量之间的关系，我查阅了国内外很多研究资料。资料显示，玉米的光合作用，在 3 片叶以前的小苗生长期，进行的是 C_3 代谢，在 4 片叶以后的生长期，进行的是高光效的 C_4 代谢。但是，小麦的光合作用，在叶片和植株生长期，进行的是 C_3 代谢；只有在后期的麦穗生长期，进行的才是高光效的 C_4 代谢。由此可知，玉米的高光效 C_4 代谢过程较长，而小麦的高光效 C_4 代谢过程很短。"

听到茹振钢这样一分析，我马上说："这样看来，如果能提高小麦的 C_4 代谢效率，就可以提升小麦产量了？"

茹振钢说："对！可是，要想实现这个目标，必须寻找小麦 C_4 代谢的极值资源。要是将其与高产、优质的基因资源有机地整合到一个品种上，不但可以高产，而且还能有最原始的小麦香味。"

我笑了笑说："想得倒是很好。但，这可是一个庞大的工程啊！"

茹振钢说："越是庞大的工程才越有研究价值！"

为了实现想象中的育种目标，茹振钢开始从科研资料上查询小麦高光效 C_4 代谢的极值资源。可是，茹振钢查遍了资料，也没有发现任何有价值的东西。于是，走出国门时，他对这方面特别留意。

在俄罗斯，茹振钢发现靠近北极的地区纬度高，是弱光区域，每年有长达 6 个月的极夜现象，那里的植物不仅耐弱光，而且对弱光有很强的捕获利用能力。在微弱的光照环境下，当地的小麦依然能正常生长。在澳大利亚，茹振钢发现位于赤道附近的地区，常年光照强烈，小麦也能正常生长。他还发现，智利处于低纬度地区，是强光区域，那里的植物不仅耐强光，而且对强光又有很强的利用能力。并且，智利的小麦有着惊人的产量，亩产竟然可达 2400 斤！茹振钢当时就想，智利的小麦产量这么高，显然是利用赤道地区强光照作用的典型例子。他还想，如果将高纬度地区的小麦和低纬度地区的小麦进行杂交，即把具有耐弱光特性的北方小麦与具有耐强光特性的南方小麦结合在一起，选育出一种既耐弱光也耐强光的新品种，不就能充分提高小麦对强光和弱光的综合光能利用率，继而最大程度地提高小麦产量了吗？

通过多年的光性研究，茹振钢发现小麦叶片颜色的深浅和叶肉的薄厚与光有着直接的关系，即弱光照地区的小麦叶色深，强光照地区的小麦叶片厚；或者说叶色深的小麦耐弱光，叶片厚的小麦耐强光。他心中豁然开朗，产生了一个"空间变时间"的大胆设想。

在同一个地区的同一天时间里，随着太阳从升起到落下，光照强度的变化规律是从弱变强再变弱，即早上光线弱，中午光线强，晚上光线弱。这样看来，在任何一个地区的任何一天当中，从光照强度来看，早上和晚上的光线，就相当于两极的弱光；中午的光线强度，不就相当于赤道附近的光线强度。所以，完全可以设想，只要把小麦的叶片培育得叶色深、叶肉厚，就能使小麦既耐弱光也耐强光了。这也就等于把高纬度地区具有耐弱光特性的北方小麦，与低纬度地区具有耐强光特性的南方小麦结合到了一起。

与此同时，在研究观察中，茹振钢还通过麦穗与整个小麦植株的位置关系认识到，当阳光洒向麦田的时候，照射到小麦植株上的阳光透过麦穗层再照到整个植株层时，光照强度也是由强变弱的。由于麦穗长在植株的最上方，相对于植株下边的茎秆和叶片来说，麦穗接受太阳光最早，能够在第一时间截获到最强的阳光，与玉米对强光利用的优势近似。

茹振钢大胆猜想：如果延长麦穗的绿色生长期，不就等于增强了小麦对强光的利用优势了吗？

为了验证这个猜想，茹振钢组织他的科研团队，开展了麦穗和叶片的光合作用测定研究。

他们团队经过对小麦品种不同部位的光合测定发现，小麦的叶片进行的是 C_3 代谢，麦穗则趋近于 C_4 代谢。并且，小麦扬花后，穗部的光合能力相当于叶片的 1.5 倍。由此可知，小麦抽穗之前，光合作用的主角是叶片，在麦穗成熟的最后一段时间，光合作用就转移到了麦穗上，并且光合作用能力成倍增加。麦穗离小麦籽粒最近，利于光合产物运输储存，如果能够充分调动麦穗的光合优势，完全有可能大幅度提高小麦产量。

得出这个结果后，茹振钢更加肯定延长麦穗的绿色生长期、增加麦穗的光合时间，就能够提高小麦对强光的利用。于是，茹振钢就把选育叶色深、叶片厚、绿穗期长且绿穗灌浆期长的品种确定为新的小麦育种目标。

此时，茹振钢忽然想起了不怎么成功的"百农矮丰66"。

"百农矮丰66"虽然有明显的缺点，但也有着其他品种没有的优良性状，如早播不受冻，株型直立紧凑，矮秆大穗，适宜密植。更重要的是，"百农矮丰66"的绿穗时间长，给人晚熟的感觉，但是到接近收获的时候，麦穗由绿变黄的过程又非常迅速。

这个绿穗时间长的"百农矮丰66"，不正是茹振钢苦苦寻找的小麦高光效率 C_4 代谢的极值资源吗？于是，茹振钢用"百农矮丰66"做亲本，又在我国不同地区采集高产、优质的小麦品种资源，进行不同方式的组装配套，让上述优势得以综合汇聚。

（二）

为了充分利用高产、优质的小麦资源，从 2004 年开始，茹振钢对从北回归线附近一直到我国最北部地区搜集到的 200 多个品种，一个一个编码种植，观察分类。他综合运用杂交育种选择技术和生理育种检测手段，经过 10 年连续不断的艰辛努力，最后在 2000 多株小麦中，选择出了叶片上举、着生合理、相互遮光少、叶色深、叶片厚、叶形小、绿穗灌浆期长的高光效优良单株。至此，茹振钢终于将玉米的强光利用优势"嫁接"到了小麦上，实现了北方高纬度地区小麦耐弱光性状与南方低纬度地区小麦耐强光性状的"杂交"，选育出了一个既耐弱光也耐强光的新品种——"百农高光 4199"。

当"百农高光 4199"的雏形培育出来以后，为了得到真实科学的数据支撑，茹振钢让他的研究团队对这个品种进行了不间断的光合速率测定。

一天，在我与茹振钢出差回来的路上，他的助手丁位华博士打来了电话，兴奋地对茹振钢说："茹老师，太神奇了！'百农高光 4199'真的就是高光效品种。"

后来，我又向丁博士求证了这件事。丁博士给我介绍说："经过连续 3 年的品种测试，'百农高光 4199'的各项检测数据都证明，它是一个真正的高光效品种。"

虽说这个结果在茹振钢的预料之中，但是，当试验数据出来后，茹振钢还是兴奋了好长一段时间。因为，事实证明了他的预测是准确的。

茹振钢还带领他的科研团队，开创性地构建了不同小麦品种的香气图谱。

为了让产量与品质这两个性状有机结合，茹振钢带领他的团队，从资源及半成品材料开始进行品质分析，进而选育出了含有35种香气物质的"百农高光4199"。

由于该品种叶片的光合效率比较高，光合产物积累就比较快。但是，开始的时候，这个品种的籽粒比较小，致使植株存在着"源"过于充足，"库"比较小的矛盾。要进一步提高产量，就必须在"库"上下功夫，即必须在进一步提高籽粒的大小上下功夫。

在进行籽粒性状改良的过程中，茹振钢采取的是大群体均数平衡选择法。

那一年麦收季节，根据茹振钢的思路，他的助手李淦从一个特别大的群体中优选出了5个优良单株，并且按照1~5的顺序进行了编号。看到这些单株及编号后，茹振钢经过详细的观察与思考，把其中的1号与2号调换了一下位置，说："按我排的顺序进行播种。"

茹振钢经常给我说："在田间育种的技术上，李淦的眼力和技术都是一流的，要充分相信助手们的能力，大胆放心地让他们施展才华，这样才能使这个团队释放出更大的青春活力。"可是，李淦却对我说："我是茹老师一步步带出来的。尽管在有些方面能够独当一面，但是，在关键时候，姜还是老的辣，因为茹老师把材料观察得太透彻了，我们必须用跑步的速度才能跟上茹老师的思维变化。"

到第二年的时候，茹振钢又对这5个株系进行了详细的观察。最后评判的时候，他对李淦说："这个2号系就是最好的。这次我看走眼了，还是当初你排的顺序正确。"这时，李淦却笑着说："茹老师，这次我没有听您的话，我一直觉得1号比2号好，所以，当时我又把1号与2号换回来了，现在证明还是您的眼力高。"

这件事情茹振钢并没有给我讲起过，是李淦告诉我的。

　　这个优良株系使籽粒重量得到了新的提升，有效地解决了"源"与"库"不协调的问题。2017 年，"百农高光 4199"顺利通过了河南省品种审定委员会的评定。

　　后来，茹振钢又给我讲述了"百农高光 4199"的阶段性研究成果。

　　茹振钢说："我们的研究进一步证明，'百农高光 4199'深绿色的叶片中叶绿素 A 与叶绿素 B 的比值高，对弱光的利用时间在早上提前一个小时，在晚上延后一个小时。也就是说，'百农高光 4199'能很好地利用太阳升起时的弱光和太阳落山时的余光。该品种穗子是黄绿色的，其中叶绿素 A 与叶绿素 B 的比值小，但是浓度高。穗子对强光的反应时间要比一般品种提前半个小时，能更好地利用中午太阳垂直照射时的强光。'百农高光 4199'是一个'早上班，晚下班，中午还不休息'的能干品种。

　　"最适宜小麦生长的土壤 pH 值是 6.5 ~ 7，好的品种适应能力更强，会在土壤 pH 值为 4.5 ~ 9 时生长。'百农矮抗 58'根系的生长能力很强，但是在土壤 pH 值为 4 的时候就不能生长了，而'百农高光 4199'在土壤 pH 值为 4 的条件下依然能正常生长。因此，就根系而言，这样的品种可以在长沙以南生长。"

　　2018 年，茹振钢与南京农业大学的马正强老师合作，将抗赤霉病性状成功地转到了"百农高光 4199"上。同时，茹振钢又通过加代与杂交，将抗赤霉病性状与抗白粉病性状进行了有机结合，在此基础上，又选育出了适应湖南、湖北生长的"百农高光 4199"新类型。

　　一般情况下，通过黄淮海地区审定的品种，多数属于高产型品种。由于这样的品种抗叶锈病和条锈病的能力有一定的局限性，想推广到河南省南阳以及南方地区还是比较困难的。但"百农高光 4199"却在南阳地区表现优良。如果再把小麦的"癌症"——赤霉病问题解决了，湖南、湖北的小麦产量就会有一个极大的提升。

又是一天早晨，茹振钢经过一个晚上的休息之后，前一天的疲劳被"清洗"一空，他带着浑身的轻松与兴奋，给我讲了一个多小时的话。茹振钢说，在"百农矮抗58"之后，他的又一个大品种真的诞生了。这个品种叶片又黑又厚，而且绿穗灌浆期长，既抗冻又耐热，既耐强光又耐弱光，同时根系发达，分蘖能力强，成穗率高。用老百姓的话来说，在通常情况下，"百农高光4199"只要分蘖就能成穗，早熟，抗灾性强，品质又特别优良，磨出来的面粉非常白，具有35种香气成分，有着浓郁的纯天然麦香味，可以不用添加任何物质就能满足人们的视觉和味觉需求。这个品种将使我国的小麦品质跃升到风味级别。如果再加上抗赤霉病和抗白粉病性状，那它就是一个非常完美的小麦新品种。

时任河南省委书记的郭庚茂，2016年2月4日来新乡视察，品尝了"百农高光4199"面粉蒸出的馒头后，评价说，真是美滋滋的回忆，吃出了祖母的味道。2017年，时任新乡市长的王登喜品尝了这个品种蒸成的馒头后，给"百农高光4199"送了个广告词：儿时的回忆，妈妈的味道。

2015年6月，"百农高光4199"在辉县三小营村种植的30亩试验田，实打验收亩产1409.8斤；在修武县王屯乡东黄村高产创建示范户王龙喜的试验田，实打验收亩产1590斤。

2016年，示范户王龙喜种植的"百农高光4199"，经过测产又获得了亩产1649.8斤的好成绩。

在2017年麦收后，一个种植户说："在成熟前，并没有看出'百农高光4199'与其他品种比有多大优势。可等收获后，产量水平超出了我们的想象。这真让我们喜出望外。"

2018 年麦子成熟前，河南省大雨不断，小麦倒伏、死熟的比比皆是，有些品种收获时麦秆基部都是黑色的，而"百农高光 4199"收获时，麦秆还是亮黄亮黄的，籽粒又大又饱。

2020 年，"百农高光 4199"再次展现出了它的抗旱、高产、优质……

第四十六章　完善的育种体系

茹振钢曾说："一个育种工作者要想培育一个新品种，虽说难度很大，但是只要下到功夫，遇到好运气，还是很有希望实现的。可是，要连续不断地培育出具有突破性和超前性的系列品种，没有一个完善的育种体系，是根本不可能的。黄光正教授给我打下了一个很好的育种基础。现在，我也要给自己的助手们留下一个完善的育种体系，让他们有目标、有追求、有动力，还要有获得感和幸福感。要让这个育种工作体系，在高效运转过程中，源源不断地释放创造力。"

茹振钢是这样说的，也是这样做的。

他的育种体系包括：创新的育种理论和选育方法，运转高效的人才队伍，丰富的种质资源，完善的仪器与设施，与企业合作的工作机制等。

茹振钢在进行每一项育种工作之前，都要精心地构思与策划。所以他的每一项育种工作都有着系统的育种理论做支撑，每一项育种理论都经过了育种实践的检验。正因为如此，他的许多设想，比如高光效育种、新核型构建等，都一个个变成了现实。

新核型构建，是茹振钢给自己定的一个远期目标，即用野草与小麦杂交，来创造对人类有用的新物种。这个设想不仅杂交难度大，杂交后代的分离也并不容易，而且劣变的概率要远远大于优变的概率。所以，新核型构建刚开始的时候只是一种设想。可是谁也没想到，这种设想竟然在短时间内变成了现实。

　　他们在对普通小麦与长穗偃麦草进行杂交研究过程中，经过连续不断的杂交与选择，选育出了一个外形类似于普通小麦的优良远缘类型。经过核型观察分析，发现这个优良材料只置换了长穗偃麦草中的一个染色体短臂，虽然看似是普通小麦，但其染色体已经发生了质的变化，与普通小麦大不相同。用茹振钢的话来说："这是一个看上去似小麦，实际上不是小麦，又远远优于小麦的一个新物种。"

　　2020 年春天，黄淮流域小麦锈病和白粉病暴发，而这个新核型小麦的叶片上却干干净净。这让茹振钢兴奋不已。

　　茹振钢说："这个新类型如果构建成功，不仅能培育出一系列新品种，更重要的是它还颠覆了以前的'非整倍体不可育'这一理论，我创造的这个非整倍体就具有很好的结实性。"

　　茹振钢把这个材料当作宝贝一样，列出了 8 个课题进行深入研究。他满怀憧憬地说，如果这 8 个课题研究清楚了，又会诞生一系列的优良品种和一个完整的理论体系，还有可能获得一个发明奖。同时，茹振钢还培育出了高秆长穗小麦。这种小麦，秆高可达 1.3～1.7 米，穗长可达 22～24 厘米！他要将小麦的选育方向，从原来的矮秆、小穗、低产向高秆、大穗、高产转移。他还选育出了草与小麦杂交的宿根小麦，期盼着让小麦在某些地方能够一次播种多年收获，成为多年生作物，如果这个目标实现不了，至少要培育出根系活力特强的小麦新品种。

　　2018 年 6 月 6 日，在辉县小麦试验田里，新乡市摄影家协会正在拍摄工作中的茹振钢，他突然发现了一株秆高、穗大的远缘杂交后代，顿时激动不已，连连说道："好！好！好！"后来，这株小麦被命名为"三好 1866"。

　　在几十年的育种工作中，茹振钢还创建了一支运转高效、工作有序的育种团队。

在人员配备方面，河南科技学院专门为研究中心制定了一个特殊政策，允许茹振钢根据科研工作需要，随时招聘编制内的特殊人才和编制外的工作人员。所以，茹振钢的育种团队能够根据科研工作需要及时增加新生力量，形成了由博士生、硕士生和本科生等各类人员组成的人才梯队。

用茹振钢的话来讲，如果没有这么庞大的科研团队，就不会有超前的研究理念和一流的研究方法；同时，如果没有这么一批专职的科研人员，也就没有这些项目的完美收官，更不会有高质量的小麦品种源源不断地涌现。

研究中心，下设小麦组织离体培养、仿真鉴定、品质分析、核型分析实验室，小麦遗传调控、化学调控、品种创新、生产应用研究室等，具有较完备的小麦优良性状组装与遗传调控、适应性仿真鉴定、品种时空定位等科研条件，是农业部小麦育种科研创新团队和河南省小麦高光效育种与杂种优势利用创新团队。

同时，研究中心依托"河南省杂交小麦工程技术中心""河南省高校作物遗传改良工程技术中心""作物遗传育种河南省高校优秀创新型科技团队"等研发基地和团队，向着我国小麦研究的一流队伍迈进。

研究中心，不但具有一流的科研团队，还拥有一套完善的、高效运转的仪器设备与设施。对于国家拨付的科研经费，茹振钢丝毫不敢乱花，一点一滴都用在了科研仪器、设施的购置和仪器的维护上。

茹振钢给我说："我有一套完善而严谨的仪器和试剂购置机制，能保证有限的经费实实在在地花在刀刃上，从而确保我的仪器设备都能高效运转。对于每一个新品种来说，我都要利用现有的设备，尽可能地把它从里到外研究清楚。"

茹振钢多采用倒逼机制开展常规育种工作。比如说，现在生产上缺少一些特殊面粉，他在开展特殊面粉新品种选育工作之前，先会对育种材料进行广泛测试，再根据材料的营养含量及来源，组配新的杂交组合，有的放矢地选育新品种。并且，对不同世代还要进行监控测定。这样，培育出来的品种就会有很高的"命中率"。

不光有人工气候室、智能温室、智能大棚、普通的设施保障，在茹振钢的育种体系中，还有一个超前的经营思路及营销网络。

培育新品种是为了推广应用，是为了给社会创造出更多的效益。但是，一个科研人员或是一个科研团队，如果参与的经营活动太多，就会浪费太多的精力，不能全神贯注地进行科学研究。所以，茹振钢就设想，在搞好新品种选育的同时，要利用好社会资源，达到不设团队有团队、不聘员工有人员的目的。

在"百农矮抗58"的推广过程中，茹振钢采取了非常合适的"一年一转让"方法。

农作物品种与其他产品不同，在没有推广之前，人们还不能完全认识它的实际价值，如果对品种进行一次性转让，会有很多不确定因素。品种转让费高了，种子销售企业的利益得不到保障；品种转让费低了，育种人的利益会受到影响。更重要的是，如果企业经营管理不当，会让品种的使用潜力受到巨大的影响。为此，经过深思熟虑，茹振钢采用了"一年一转让"的创新方法。他还在全省或全国范围内对企业优中选优，让多家企业在不同区域发挥出各自的最大作用。

因此，从这个意义上来看，"百农矮抗58"能获得国家科学技术进步奖一等奖，不仅与品种本身的优良性状有关，还与企业合作的机制有关。

茹振钢经常给我说，他和企业签订的合同，不仅有利于学校，还有利于企业，更有利于品种发挥更大的作用。同时，与企业的广泛合作也锻炼了他的统筹、协调以及对市场的预测与应变能力。

茹振钢还制定了一套完整的成果挂名细则和效益分配原则。新的研究项目一旦有了成果或产生了经济效益，所有的参与者都能从中感受到自己的主体地位。

茹振钢还给我说，在退休的时候，他一定要交给助手们一个运转有序的研究团队，一套高效运转的机制与体制，一些有价值的品种资源和一批高精尖的储备品种，一批高效运转的仪器与设备，一套利用好社会各种资源的经验和方法。

第四十七章 "BNS"的横空出世

（一）

20世纪80年代，茹振钢跟随黄光正教授进行小麦育种的时候，研究的是常规育种，而他的同事王世杰研究的是杂种优势利用。

所谓常规育种，是选择两个或两个以上具有不同优良性状的小麦品种或品系进行人工杂交之后，再进行一代一代的自交选育，进而获得综合性状优良且整齐一致的群体的品种选育方法。

杂交小麦是以雄性不育系为母本、以具有恢复能力的小麦品种或品系为父本进行天然杂交的F1代杂交种子，经过品种比较试验后，从中筛选出综合性状优良的杂交组合用于大田生产。

雄性不育系之所以不育，是因为不育系植株不能产生花粉。保持系，是能够进一步保持不育系不育性的品种或品系。雄性不育系与保持系杂交可以培育出不育系。恢复系，是与不育系杂交以后可以恢复育性的品种或品系。不育系与恢复系杂交可以产生一代杂交种子。传统意义上的小麦杂种优势利用，是用三系配套的方法进行制种。

从遗传角度上讲，生物界普遍存在杂种优势。但是，小麦是多组染色体作物，遗传背景非常复杂，一般情况下杂种优势不十分显著，加之制种程序也比较复杂，所以小麦杂种优势利用的难度远远超过了其他作物。如何实现小麦杂种优势利用，成了小麦育种界亟待解决的世界性难题。

在世界三大粮食作物的杂交优势利用方面，美国科学家最早研究培育出了杂交玉米，我国科学家袁隆平最早成功培育出了杂交水稻。小麦杂种优势利用方面的研究工作，国际上开始于 20 世纪 20 年代，中国开始于 20 世纪 60 年代。然而，无论是国际上还是国内均未有重大突破。

情况之所以如此，主要是因为玉米、水稻的基因都是单一来源，是二倍染色体植物，容易纯合。而小麦的基因有三个来源，是原始小麦与两种草在上万年进化过程中自然杂交而成的六倍染色体植物，纯合难度相对较大。小麦和水稻一样都是雌雄同花，在利用杂种优势育种时，不能让母本自我授粉结实，要避免"近亲结婚"现象的发生。要想达到这一目的，就必须使植株只具备雌性特征，而后再选择性状优良的其他品种与其配制出优良的杂交组合。因此，小麦雄性不育系研究，是进行杂交小麦研究绕不过的至关重要的一步。可是，获得小麦雄性不育系，并不是一件容易的事情。

从事常规品种选育的茹振钢，起初对国内外的杂交小麦研究一直处于观望状态。然而，一次偶然的机会却让茹振钢的小麦育种思路有了新的方向。

1998 年春天，正值小麦扬花时节，茹振钢在位于辉县的小麦试验田里，发现了几株异常小麦。之所以说它们异常，是因为这块试验田里，所有的小麦颖壳都已经闭合结籽了，唯有这几株小麦的颖壳处于完全张开状态。这说明，和其他小麦处于同一时期的这几株小麦还没有进行自花授粉。

这几株开颖的小麦群体，是茹振钢培育的一个标号为"97A131"的常规小麦品系。

发现这几株异常小麦之后，茹振钢惊喜不已，因为对于从事育种工作的人来讲，能够发现一些变异植株，就有可能收获意想不到的科研结果。于是，茹振钢带着激动的心情，马上给这几株异常小麦分别套上了隔离纸袋，以避免这几株异常植株被其他品种产生的花粉污染，从而保证它们能进行自花授粉。

回家后，茹振钢异常高兴而又十分神秘地给我说："我在试验田里，偶然发现了几株特殊的小麦植株。"

我惊喜地问道："你发现了什么样的特殊小麦？"

茹振钢压低声音说："是几株雄蕊不健全的小麦植株。"

随后，茹振钢就把他发现这几株异常小麦时的情景绘声绘色地给我描述了一番。

过了一段时间后，一天，茹振钢突然打来电话说："我套袋隔离的那几株异常小麦出现了自花授粉现象，但是结籽率有点低，不足20%。"

我在电话里高兴地说："就那也行啊！只要能够结几粒籽儿，把这个种质资源保留下来就好说了！"可是，茹振钢经过对这几株特殊小麦的仔细观察后，发现它们表现出的不育特性不符合当时已知的小麦花粉育性规律，便以为它们在生产中没有利用价值了。但一连串的问题时时萦绕在他的脑海里：这些花粉育性不符合已知规律的小麦到底隐藏着什么样的秘密？如何处理才能让它们得到有效利用呢？

那年，茹振钢从这几株套了袋的异常小麦上，收获了6粒不怎么理想的种子，但他依然如获至宝。那时的他暗想，当年袁隆平先生从海南发现了水稻的"野败"材料，选育出了水稻不育系材料，为杂交水稻研究找到了突破口，从而成功培育出了杂交水稻新品种，使中国掌握了杂交水稻在世界上的话语权。我现在偶然发现的这几株异常小麦，说不准也同袁隆平先生当年发现的水稻"野败"材料一样，有着特殊的应用价值！

第二年，茹振钢继续进行套袋观察后，惊喜地发现这几株育性异常的小麦与他了解到的小麦不育系材料存在差异，应该属于雄性半不育材料。

之后，为了弄清这个材料的利用价值，茹振钢选择将收获的为数不多的种子在辉县、巩义、长垣、新乡县等不同环境条件下，进行多点播种，以便进一步试验观察。然而，茹振钢还是没有观察到这个材料的可用之处。于是，茹振钢只好把这些异常小麦材料，从试验田播种观察转移到特殊的环境条件下进行种植、观察。在特殊环境条件下，经过仔细观察研究，茹振钢终于有了新发现——同样是这样的异常小麦的种子，在不同环境条件下，其雄性不育度能够在 0～100% 之间摆动。这一发现，让茹振钢欣喜若狂。他把这种异常小麦材料定名为温敏型雄性半不育材料（BNY），即"百农系列半不育材料"。

至此，茹振钢开启了如何有效利用这种异常小麦材料的研究课题。

（二）

经过一段时间的观察思考后，茹振钢便想，可不可以利用这个半不育材料的 100% 育性进行亲本繁育，利用它的完全不育性特点配制杂交种？

他的想法从理论上来讲是完全可行的，但在实际操作中却难之又难，因为这个半不育材料的综合农艺性状表现较差，不但株型不好、籽粒小，而且饱满度也不理想。

对于不育系原始材料的开发利用，确实是一件很不容易的事情。我在大白菜不育系材料利用方面，也有过相似的经历。

目前，大白菜大多利用的是自交不亲和系制种。"新乡 903"是我们培育出来的河南省第一个长筒大白菜杂交种，它就是利用两个自交不亲和系杂交而成的，但由于其中一个亲本的自交结实率较高，严重影响了品种的整齐度和产量水平。为了解决这个问题，我们利用大白菜的一个半不育材料，对这个亲本进行了不育性转育工作。但在转育过程中，我们发现，这个亲本的不育性受光照和温度影响很大，在低温和高温情况下，都容易出现可育现象。于是，在进行不育性转育的同时，我们继续对其进行了连续不断的选择与淘汰。

经过连续不断的转育和选择，我们将那个亲本转育成了一个100%的不育系，并成功应用于"新乡903"的杂交制种中，极大地提升了"新乡903"的应用价值。从那时起，我对不育系的转育应用研究产生了极大兴趣，并开始利用这个不育源转育其他大白菜亲本。

可是，在利用这个不育源转育其他大白菜材料时，我们却遇到了难题——要么出现半不育现象，要么出现严重死蕾现象，很难达到应用目的。

不过，我们并没有就此作罢。我开始尝试在大白菜不同亚种的材料间寻找新的不育源。我分别利用其他亚种的不育源对大白菜进行了连续不断的推磨式转育。经过不断尝试，我们果真选育出了一些花蕾正常、不育性彻底的大白菜不育系。这些不育系的选育成功，使大白菜育种上的许多不可能变成了可能。通过不育系的配合力测定，我们还选育出了一些属于亚种间的优良杂交组合，使大白菜的育种水平上了一个新台阶。

当然，茹振钢发现的这个小麦半不育材料，相对于我们转育的大白菜不育材料，可能会更加复杂。于是，他就反复思考如何对这个半不育小麦材料进行经济性状改良，如何才能找到一个很好的恢复系等。

茹振钢心里很清楚，这是个庞大的系统工程，不是一朝一夕能够完成的事情。

从 1998 年发现这几株异常小麦起，茹振钢先后经过 7 年时间的不断观察试验和研究探索，直到 2004 年，终于把这个半不育材料 BNY，转变成了"不育彻底、转换彻底、恢复彻底"，具有稳定的育性特征和农艺性状，符合黄淮麦区要求的低温敏感型的小麦雄性不育系材料，并为其定名为"百农 BNS"。"BNS"中的"BN"指的是百农系列小麦，"S"指的是不育系。

茹振钢解决了杂交小麦研究中的首要难题——找到了完全彻底的小麦雄性不育系材料。这一消息很快便传遍了小麦育种界，引发了不小的轰动。

一直关注杂交小麦研究的中科院遗传研究所研究员王斌、中国农业大学校长孙其信教授，得知茹振钢培育出小麦雄性不育系材料的消息后，兴致勃勃地奔赴新乡实地考察。从 2004 年到 2006 年，在小麦生长的每一个关键时期，两位专家都同茹振钢一起走进实验室，深入试验田，对"百农 BNS"进行认真深入的考察与研究。

经过连续几年的观察和多方面的质疑、验证，两位专家最终认可茹振钢研究的"百农 BNS"小麦雄性不育系材料在黄淮麦区具有巨大的利用价值。但是，这个小麦雄性不育系材料，在我国的其他麦区能否适应还是个未知数。

针对这个问题，在两位专家的建议和组织下，2006 年 10 月 4 日，一个由河南科技学院与中国农业大学共同主持，由山东农业大学、西北农业大学、河北农科院、湖南农业大学、四川农科院等单位的顶级专家组成的联合攻关组，正式签订了联合攻关协议，对"百农 BNS"展开了全国性的攻关研究。

在联合攻关期间，"百农 BNS"杂交小麦研究先后被列入国家的

"973 计划"和河南省重大科技研究专项。

在国家的支持下，茹振钢对"百农 BNS"不育系进行了连续不断的改良和恢复系的筛选工作。

联合攻关组成立之后，在河南、河北、山东、安徽、新疆建立了多个"百农 BNS"型杂交小麦百亩高产示范基地。

在"百农 BNS"杂交小麦研究突飞猛进的时候，2014 年 4 月 14 日早上，茹振钢异常兴奋又十分纠结地跟我说："我们培育的'百农高光 4199'这个品种太优秀了，可以说，它是我的小麦育种高光效理论的结晶。我感觉，它会是又一个'百农矮抗 58'，我又一次战胜了自己。"接着，茹振钢话题一转又说："但是，'百农高光 4199'的横空出世，又给我期盼已久的杂交小麦的推广应用增加了新的难度。杂交小麦的制种成本很高，如果没有足够的优势来战胜常规品种，那就没有太大的推广可能。"

听他如此一说，我恍然大悟。看到茹振钢如此纠结，在第二天下午，也就是 2014 年 4 月 15 日的下午，我专门跑到他的试验田察看了一下正在生长中的杂交小麦。

当看到杂交小麦非同寻常的强健长势后，我一下子震惊了——穗头又方又长，茎秆粗壮，群体整齐一致。我又详细观察了"百农矮抗 58"与"百农高光 4199"这两个品种，尽管这两个品种的长势也非常喜人，但与杂交小麦相比根本就不在一个级别上。因此，我觉得只要对杂交小麦进一步完善，它就一定会成为一颗明珠。

我怀着无比激动的心情，马上给茹振钢打了个电话说："别再纠结了，杂交小麦真的成功了！"

就在我给茹振钢打电话的同时，财源种子公司的总经理王财秀在观察了自己种植的杂交小麦后，也兴奋地给茹振钢打电话说："茹老师！你培育的杂交小麦成功了!"

其实，茹振钢不是不知道杂交小麦成功了，他比我们谁都清楚，但是，出于谨慎，茹振钢不愿意过早地公布这个消息。

2014年4月15日，是一个值得纪念的日子，因为这一天，我们懂行的和不懂行的人都看到了杂交小麦的优势。

40天之后，2014年5月25日，全国杂交小麦协作攻关会议在河南科技学院召开。上午，与会成员赶赴基地参观考察了杂交小麦生长情况。10：30，茹振钢打电话告诉我说，专家们一致认为杂交小麦表现很好！正忙于带着专家参观考察的茹振钢，能抽出时间给我打电话，传达专家们对杂交小麦的高度评价，可见当时他的心情是何等激动。

一年之后，2015年4月10日，茹振钢在新乡县郎公庙镇千亩小麦试验田的高速铁路旁，醒目地竖立起了"中国杂交小麦"六个红色大字的巨幅夜光牌。自此，茹振钢正式向外公布了他的杂交小麦研究成果。

尽管他的研究工作取得了如此重大的进展，可在茹振钢看来，这只是万里长征才走了第一步。杂交小麦是一个庞大的系统工程。从发现不育源开始，探究出恢复机制，再创造出优势类群（不育系系列，恢复系系列），导入抗病与高产基因之后，他还需要深入研究制种技术，降低繁育成本，才能达到杂交种的应用目的。所以，这个庞大的系统工程，如果有一个环节出现问题，都会让杂交小麦失去其应用价值。

茹振钢跟我说："目前我的杂交小麦研究距离成功只剩下最后一米。但是，这一米是通向辉煌顶点最艰难的一步。此时，成功与失败还在对垒，我必须用敢于面对失败的心态、胆量与胸怀来迎接挑战。搞杂交小麦，必须有科学家的智慧、军事家的胆略和企业家的灵敏，这几方面，缺一不可。尽管我在杂交小麦研究方面付出了很多，但还有好多人在悉心进行着杂交小麦的研究，现在还不知道谁能用最快的速度走完这最后的一步。但是，无论我国哪位科学家取得杂交小麦研究的最后成功，都是我们国家的骄傲。"

茹振钢说："我们现在从小麦常规品种研发的第一层'基本型'逐步走向第二层'杂交型'，将来，我们还要步入第三层'新核型'以及第四层'新核杂交型'，实现推广一代、储备一代、研发一代、设想一代的育种目标。民以食为天，粮以种为先。要保障国家粮食安全，必须紧紧抓住科技这个'第一生产力'，为我们国家的'藏粮于地、藏粮于技'保驾护航。"

其实，无论是在常规品种选育上取得新突破，还是在杂交小麦研究上获得成功，又或者是在新核型研究上取得新进展，只要能够培育出优质、高产、抗病等综合性状优良的小麦新品种，能让国民丰衣足食，他就心满意足了。他的努力方向，是如何让小麦产量得到大幅度的提高。

第四十八章 "荒漠 2016"

对于育种工作者来说，种质资源是新品种培育研究的重要基础。如果没有丰富的种质资源，即使有先进的技术和仪器设备，也无法培育出更加优良的品种。因此，对我和茹振钢来说，育种资源就是我们的最爱。出差回来的时候，我们给对方带的最好的礼物就是各自喜欢的品种资源。

北到内蒙古，西到甘肃，我给茹振钢收集过好多小麦资源。不过，我带回来的几十个品种，都没有派上用场。茹振钢也是一样，每到一个地方出差，在完成自己科研任务的同时，一有时间就像古董爱好者淘宝一样，必定要去当地的蔬菜市场寻觅一番，看看能否为我带回来些什么特别有价值的蔬菜种质资源。

记得好多年前，茹振钢到南方出差的时候，在一个蔬菜市场看到了一种微型小白菜。这种白菜既不是长筒菜，也不像娃娃菜，叶肉鲜嫩细腻，棵型俊俏秀气。他觉得这种微型小白菜很有特色，应该是北方没有的品种，便想给我买几棵带回来。可是，拿起白菜时，他却发现小白菜的根儿已经被切掉，心里觉着挺遗憾的，担心买回来以后也不会成活。卖菜人看到茹振钢犹豫不决，就说："先生，这种小白菜没有一点筋儿，鲜嫩好吃。只剩下这三棵了，您带回去尝尝吧！"茹振钢听卖菜人这样一说，便想，即便是栽不活，带回去最起码也能够让我看看，于是，就买下了这三棵小白菜，小心翼翼地包了起来。

虽说是冬季，可南方气温还是比较高的。茹振钢担心小白菜受热腐烂，就小心呵护着带回了河南。

当看到这三棵小白菜后，我还真是惊喜不已。在此之前，我确实没有见过这样的品种。我用从浙江农大学来的腋芽扦插繁殖法，把这个品种资源保存了下来。

后来，经过不断地深入研究，我从中选育出了一种既像花又是菜还抗冻的、黄心白帮、集食用与观赏于一体的小白菜新品种。

2004年的时候，茹振钢到北部的一个地方考察，在那里收回来了几十种甘蓝种子。茹振钢办的这件好事，却让我非常头疼。我是搞大白菜育种的，现有的工作已经让我忙得喘不过气来，再加上我们的试验田已经处于饱和状态，没办法进行更多的试验了，可是，若把这些甘蓝资源扔了，又感觉有些对不起茹振钢的一片苦心。于是，我找到了毛庄村的李德岭，让他种植观察一下。

一观察不要紧，奇迹发生了。

从茹振钢带回来的材料中，我们发现了之前不曾见过的类型。这种类型抗病、耐裂球、货架期长，简直让我爱不释手。

2014年的一天，当我们俩像以往一样在凌晨时分交谈时，我激动万分地跟茹振钢说："我告诉你一个好消息。我从你10年前从北方带回来的那些甘蓝材料中选育出了一系列优良自交系材料，还将它转育成了一个性状特别优良的不育系材料。我利用这个不育系材料配制出了一系列新品种，其中，有一个还是具有超越性的新品种。"

听我这样一说，茹振钢既激动又不敢相信，连问两声："是真的吗?! 是真的吗?!"

看着茹振钢激动的样子，我也笑了，笑得非常开心、满足。

那一天凌晨，我们高兴万分地说着、讲着，享受着相互支持带来的幸福与快乐。为了记录下这样一个兴奋的时刻，我写下了这样一首小诗：

拂晓语依依，同忆共鸣路。

数国觅技艺，万里奔波苦。

思路互借鉴，风浪同牵手。

难关个个破，品种相向出。

2016年，我去外地出差时，心里一直惦记着要帮茹振钢收集一些特殊的小麦品种资源。在经过一个一望无际的荒漠旷野地带时，走着走着，眼前忽然出现了一小片很矮很矮的小麦群落，我不由自主地喊出了声："小麦！"

当时，我的心情激动不已，因为这一望无际的荒漠旷野，既没有水源，土质又贫瘠，少有的一些杂草也都是又矮又瘦，能够生长在这样环境下的小麦，应该是非常珍贵的品种资源。

可能是由于土壤贫瘠缺水，这一片小麦的高度只有30厘米左右，有的甚至就像是匍匐生长在地上一样，麦穗很小，半成熟的麦穗上结着一些比草籽稍大一点儿的籽粒。

直觉告诉我，这很可能是一种野生小麦。如果真是这样的话，那它的价值可就大了！可我又想，假若这又是个老品种，那茹振钢可就该笑我了。于是，我瞟了一眼就走过去了。

走了好一段距离之后，我又折返回去，来到那片小麦前。我蹲下来仔细观察，心想，如果这些小麦是野生资源，不将它采回去，那损失可就大了！即便是常规小麦，能在这样贫瘠的土壤上生长，那也很有价值。

于是，我小心翼翼地将小麦连秆带穗采了下来。带着茎秆，可以让它养分回流，帮助籽粒成熟。

这个近似于野草的小麦一开始并没有引起茹振钢的兴趣，他只是心不在焉地扫了一眼。看到茹振钢的表情，我挺失望的。但是，凭我的直觉，凭我对这种小麦生长环境的了解，我觉得它应该是有用的材料。于是，我就将麦子连秆带穗地插到了瓶子里，待其充分后熟。

几天之后，当茎秆和麦穗全部干黄时，茹振钢不经意地将穗头揪下来搓了搓，吹去颖壳后，发现籽粒十分弱小，连常规小麦的半个籽粒大小都没有。他看了好一阵儿之后，忽然皱着眉头说："可以再好好观察观察。"

于是，茹振钢将几粒半成熟的弱小的小麦种子带到了实验室。经过种植观察和深入研究，结果竟让他喜出望外。

一天，茹振钢一本正经地给我说："你带回来的那个小麦资源，具有野生性。即使完全成熟，种子也是很小很小。可是，不管种子再小，都是圆嘟嘟的。仪器分析结果显示，它有着常规小麦品种不具有的优良品质，比现在的优质强筋小麦品质还要好很多，同时对水分、养分要求不高。它真的是给点阳光就灿烂，具有很强的吸收利用水分和养分的能力。"

随着观察研究的不断深入，茹振钢利用我从荒漠地带采回来的小麦种子，配制了好多杂交组合。

如今，用它配制的杂交组合选育出来的后代，无论是株型还是穗型，都渐渐与我们现在的小麦品种趋于一致。但是，它所具有的高强筋、耐瘠薄等优异品质却保持不变。

茹振钢说："从这些杂交组合中选出的优良后代，将会在小麦优质育种方面实现一个很大的突破。"

这么多年来，我给茹振钢收集了那么多小麦品种资源，这一次总算是找到了利用价值。

因为这个小麦品种是我于 2016 年从荒漠旷野采集回来的，所以，茹振钢就给它取名为"荒漠 2016"。

第四十九章　职称之路

（一）

　　茹振钢最初的职称编制是试验员序列。他从初级试验员到高级试验员，一路绿灯，非常顺利，可再往上就没有晋升空间了。

　　很多与茹振钢情况相似的科技工作人员，为了能够有更好的职称晋升前景，大多选择继续进修深造，以便获得更高的学位。客观来看，茹振钢那时候不管是想去进修深造还是去考研究生，都是比较容易的事情。可关键在于，他要是出去进修深造或是考研究生，就得脱离工作岗位。一刻也不想离开小麦育种第一线的茹振钢，犹豫了。特别是在黄教授去世以后，茹振钢深感自己肩上的担子很重。如果只为自己的前程着想，那科研工作就可能停滞不前，同时他也对不起对他寄予无限期望的黄光正教授。

　　是进修深造还是坚守工作岗位，成了摆在茹振钢面前的一大难题。

　　经过多方权衡和多次思想斗争，茹振钢最终选择了坚守工作岗位。他下定决心，在职称晋升上要走出一条自己的道路，立志要用培育新品种开道，以过硬的科研成果铸就辉煌！

　　然而，这样的路并不是靠着一腔孤勇便能走到底的，路上潜藏着太多太多不可估测的风险。如果培育不出优良品种，不能为老百姓创造出巨大效益，没有有影响力的科研成果，那他就会成为一个失败的案例。

对于茹振钢的选择，我给予了大力支持，因为我对茹振钢的工作能力充满了自信。我坚信，茹振钢一定能够获得成功！

当"百农62""百农64"相继培育成功后，茹振钢成了河南省著名小麦育种专家、省管优秀专家、河南省抗病虫小麦首席育种专家。河南科技学院为了充分尊重人才和有效使用人才，于1996年把茹振钢破格特聘为河南科技学院教授。之后，学校领导一直想让茹振钢正式申报教授职称，但是他并没有立马着手准备，因为他知道要正式申报教授职称，需要先转到教师岗位后才能从副教授往上参与评审。

当时晋升职称程序非常麻烦，而茹振钢又有更加繁重的科研任务需要完成，特别是要为"百农矮抗58"小麦新品种申报国家科学技术进步奖做一系列的准备工作，于是，便将自己申报教授职称的事情暂时搁置了。

在"百农矮抗58"获奖后，茹振钢一刻也没有松懈，甚至比以前更忙了。因为他还有许多设想需要进一步实施呢！

再后来，当我问及茹振钢"百农矮抗58"获奖后有什么打算时，他皱了皱眉头说："总感觉肩上的担子更重了，总有一大堆的事情需要去处理。但我还有一块心病始终未了——那便是职称问题。"

说到这里，茹振钢长叹了一口气说："要是河南科技学院能够聘请我为终身教授，我也就心满意足了。"

2014年的一天，在参加省人大会议期间，我与河南科技学院的牛书成书记遇上了，便像是说家常一样聊起了天。当谈及茹振钢时，牛书记对我说："茹老师的工作太忙了，辛苦你要把我们的专家照顾好。"

我说："没问题，这是我的职责所在！"

牛书记又问："那茹老师有没有需要学校解决的问题？"

我想了想便说："没有什么问题，茹振钢只是不想为报职称浪费更多的时间，觉得如果能让他成为学校的一个终身特聘教授就行了。"

牛书记没有直接回答我的问题，只是若有所思地说："原老师，请放心！我们是不会让有贡献的人吃亏的！"

在学校的努力下，茹振钢没有转岗便直接申报了教授职称。后来，茹振钢接到河南科技学院职称评定办公室的通知，让他于11月28日到登封参加教授资格晋升答辩。

答辩回来后，茹振钢给我讲了答辩的内容，其中有位评委是这样问的："茹老师，在获得国家科学技术进步奖一等奖前后，你是如何处理各种关系的?"

茹振钢回答说："要处理好继承与发展的关系，处理好创新与集成的关系，处理好个人与团队的关系，处理好现在与未来的关系。"

在场的各位评委连连点头表示赞同。

茹振钢顺利通过了教授晋升答辩，他的这块儿心病也总算是治好了。

茹振钢于2014年11月28日顺利晋升为教授之后，2015年8月6日又被光荣地评为"中原学者"。

（二）

在职称评定上，茹振钢从初级到副高都非常顺利，从副高到正高则是道阻且长，而我则是一开始就非常艰难，到申报中级时几乎失去了信心。

从技术员到研究实习员，我是直接晋升的，但受中专学历所限，评上研究实习员以后，基本上也就止步于此了，中级职称只能走破格之路。后来，我们单位与我同时评上实习研究员的人都评上了中级职称，而我仍在原地徘徊。我没有放弃，想凭借科研成果参评。然而，单位组织的那次职称晋升动员会却彻底伤了我的自尊心。

那天，单位领导在动员大会上说，条件符合要求的科技人员要积极准备材料、按时申报；条件不符合的科技人员不要报送材料，即使是报上来了，也会给扔出去的。

这个"扔"字，像极了冰雹，把我砸得体无完肤。不够申报资格，我们可以继续努力创造条件，但这一个"扔"字，却"扔"走了我的自尊，"扔"走了我的梦想！我感觉被击垮了，第一次觉得前途渺茫。

在床上躺了几天，我渐渐想明白了，我热爱着自己的事业，只要能干工作就行，我要更加努力，用事实说话，用科研成果找回自尊。

为此，无论春夏秋冬，无论严寒酷暑，我坐到办公室就是一名科技工作者，走到田间就是农民，什么样的活儿都干。

有一次，在种子成熟的时节，我做完手术刚出院，想起即将开裂的种荚后心急如焚。为了及时收获种子，我没有休息便来到地里，坐在田埂上剪种子，剪一株往前挪一下。虽说那时候天气还不是十分炎热，可由于我身体极度虚弱，豆大的汗珠不停地往下滚。但那时，我的心里却十分满足，因为我在采摘着自己培育的种子，采摘着希望。

尽管职称评定受阻，但大家的心里都有一杆秤。第二年的时候，我破格晋升为助理研究员。1990 年，单位还推荐我为新乡市劳动模范。

能够刚满三十岁就被评为市劳动模范，我感到非常荣幸，并且十分感谢一直支持我的老师和前辈们。在他们的关心和帮助下，我才能一步一个脚印，成为自己希望的样子。

1995 年，我们单位换了一批领导。思维灵活、敢想敢干的新领导为单位注入了无限活力。

当时，朱止民是我们单位的党委书记兼所长。为了集思广益，他组织了一次"假如我是所长"的演讲会。

由于平时只顾科研，不关心更多的人情世故，因此我不知从何说起，而且我一上台就会紧张，在众人面前会感觉很不自在，于是，我便请经验丰富的茹振钢帮忙出出主意。

经过茹振钢的指点，我最终自信地走上了讲台。

第一次昂首挺胸地站到了演讲台上，我撸起衣袖，非常流利地讲起了工作思路。我讲得投入，大家听得也很认真，取得了意想不到的效果。

那次演讲后，我克服了心理障碍，在大众面前说话越来越自如。后来，不管是春晚舞台还是央视节目，我都不再怯场，不再是那个不敢上台的小姑娘了。看来，人就是要敢于突破自己，挑战自我。

也正是因为那一次演讲，新一届的领导真正认识了我，我也有幸得到了他们的大力支持，在各方面都得到了快速而全面的发展，我的人生也迎来了新的机遇。

那时，我才真正认识到了一个好的领头人的重要性。

原以为中级职称便是我的终极目标了，没有想到，随着"新早89－8"和"新乡小包23"的培育成功与大面积推广，我在评上中级职称之后没多久，就被单位特聘为副高，之后很快又被特聘为正高，继而又被正式评聘为正高。

与此同时，在领导和组织的关怀与支持下，我先后获得了"河南省劳动模范""河南省三八红旗标兵""全国三八红旗手"等荣誉称号。

2007年，我被推选为第十一届河南省人大代表，之后又连任第十二届、十三届河南省人大代表，共提交了30多条议案和建议。

从我和茹振钢职称晋升经历中，我深深地体会到，命运就掌握在自己手中，只有奋斗，才有希望。

第五十章　成功的秘诀

（一）

茹振钢之所以能够培育出一个又一个小麦新品种，秘诀就是他有一个远大的理想和一种蚂蚁啃骨头的精神。他始终处于勤于思考、善于创新的工作状态，而创新则是他成功的灵魂。

茹振钢常常给我讲，无论干什么事情都要勇于创新，没有实质性的创新，就没有突破性的进展。创新的理论是指导育种实践工作的行动纲领。

茹振钢这些年在小麦育种理论研究方面取得的最大成果，就是探索出了四个具有实践性指导意义的育种理论，即网络代谢理论、生态育种理论、形态构型理论和仿真适应性鉴定理论。

在网络代谢理论的研究过程中，茹振钢曾说过，小麦是一个植物生命体，在它的生命活动过程中，应该存在着一个网络状的代谢途径，但就是不知道怎么用语言来描述清楚。1995 年，也就是茹振钢走上教学岗位的第五个年头，他在与学生互动时，忽然灵光一闪，小麦网络代谢理论终于得以清晰、完整地呈现在脑海里。他随即把这个灵感和构想"唰唰唰"地写在一张纸上。一下课，茹振钢就急忙骑着自行车，飞也似的向家奔去。

回到家里之后，他迫不及待地拿出那张纸，激动万分地高声喊着我的名字："连庄！今天我在给学生们讲课过程中，忽然来了灵感，终于把多年来糊涂不清的网络代谢理论弄明白啦!"听到他这样一说,我也惊喜无比:"是吗? 那真是太好了!"茹振钢喘了口气,接着给我说:"这个理论对我以后的育种工作,将是一个非常重要的理论支撑。"茹振钢坐下来以后,指着那张画满密密麻麻线条的纸张,详细给我讲起了他的网络代谢理论。

"小麦作为一个植物生命体,全身存在着一个网络状的代谢组织。这个网络状的代谢组织具有捷径代谢(即高产代谢)、保护代谢(即安全代谢)和挣扎代谢(即生存代谢)。在每一项代谢中,都有代谢点、代谢面和代谢通道。同一个时期的不同代谢点,构成了一个代谢面,不同代谢面之间前后贯连,构成了网络代谢通道。"

后来,茹振钢把网络代谢理论应用到了小麦育种的实践上来。他说:"任何一个小麦品种只要具备这三种代谢机能,就是一个优良品种。可不要轻看这个小小的代谢点,它年年如此,永恒不变。在科研上,利用它可以搞仿真适应性鉴定。"

网络代谢理论形成后,茹振钢兴奋了好一阵子。在这个理论的基础上,他创造了仿真适应性鉴定等一系列的育种方法,也培育出了一系列优良品种。

在茹振钢研究发现网络代谢理论20多年之后,这一理论在人体科学研究方面也得到了印证。

在谈到生态育种理论时,茹振钢说正是因为有了这个理论支撑,他的小麦育种思路才能一下子从传统的区域育种上升到生态育种的高度。同时,依靠生态育种理论,在品种选育上,可以实现一地选种多地用、当今选种未来用。

茹振钢曾说:"要想做到生态育种,就必须知道各个地方的生态环境,分清必备性状、非必备性状……"茹振钢把在不同生态条件下小麦植株发生的变化叫作外生态效应值。就拿新疆和河南来说，新疆种植的小麦植株高度会较河南的短约 20 厘米。这也就是说在河南培育适应新疆生产的小麦品种时，植株高度应该在 90～110 厘米。按照这个植株高度培育出来的品种，到新疆的表现才能保持在 70～80 厘米。在河南表现不好的高秆品种，可能在新疆表现得很好。因此，作为一个育种工作者，一定要学会综合利用品种资源及品种类型。

茹振钢认为每一个地区的品种，都带有当地生态条件的全面信息。他说过："依据生态育种理论，每个大品种的形态特征与生理机能，虽说不能说明全部问题，但至少可以说明部分问题，对育种工作有一定的参考价值。但是在具体的育种实践中，还是要紧密结合实际情况，做到与时俱进。因此，在选择未来品种时，必须对未来的气候变化与人类的生产需求做出准确判断。"

在看电视的时候，他关注较多的是各地的植被情况。他对电视上提到的树木同纬度引种不成功的案例进行过深入分析，认为其根本原因在于树木根系的酸碱性与引种地区土壤的酸碱性不适应。如果把碱性环境下的树木引种到酸性环境的地区，会引起根系酸碱性反应，从而导致引种不成功。同纬度引种，两地的树种只要具有同样的酸碱度，引种自然就会成功。他这一发现同样适用于小麦育种领域。

茹振钢和他的科研团队研究发现，不同小麦品种的根系对土壤酸碱性的适应能力不同，生长良好的小麦根系组织液 pH 值通常维持在 6.0～6.4。据此，茹振钢创建了小麦酸碱适应性鉴定和选择方法。用此法选育的"百农矮抗 58"适应黄淮麦区不同的土壤，既耐酸又耐碱，这就从一定程度上提高了品种的稳产性和广适性。

茹振钢给自己定下的短期育种目标是冲出黄淮，进入新疆、内蒙古、东北等地；远期育种目标是为世界培育小麦新品种。

在讲到形态构型理论时，茹振钢说："小麦的形态构型育种有四个原则，即环境利用原则、器官保护原则、种群竞争原则和光合积累原则。这四个原则也是小麦计算机育种的重要理论支撑。""在进行小麦形态构型育种时，要注意选育符合静态美、动态美、协调美和意韵美的品种。因为小麦播种以后，会有八个月以上的生长期，如果可以把美学与小麦育种完美融合，那么小麦不仅可以带给人们味蕾的享受，还可以带给人们视觉上的享受。"

在讲到仿真适应性鉴定理论时，茹振钢说："网络代谢理论是仿真适应性鉴定的基础，是超越植物形态内在机制的解读。"茹振钢又进一步说："植物对环境的适应一般都具有三个基本点，比如对温度的要求有最高温度、最适温度和最低温度。对光照和湿度的要求同样都具有三个基本点。按照这些基本点进行单因素的逐个筛选，就能选育出许多特优性状或适应不同地区的优良性状，进而实现一地选种多地用，当代选种未来用的目标。"

除了上述四种理论之外，让茹振钢感到无比骄傲的还有他研究出来的抗倒育种、高光合育种和抗病虫育种的理论及应用。

（二）

在小麦育种方面上，茹振钢创造了十几种新的选择方法。

哑铃型爆炸式选择法。对于杂交二代，要扩大种植群体，打破不利性状连锁，创造极端优异类型小概率事件出现的机会。六至七代，要扩大株系数量，筛选优异剩余变异，用株行最高水平替代群体平均水平。

均数平衡选择法。植物的许多性状，如小麦的分蘖数、穗粒数和粒重等，共同影响着小麦的产量，但在一定程度上又存在着负相关性，从而导致选择目标性状的难度较大。均数平衡选择法，即选择主要性状的参数都在该群体平均数之上的优良单株。这样一来，选育出综合性状优良的品种的概率就会大大增加。

平衡贴金杂交法。如果试图用分散在甲、乙两个材料中的优良性状去改良丙材料中的不良性状，就要分别进行甲和丙、乙和丙的杂交，再用两个子一代相杂交，经进一步自交后，即可从中选择出符合要求的目标性状。

分段逆境选择法。植物不同生长阶段对环境条件的要求有所不同，不同品种对逆境的适应能力也有较大差异。为了最大程度地提高植物新品种的抗逆水平，育种过程中，要在植株的不同生长阶段尽可能地创造各种极端不良的环境因子，增加选择压力，尽早淘汰弱势植株，保留强优单株或品系。这样选育出来的新品种，就会有强大的生命力。

快速纯化选择法。在常规育种过程中，选出一个品种或纯系，通常需要六至七代或更多代数。如果掌握好选择方法，就可以达到快速纯化的目的。这就需要利用隐性基因控制的性状或标记性状，通过植株的表现形态来判断其纯化程度，从而进行有效选择。

酸碱根系选择法。小麦品种根系 pH 值在 6.2 时最好，这样的根系吸收能力强、存活能力强、自我调节能力强。在育种上，可以通过调整氢离子的细胞膜透性，使根系保持最有活力的状态，从而使品种根系适应酸碱环境。南方的品种比较耐湿、耐酸，北方的品种相对耐旱、耐碱。将试验材料种植在 pH 值为 4 或 9 的土壤中，能够在比较宽泛的环境下生长的植株就可能成为适应性比较强的品种。

调整播期选择法。作物的抗逆性，可以利用调整播种期的方法来选择，效果非常明显。如小麦适当提早播种，让其幼苗在越冬前有较大的生长量。如果遇到寒流，不耐寒的品种很容易被冻死，而耐寒的品种就会得到充分的展示。这一选择法同样适用于大白菜育种选择。夏末秋初或秋播大白菜提早 5～10 天播种，就可以选择出耐热、耐强光、抗暴雨冲刷、抗病毒及软腐病的材料；秋播大白菜晚播可以鉴定其生长速度和耐寒性；早春大白菜适当早播可以鉴定其耐抽薹性，晚播可以鉴定其抗病毒病、抗软腐病和抗黑腐病能力等。

异地域、异季节交叉选择法。利用不同地域、不同季节气候因子的差异进行交叉鉴定，选择出具有复合抗性的材料或品种。小麦在中原地区可以鉴定抗旱性，在高原地区可以鉴定抗寒性，在南方雨水多的地区可鉴定耐湿性。通过这样交叉鉴定，就能选择出综合抗性好的材料或品种。茹振钢在全国范围内创建了赤霉病鉴定基地、抗寒性鉴定基地、耐旱性鉴定基地和"BNS"鉴定基地等，从而实现了生态育种与适应性仿真鉴定双重目标。

抗冻性选择法。小麦品种的抗冻性选择，要把握三个时期：一是幼苗期，二是打苞孕穗期，三是抽穗前后的小花期。茹振钢认为，俄罗斯的小麦品种幼苗期抗冻性强，但小花期抗冻性差；我国云南地区的小麦正好与之相反。认识到这些差别，在育种上就可以充分利用它们的优点，规避它们的缺点。

高光效品种选择法。茹振钢研究发现了小麦"叶色深耐弱光、叶片厚耐强光"的形态生理规律，从而实现了小麦高光效生理性状的简便选择。用这种方法选出的材料具有光饱和点高、补偿点低的生理特点，在弱光下能够积累光合产物，在强光下能够正常合成光合产物，实现了以小麦个体和群体光能利用效率为核心的高光效生理育种的突破。

高产与优质并举选择法。在育种过程中，茹振钢制订了"增穗壮秆强根系、优化品质聚抗性"的高产小麦育种方案，设计出多性状聚合技术路线。该方法通过多穗大群体实现高产，通过减少每排小穗籽粒数实现优质，解决了优质不高产、高产不优质的问题；通过降低株高、提高茎秆质量增强抗倒性，强化根系性状选择，解决矮秆易早衰问题；通过聚合抗逆、抗病性状，增强植株的广适能力。

除了对上述育种理论和技术的创新研究与应用，他认为还有一些重要的外在因素直接关系着小麦育种工作的成败，比如项目主持人的综合素质、育种人员的基本构成、育种团队的凝聚力等。

在茹振钢看来，育种项目主持人的综合素质，直接影响着育种工作的成败，决定着整个团队的工作业绩。主持人的育种思想、工作执行力、对内组织能力、对外协调能力、对突发事件处置的应变能力、对周围环境的适应能力以及对育种方向的预见能力等，都对育种工作有着很大影响。其中，知人善用尤为重要。

当然，一个团队的凝聚力也是至关重要的。茹振钢用自己的亲身实践总结出了团队凝聚力的四大来源：

一是要靠先进的思想聚人心。思想理念是一个团队的灵魂，如果一个育种领头人能为大家树立一个远大而正确的育种目标，能够使一人之理想成为团队之理想，整个团队共同为一个目标去努力奋斗，这个团队往往是战无不胜的。

二是要靠合理的制度聚人力。育种人员的分工制度、利润分配制度、成果排名制度都与员工的积极性有很大的关系。任何一个分配环节出现了偏差，都会影响员工干事创业的积极性，进而影响工作效率甚至导致整体工作的失败。

三是要靠较高的收入留住人。作物育种工作非常辛苦且见效极慢，丰厚的报酬或稳定的工资待遇是让人才进得来、留得住的基础。

四是要靠成果转化和持续不断的创造力激励人。新的品种培育出来了，如果不能及时推广出去，产生不了良好的社会效益和经济效益，就会直接影响后续的工作进展。

第五十一章　宝贝女儿

（一）

自从女儿出生以后，茹振钢对"家"这个概念的认知才逐渐深刻起来。他常常让女儿骑在他的脖子上或者趴在他的后背上，只要女儿开心，无论怎么折腾，他都没有一句怨言。用我们街坊邻里的话来说，茹振钢对女儿，那可真是捧在手里怕摔了，含在嘴里怕化了。

女儿从小就特别缠人，也特别认生，从不让不熟悉的人抱。她两岁多的时候，有一次我要到我们单位在辉县的办公区开会，因为开会的地点刚好和茹振钢工作的学校相邻，我便带着女儿一同到了辉县，把女儿放在了学校的托儿所里。在托儿所待了3天，女儿竟然不住声地哭了3天。

女儿两岁半之前，一直都是我母亲帮忙带着。母亲为了外孙女，为了支持我的工作，把家里的一切都弃之不顾。我有了侄儿和外甥女以后，母亲照看不过来，便只在大白菜授粉和选种的季节前来帮忙。母亲回老家以后，我就把女儿送到幼儿园里。每到星期天或节假日，我就不得不把她带到试验田。当左看是白菜，右看是白菜，满眼都是大白菜的时候，女儿也常常对我发脾气。

女儿五六岁时，有一个星期六的下午，因为我急着去试验田进行田间观察，家里没有人看孩子，无奈之下，我只好将她反锁在了家里。我走后不久，茹振钢恰好从辉县回来。

那时候我们住的是一楼，还有一个小院，小院有用砖头砌的 2 米高的围墙。茹振钢开门进屋后，听到小院有声响，便急忙跑了过去。他看着眼前的情景，顿时惊呆了：只见苏珊正在小院的墙根处，一个一个向上摞着小板凳呢！

苏珊见到爸爸，放声大哭起来。茹振钢问她摞凳子干什么，苏珊委屈地说："妈妈把我锁在了家里，我不能出去玩，所以我要把小板凳摞起来，跳墙出去……"听女儿这样一说，茹振钢吓出了一身冷汗。

邻居李秀珍大姐跟我说过："如果你们出差或下乡考察，家里没人看孩子，就把孩子送到我这里来。"李秀珍大姐和她的丈夫李景生是我们的好朋友，无论是在生活上还是在工作中，他们都给了我最无私的帮助与支持。刚把女儿送过去时，女儿不太适应，一个劲儿地哭。后来，她看无论怎样哭闹结果也都一样，便也开始既来之则安之。再后来，秀珍阿姨就成了她的依靠，每逢在我们这里得不到关爱的时候，她就会到阿姨家寻求慰藉。但那一天，李秀珍大姐也上班去了，我才把女儿一个人反锁到了家里。

在对女儿的教育方面，茹振钢的态度与我完全不同，他溺爱，我严厉。

从女儿还小的时候，我就开始锻炼她的自理能力，只要她自己能做到的事情，我一般不会代劳。

她咿呀学语的时候，我会给她讲一些小故事；稍大一些时，我便会讲一些稍长的故事；等她再大一些的时候，我每给她讲完故事，就会让她也给我讲一遍。我讲的时候可以看书，但女儿只能凭着记忆复述，所以女儿每次听故事的时候都特别认真。这样，既锻炼了她的注意力，又锻炼了她的记忆力，还锻炼了她的语言表达能力。

在大是大非上，我对女儿要求非常严格，有时甚至近乎苛刻。

　　女儿一旦做了有违原则的事，在不伤害她心理和身体的情况下，我会用一些特殊的方式给予她一定的惩罚。

　　我的教育和管理方法，茹振钢非常反对，我们也常常因此发生口角。后来，为了避免争吵，只有在茹振钢不在家的时候，我才对孩子进行严厉的管教。因此，女儿在我面前非常听话，而在茹振钢面前就会撒娇任性。

　　女儿上小学一年级的时候，不论我喊她起床的时间是早还是晚，她都会说我叫她晚了，然后哭闹不止。后来，我给她请了一天假，让她在家哭个够。这下，非常喜欢上学的女儿慌了，不得不承认错误。我还和她进行了一场非常认真的交谈，约定好以后我不再叫她起床，这样不管她上学是早到还是迟到，都要自己负责。从那以后，我再也没有叫过女儿上学，她再也没有因为迟到哭闹了。

　　为了培养女儿的责任心，我跟她约定好，她自己的作业自己负责，我只负责签字，但作业的对错、是否完成，都由她自己负责。多年后女儿给我说，虽然她那个时候不能像别的小朋友一样尽情玩耍，需要自己规划好时间写作业，但也正因为如此，她才学会了合理安排时间。

　　我一直不觉得这样的管教方式有什么问题，直到有一年母亲节，她的初中班主任席晋老师让每个学生给自己的母亲写一封信，我才知道信中女儿把我描写得凶神恶煞，把爸爸夸得像朵花一样。

　　虽说茹振钢十分溺爱孩子，但是，在教育女儿学习方面也有一套自己的方法。

　　女儿在刚开始学写作文的时候，不知道该如何下笔。茹振钢认真分析了原因后，认为是由于女儿缺少实践认识造成的，便开始有意地领着女儿到处走走，认真地观察周边的景物。而我与茹振钢也是不谋而合。我会带着女儿到试验田认真观察蜜蜂授粉的过程，以及萝卜花和白菜花的形状、结构等。

由于女儿有了亲身体验，对自然界的事物有了更深刻的感知，认识到了自然界的奇妙，所以，她写的作文非常生动有趣，第一篇作文便获得了新乡市小学生作文比赛二等奖。女儿也从此对写作产生了浓厚的兴趣。

（二）

上初中二年级时，女儿到了青春叛逆期。

女儿喜欢刨根问底，老师每讲一类数学或物理题，她都要弄清楚公式是怎么推导来的。

有一次，苏珊问物理老师一个定理方面的问题，老师因为忙，没有及时给她讲解，她非常不满，竟然不愿上学了，要在家里自学。我们给她讲道理，可正处于叛逆期的女儿根本听不进去。后来实在没办法了，茹振钢就开车带着我们到处转悠，想让女儿换一个场景，转移一下情绪。在车上，我与茹振钢都不敢与她说太多话，生怕再把她激怒了。

转悠了几天之后，茹振钢又单独把女儿带到了位于辉县的小麦试验田。苏珊原本认为搞小麦没有什么意思，可当她看到一个又一个小麦品种和成百上千的小麦组合时，顿觉眼花缭乱。这时，茹振钢给她介绍了小麦产量的发展阶段和小麦育种方面的奥秘。听着听着，不知哪一句话触动了苏珊，她突然说要回学校上课去。这场"罢课风波"总算是圆满解决了。后来，在一次家长会上，班主任席晋老师几乎对每个同学都做了点评，唯独没有谈及苏珊的情况，我有些许忐忑。家长会结束后，我找到老师问情况。席老师说："苏珊是个自律性很强的学生，对她不管理就是最好的管理。我对苏珊没有别的要求，只要能来上课就行了。"

席老师说得对，苏珊从小就是自己管理自己，别人越是管理得严格，她越容易产生逆反心理。

席晋老师把班里每个学生的性格特点都摸透了，他特别善于因材施教。正是席老师这种差异化的管理方式成就了苏珊。因此，我与茹振钢都特别感谢席晋老师！

女儿有自己独特的学习方法，一直是班里品学兼优的学生。她初中、高中都是经过推荐或选拔上的新乡市重点学校。高中阶段，她学习成绩仍然不错。她特别喜欢物理，做梦都想当一名物理学家。我们都觉得照此下去，她定能考取一个非常理想的大学。但让我们没有想到的是，高三毕业前的那次小事故，竟改变了她的人生轨迹。

那年初冬的一个周末，女儿想缓解一下自己学习的紧张情绪，便要去公园溜冰，我就陪她一起到了新乡市人民公园。谁知，由于溜冰鞋不合适，女儿刚一上场就摔倒在地，导致左脚踝骨骨折。

当时，茹振钢正在辉县的试验田里。他一听到这个消息，非常生气，说我不该在备战高考的紧要关头让女儿进行危险的体育活动。我更是追悔莫及，可世上没有后悔药可吃。

女儿受伤以后，我们第一时间带着她来到了新乡市中心医院。打完石膏后，我们带女儿回家养伤。俗话说，伤筋动骨一百天。然而，高考前的这几个月时间，对于考生来讲是多么宝贵啊！

刚刚骨折的前三天，女儿痛得彻夜难眠，根本没法看书。慢慢地，女儿可以在家里自学了。再后来，我的同事李玉平背她到教室听课。直到高考前的一个月，女儿才能自己骑自行车上学。

由于骨折期间不能正常学习，女儿错过了好多学校的特招机会，高考成绩也受到很大的影响。

那一年，苏珊只考了个超出一本分数线 2 分的成绩。由于女儿想上一本，为了保险起见，我和茹振钢就建议她报西南大学园艺专业。女儿一直非常喜欢计算机和物理，尤其喜欢物理，而我跟茹振钢提这个建议的时候是有私心的，想让女儿继承我们衣钵。本以为女儿会一口回绝，但没想到的是，女儿这次竟一改往日脾性，听从了我们的建议，后来也真的被西南大学园艺专业录取了。

知道结果的时候，我半是高兴半是忧愁。高兴的是，在那么艰难的情况下女儿还能考上个一本，也算是个奇迹；忧愁的是，如果苏珊到学校报到后后悔了怎么办。我太了解她了，能被西南大学录取她会高兴一时，但物理是她爱到骨子里的学科，她一定不会轻易放弃的。

我带着这样忐忑的心情独自送女儿去学校报到，茹振钢倒是与往常一样，不会因为这些事情耽误工作。

我们到重庆那天，我有点感冒。把女儿送到学校以后，我竟因水土不服发烧了。由于重庆是山城，到女儿的寝室要上 100 多级台阶，浑身无力的我根本没法往上走，所以，我就坐在下面，眼睁睁地看着身材瘦小的女儿自己扛着大箱子一点一点往上挪。我的心里突然一酸，不由得埋怨起茹振钢来，觉得他在这么重要的日子缺席真是掉链子。

在女儿的学校待了两天，我就准备返回新乡了。在去机场的路上，一想到要把女儿一个人丢到千里之外的地方，我心里有太多不舍，鼻子一酸，眼泪就不由自主地流了出来。我给茹振钢打了个电话，他听到我的哭声后，一时也难掩情绪，声音竟也哽咽了起来。后来，每每说起此事，茹振钢仍深感内疚。

女儿进入大学学习一段时间后，果然不出我所料，想调换专业。她每天都会到物理学院去听课，还会向老师提出很多问题。虽然她的表现让物理学院的专业老师非常满意，有些老师甚至对她比对本专业的同学还上心，可按照当时的规定，想从园艺专业转到物理专业基本毫无可能。再者，同学之间也难免产生一些小矛盾，这让女儿有些烦躁并且产生了浓浓的挫败感，她经常打电话来诉说心中的不快。于是，在 2005 年 9 月 28 日的时候，我给女儿写了这样一封信：

珊儿：

你好！

前几天听到你的一番话，妈妈很不放心。乖儿一直在顺境中长大，始终是家长、老师心目中的好孩子和好学生。在成长过程中，你从未遭受过大挫折，所以也体会不到人情冷暖、世事艰难，也就不能用一种平和的心态去看待身边的事物。

有一个幸福美满的家庭和一个较高素质的自我，这本是优势，你应该将有限的时间投入到更重要的事情中，更加勤奋、努力地回报社会，而不是浪费精力在其他方面，更不能用同样的标准来要求周围的所有人，你要真正做到严于律己、宽以待人。当你处于劣势时，要奋起直追；当你处于优势时，更要奋发前进，勇攀更高的山峰。这就需要你有很强的心理素质和应变能力。

什么是兴趣？什么是爱好？兴趣和爱好只有与社会需要和周围环境相一致，再辅以勤奋努力才能获得巨大的成功。

你既然选择了目前的专业，就应该积极探索该专业的奥妙，努力寻找本行业中的突破点，勤奋学习，为今后的工作奠定好理论基础，以便将来能充分展现自己的聪明才华，体现自己在社会上的存在价值，为人类作出更大贡献。这样，你便会从中体会到无限的乐趣和享受。要谨记，三百六十行，行行皆可出状元。我相信我的女儿，一定会干一行爱一行，取得令人瞩目、惠及众人的成就。

大学，是你人生中的一大转折。你离开了父母，离开了家庭，进入了一个完全陌生的环境，与来自五湖四海的同学们生活在一起。如果和同学们相处融洽，你会觉着大学生活非常美好；如果与同学们之间矛盾重重，就会感觉到大学生活非常难熬。

女儿能够成为一个学习好的人，妈妈并不怀疑，但真正要想成为一个高素质的人，乖儿尚需加倍努力才是。我相信我的女儿，一定能做得比妈妈想象的还要好！

现在通信非常方便，打个电话就什么都知道了。但是，妈妈还是想给你写信，同时也很想看到女儿的回信。希望你能抽出时间来与妈妈交流一下，以解妈妈对你的思念之情。

祝女儿快快乐乐过好每一天！

爱你的妈妈

2005 年 9 月 28 日

女儿时不时也会给我写信谈她对生活的感悟，下面是她大三时写的一封信。

妈妈：

您好！

这样尺素传信也挺好，可以锻炼锻炼文笔，把思绪写成文字，留作纪念。

最近，我不再执着于处理人际关系了，觉得一切顺其自然比什么都好。志趣相投，便以诚相待；话不投机，便渐行渐远。这样一来，虽然和有些人走得远了，但留下来的都是真正值得珍惜的朋友，倒也轻松。

是啊，人要向前走，不能把一切都带在身上。一个人能够承载的是有限的，生活中属于自己的也是有限的。很多好或不好的人或事，如果是不属于我的，我不要。因为，仅属于我的，已经够我受用了。也许无论物还是人，都是讲缘分的吧。无缘即使同室也不如有缘相距天涯。

也许这就是自然吧！自然二字有太多的智慧，说不清道不明，要慢慢体悟，要身体力行。

很多时候，我总处在沉思状态，这在别人看来或许是呆板无趣，但于我却是自然。太习惯于沉思，这是属于我的方式，是只属于我的。沉醉在其中，沉醉在意识里，可其实又是在无意识里，因为在思考的时候，即使思考的是自己，思考的过程也还是忘我的。

我始终在追求新鲜的东西，并乐此不疲。其实所谓聪明人，也都是在某些领域做到了极致而已。世界这么大，人们不擅长的东西远比擅长的多。

我这几天在看村上春树的《海边的卡夫卡》，他写得真好。他很善于剖析人性，尤其是人性中的恶与阴暗，因为那才是真实的，是美的，是吸引人的。手边有书的日子是快乐而充实的，文学好像是心灵的避风港，置身其中，就不再怕狂风骤雨了。想起晚上要看的书，就好像闻到了家里的饭香，远远地飘来，魂儿便早已飘回家里了。

就到这里吧，困了。

珊

（三）

女儿的思想真正发生转变，是在她大学二年级的时候。

那时候，根据学院的课程安排，每个人都要选择一位实习导师。

苏珊听说西南大学园艺园林学院的梁国鲁教授在枇杷多倍体育种及染色体研究方面成果颇丰，出于对染色体研究的兴趣，她就特别想到梁教授的课题组实习。可是梁教授那里报名的学生已经超出了预定的名额，这让苏珊刚刚燃起的一点专业兴趣之火又要熄灭了。苏珊往家里打电话时提及了此事，茹振钢便根据自己当老师的经验，让女儿去找老师好好谈谈自己的规划，因为他坚信，任何老师都不会拒绝一个学生想要学习的诉求。

听了茹振钢的话，苏珊便去找梁教授介绍自己的情况，并说明了自己想学习染色体技术的愿望。结果不出茹振钢所料，梁教授很快就同意苏珊跟着他进行植物染色体观察与研究了。

梁教授特别欣赏苏珊的钻研精神，尽可能地为她提供试验条件，这让她在大二的时候就体会到了试验的魅力。

在兴趣的指引和梁教授的关怀爱护下，苏珊与实验室建立了深深的感情，开始爱上了自己所学的专业，全身心投入到专业研究工作中。

大三那年的暑假，女儿为了做试验没有回家。她打了几次电话，想让我们到学校拜访一下一年多来教了她很多东西、对她关怀备至的梁教授。

因为茹振钢和我工作都很忙，之前女儿放假回来的时候，我们都没有时间好好陪她，总觉着有些亏欠女儿。

记得女儿上大一那年的腊月二十九，备齐了年货后，我们总算有闲暇时间了，女儿突然提议要到外面吃个饭。我和茹振钢平时都很忙，自然，我们一家三口一起出去吃饭的机会也很少。女儿提出这样一个小小的要求，完全合情合理。于是，我和茹振钢便满口答应女儿说："小事一桩，我们今天就一块去吃。"

我们来到了人民路上的一个饭店，请女儿吃火锅。

为了让孩子开心，我们就让她去点菜。孩子把菜点完，回来一看，发现我和茹振钢坐在桌子旁边都睡着了，并且，茹振钢还打着呼噜睡得可香啦！苏珊有些生气，这样的氛围怎能让人有食欲呢？

睡意蒙眬的我们确实无力营造出其乐融融的氛围。我们三口草草地吃了一顿火锅之后，女儿便很生气地跑到秀珍阿姨家里告状去了。

女儿跟秀珍阿姨说："他们俩心里面除了工作还是工作，已经放假过年了还没有一点儿心思陪我吃顿饭！跟他们在一块儿真的让我哭笑不得！"

女儿大二时的暑假期间，我和茹振钢还是各顾各的忙，没有时间和女儿好好说说话，这让女儿特别生气。

有一天，苏珊竟然写了两封信，对我们俩直呼其名。一封信是"控诉"茹振钢的，另一封信是"指责"原连庄的，分别放到我们各自的枕头上边。

下班后，我们两个人打开信一看，才知道女儿生气了。虽说女儿信里语言有些过激，但是，我们知道自己确实理亏，也没有说什么，只是相视苦笑了一下，依旧忙着各自的事情。

女儿原本心里想，哪怕是我们看到信之后，能醒悟一点，或者是吵她一顿都行，那也算是能和她说说话了。然而，令她没有想到的是，我们却像没事人一样的，没有任何反应。

这让女儿忍无可忍。她又在我们两个人的枕头下面分别放了一个生鸡蛋。她想我们晚上睡觉的时候会把鸡蛋压烂，这样我们就会吵她、训她，就达到让我们跟她说话的目的。

在接下来的一个星期，每当我们早上上班之后，女儿就掀开我们的枕头察看情况，让女儿失望的是，枕头下面的鸡蛋总是安然无恙！

这个恶作剧，我和茹振钢当时根本就不知道，还是女儿后来在高兴的时候给我讲出来的。

女儿说:"我想尽办法引起你们的关注,结果还是没有达到目的。"

我说:"你的道行太浅了,你要是把鸡蛋稍微磕个缝,再放到枕头下面,那蛋汁不就慢慢流出来了吗?"

听了我的话之后,苏珊哈哈大笑着说,女儿还是得向妈妈学习啊!

我也忍不住笑了。

想到在孩子成长道路上的时常缺席,我俩心生愧疚,便决定应女儿之邀去一趟重庆。

到学校以后,我们首先拜访了苏珊的班主任和梁教授,参观了梁教授的实验室。梁教授对苏珊这个学生非常满意,觉得苏珊是个可造之才。我和茹振钢心里美滋滋的。

这次的重庆相聚,让我感觉到从未有过的轻松和幸福。在家里的时候,茹振钢和我总是三句话不离工作;在重庆这几天,我们终于可以暂时放下所有工作,享受着只属于我们三口之家的幸福与快乐。

苏珊从进大学就开始准备考托福,想申请出国留学,不准备考国内的研究生。后来,在茹振钢的坚持下,苏珊参加了国内研究生的考试并顺利进入了中国农业大学的复试阶段,同时,还成功申请了美国华盛顿州立大学的研究生。由于华盛顿州立大学的专业更符合苏珊的专业规划,所以她选择了后者。

出国以后,各种艰难迎面扑来,女儿打电话说:"妈妈,感谢您对我小时候宽严相济的教育方法,否则我不会有这么强的适应能力。通过对各种人和事的充分接触,我能感受到你们给予我的是一种特殊的爱,更能感受到你们的那种大爱,那是为周围人、为社会无私奉献的一种大爱!"

两年后,女儿顺利通过研究生毕业论文答辩。毕业前,有三位导师争着让苏珊做他们的博士研究生。最后，苏珊选择了生物信息，以苹果为研究对象。

在博士生的开题报告上，导师让每位学生做一个简短的自我介绍。苏珊没有按照常规方式进行介绍，而是另辟蹊径地列了一个等式：

小麦　+　白菜　=　苹果
　|　　　　|　　　　|
爸爸　　妈妈　　女儿（自己）
　|　　　　|　　　　|
严肃　打太极拳　游泳（活泼 + 严肃）

听完苏珊轻松有趣的自我介绍后，导师们都对她赞不绝口。

在读博士期间，女儿找到了和她同为博士研究生的畜牧专业的伴侣。

女儿博士毕业的时候，我写了这样一段小诗：

大智若愚小麦狂，爱菜如命白菜娘。

造就农业数据迷，牵手畜牧一哥郎。

父母勇做奠基石，一代更比一代强。

2018 年 3 月底，苏珊回国参加大连国际基因节大会时，我和茹振钢赴大连与女儿相见。茹振钢告诫女儿说："无论在哪里学习、工作，心里都要装着国家，一定要为自己民族的振兴作贡献。同时，要时刻维护自己的尊严、祖国的尊严和民族的尊严。我想用这几句话作为我们的家训：心中装集体，多做好事；胸中有国家，一份担当。大胆干正事，尽心尽力；认真做好人，求真务实。"女儿回答说："爸爸妈妈放心吧，我知道自己肩上的义务和责任，我知道自己应该怎么做！"

在看过中央电视台《最美我的家》节目后，女儿这样写道：

亲爱的老爸老妈：

　　很开心你们能参加《最美我的家》节目。这世上对"最美"的定义很多，而你们在我的心里就是最美的育种家。有谁看到过你们徜徉在试验田里，看着自己的品种时那份自豪的表情，就不会质疑在那个时刻，你们是世界上最幸福的人。

　　我深深地感恩能够成为你们的孩子，也许你们不能像别的父母一样给予孩子细腻的关怀，但是从你们的手中，我接过了那份对大自然的好奇、敬畏和热爱。是这份热爱指引着你们在育种的道路上不畏风雨，终见彩虹；也是这份爱让我在追求真知的道路上坚定前行……

第五十二章 再起航

茹振钢觉得自己有四大"特异"功能：一是听力特别灵敏，微弱的响声都能听得见，夜深人静的时候，他喜欢去试验田里听小麦的拔节声；二是嗅觉非常灵敏，我们家里哪怕有一点点异味他都能嗅得出来；三是味觉非常灵敏，他不吸烟不嗜酒，但烟酒的好坏他一品便知；四是独特的照相式记忆模式，他的记忆速度没有我快，但他一旦记住，基本不会忘。

从遗传学上来讲，茹振钢综合了他父母的优点，既有父亲的聪明与睿智，又有母亲的勤劳与善良。

茹振钢喜欢沉思，当那"川"字纹与"虎头"纹在眉宇间交织在一起的时候，俨然一副科学家的模样；当他兴奋起来的时候，又是那样的洒脱与可爱，活脱脱的一个老小孩的样子。

茹振钢的生活里，几乎没有"休息"二字。在他看来，试验田、实验室和乡间的麦田才是他休息的最佳场所。

如今，已过60岁的茹振钢一点都没有觉得自己已经到了退休的年龄，反而觉得自己风华正茂。对茹振钢来说，他对小麦科研事业的执着和追求，正像《革命人永远是年轻》这首歌的歌词一样：

> 革命人永远是年轻，他好比大松树冬夏常青，
>
> 他不怕风吹雨打，他不怕天寒地冻，
>
> 他不摇也不动，永远挺立在山顶。

几年前，河南科技学院在中层干部调整时，破例让已经55岁、应

该退居二线的茹振钢，又连任了一届研究中心主任。之后的几年里，茹振钢在搞好本职工作的同时，更加关注起了人才培养与人才梯队的建设。因为，自己亲手创建的育种事业，如果后继无人的话，将会是他终生的遗憾。

2018 年，又到了换届的时候。7 月 10 日那天，河南科技学院相关部门找茹振钢进行了谈话。按照组织决定，这次换届调整不再考虑提拔或任用超过 55 岁的干部。但是，对已经 60 岁、到了退休年龄的茹振钢，组织上似乎又破例了，只是让他从行政岗位上退下来，希望他还继续从事小麦科研工作。

茹振钢从研究中心的行政岗位上退下来后，我从内心来讲，真是由衷地感到高兴。我和茹振钢结婚几十年来，很少过上正常人的休闲生活，因此我还是非常渴望这一天的到来。可是，心里想归想，在面对茹振钢的时候，我说得最多的还是鼓励的话，因为我非常清楚他真正需要的是什么。

没有休息观念的茹振钢，在进行有序交接的同时，心里开始酝酿着一个新的、更大的设想。

10 天后，茹振钢召集河南省多家小麦种子企业老总开了个小会。会上，他向各位老总说明了自己下一步的构想。

茹振钢说："尽管我从行政岗位上退下来了，但是我们联合起来还能干出更大的事情。我们将以市场需求为目标建立倒逼机制，围绕如何满足人们日益增长的生活需求开展产业研究，为国家的粮食安全保驾护航！

参加会议的老总们听了茹振钢的构想后，一个个纷纷表示，积极响应，全力支持。

茹振钢跟我说，杂交小麦是他的执念，但那只是提高小麦产量的一个途径。他还要继续进行新核型研究，搞一些特殊材料的研究，比如说味精小麦、极端耐低温小麦的研究。不管哪个途径能走得通，不论哪个途径能选育出更加高产或优质的小麦新品种，都是值得庆祝的事情。

茹振钢的心态还是年轻的，他还会一步步地实现他的人生梦想。正如我们两个人合写的《我是中国的小麦人》这首歌所抒发的情怀那样，他会永远做一个中国的小麦人：

我是小麦人，广袤沃野是我魂，人民温饱连我心。

我是小麦人，慧眼撒遍全球麦田，巧手汇聚优良基因。

亿万顷的土地呀，我要让你生金；一千八百斤的亩产呀，你萦绕在我梦里。

我是小麦人，金灿麦粒醉人心，隆隆机声饱精神。

我是小麦人，雄心勃勃惊天动地，成果驰骋广济世人。

亿万顷的土地呀，我要让你生金；一千八百斤的亩产呀，你萦绕在我梦里。

我是中国的小麦人！

正当茹振钢重新进行人生规划的时候，2018 年 12 月 21 日，河南大学校长宋纯鹏颁发的红色聘书送到了茹振钢的手中——茹振钢被河南大学聘请为河南大学现代农业与生物科技研究院院长；2021 年 10 月，他又被河南大学聘为特聘教授。

与此同时，茹振钢被河南科技学院延聘 5 年，继续从事他的小麦研究工作。

第五十三章　与病魔抗争的日子

（一）

人们常说，男儿有泪不轻弹，只是未到伤心处。在我的记忆中，茹振钢真的是这样。

2010 年秋，我母亲被查出结肠癌晚期住进了医院。当时，我们全家都被忧愁笼罩着。我母亲刚刚 73 岁，在此之前身体一直很好，突然间被查出癌症晚期，我们当儿女的真是难以接受。

母亲住院治疗期间，尽管我的内心无比痛苦，却不能经常请假到医院照顾母亲，因为秋季的大白菜选种，是我们一年中最重要的工作。

11 月上旬的一天，我请了一下午假，到病房陪着母亲。那天下午，医生在给母亲做检查时，忽然问我家里有没有遗传病史，问我外祖母和外祖父因何去世。我问医生这种病会不会遗传，医生说不遗传，但有遗传易感性。

听医生这样一说，我的心里猛然咯噔了一下，顿时想到了从春天开始自己的肠子也有些异样的反应，便抽时间到门诊做了个简单的直肠检查。谁知道，这一检查还真的查出了问题。

医生说我的肠壁上有一个肿块，需要再做一个肠镜检查。做完检查后，医生直接建议我到大医院再确诊一下。

隔日，茹振钢陪着我到郑州大学第一附属医院和河南省肿瘤医院进行了复查，最后确诊是直肠癌，医生建议尽快住院手术治疗。

　　母亲身患结肠癌正在住院，我又查出了直肠癌，这对我们家来说，无疑是雪上加霜。

　　我知道自己的病情很严重，但因为发现得比较早，暂无生命危险，所以我还是比较乐观的。

　　从郑州回来后，郑州郊区的菜农打电话说他们全村种植的 100 多亩大白菜只长叶不结球，想请我去看看是什么原因。这些大白菜关乎他们半年的收入，而且这个村多年来种植的都是我们培育的"新乡小包 23"，作为一名科研人员，我必须对自己的品种负责，更要对老百姓负责，于是，我连忙奔赴郑州。在对那里的大白菜进行详细观察后，我发现这 100 多亩大白菜呈辐射状不包心状态，于是判断这是空气污染造成的。经询问了解，该村东北头果真新建了一个化工厂，排放的气体刺鼻难闻。问题根源找到了，也算是给了乡亲们一个交代。

　　从郑州回来后，我把工作安排好，便在家里做起了术前准备。

　　茹振钢最清楚我的病情。医生曾单独找他谈过话，告诉他保住我的性命没问题，但半残已是定局。为了不影响我的情绪，他每次回家都会使出浑身解数来逗我开心。

　　茹振钢特别认真地跟我说："我们两个人的工作都那么忙，以至于我从来都没有好好关心和照顾过你。以后，我会好好陪伴你的，无论走到哪里，我都带着你，以弥补这么多年来对你的亏欠。"

　　虽然他说这些话是为了宽慰我，但从他的神态中，我看到了一个温柔的茹振钢。

　　就在我准备去郑州做手术的时候，茹振钢的表弟丁洪金突然打电话告诉了我们一个好消息，说中央电视台的《科技探密》栏目刚刚播报上海交通大学新华医院的崔龙大夫研创出了一种直肠癌微创手术，在国内处于领先地位。这种微创手术不用造瘘，术后与常人无异。

　　于是，我们很快便与崔龙大夫取得了联系，并约好在周四上午到门诊挂号。这样一来，我们就必须在周三下午赶到上海。但周三上午全省种子管理站站长会议在新乡召开，茹振钢要主持会议；周三下午，他还必须赶到北京参加一个国家项目论证会。

　　一边是携手前行的妻子，一边是可以为之奉献一切的科研工作，茹振钢再三权衡后，选择了后者。对于茹振钢的选择，我非常理解，也非常支持。因为可以陪我去上海做手术的人选很多，但能够在北京会议上清晰准确地表达出育种规划的，只有他自己。

　　周三上午，茹振钢主持了全省种子管理站站长会议的上半场后，便请新乡市种子管理站站长代为主持下半场。他收拾好自己的东西，刚走出会议室，一位和他关系很好的老师便跟了出来。"茹老师，今天这么重要的会议你咋能早早离场呢？"实在控制不住自己情绪的茹振钢泪流满面。

　　茹振钢马不停蹄地奔波，终于在我做手术之前赶到了上海。我的手术非常顺利。崔龙大夫医术高超，在整个手术过程中，我几乎没有感到疼痛。这次手术效果远远超出了我们的预期。当看到我又能成为一个正常人时，茹振钢异常兴奋。

　　手术后第二天，茹振钢又接到了一个会议通知，是一个全国性的与小麦育种技术相关的会议。这次会议有不少院士参加，不仅可以学到很多知识，而且对他以后的新品种推广和申报国家奖项也大有裨益。但茹振钢有些犹豫，他不想在这个时候离开我。

　　虽然希望茹振钢能在这个特殊的时候多陪陪自己，但我更知道这个会议对他的重要性。

　　在茹振钢犹豫不决的时候，我微笑着说："我的手术这么成功，你还有什么可担心的呢？我现在只是身体恢复的问题，不用太操心了。

你该开会就去开会吧，我的手术能这么顺利，不也是先进的科学技术带来的吗?"

茹振钢听到我这样一说，也就不再说什么了，只是一个劲儿地点头，泪水夺眶而出。

茹振钢如期参加了在神农架举行的全国性会议，他返回上海时，正好赶上我出院。

我在为自己感到庆幸的同时，又一直挂念着母亲的状况。于是，在身体稍稍恢复之后，便急匆匆地踏上了归程。

我到家不到一周，母亲去世了。

看着躺在病床上神态安详的母亲，我亲吻了母亲的脸庞。母亲，女儿一定会替您好好活着。

(二)

病魔带走了母亲，我十分难受，夜里时常梦见母亲在世时的情景。

2011年国庆节，小妹和妹夫带我到距离新乡40公里的卫辉跑马岭旅游景区游玩散心。

我们开车走了一个小时就到了跑马岭，秀美的山水让我的心情一下子开朗了许多。

这个景区刚开发不久，崎岖的山路不太好走，我小心翼翼地借助各种攀附物向上攀登。

我们沿着山道往上走，沿途景色很美，但我平时就不喜欢爬山，现在又是大病初愈，觉得很累，不一会儿就打起了退堂鼓。小妹和妹夫觉得我应该在大自然中疗愈身心，就一直鼓励我继续往前走。我们走走歇歇，停停看看，两个多小时后，我终于上气不接下气地和他们一起登上了山顶。

山顶比较平坦，花草繁茂，到处都是金黄的小菊花。我兴奋极了，像一只小蜜蜂似的，在花草中快乐地穿梭。我摘了一大束小菊花，那沁人的清香、浓烈的色彩，将我积聚在心里近一年的阴霾一扫而光。

尽兴而归。下山不观景，观景不下山，所以下山时我格外小心，小妹和妹夫一前一后保护着我，不时地提醒我小心、看路。走着走着，我脚下突然一滑，猝不及防地摔坐在了地上。我听到左腿"咔嚓"一声轻响，心里一沉：坏事了，可能是骨折了！

小妹和妹夫连忙伸手要把我搀扶起来。一阵剧痛传来，我赶忙说："不！不！你们别动我，我现在疼得钻心！"我一点也动不了，所以别人也无法背我下山，小妹和妹夫只得赶快和景区联系，同时，也赶紧联系正在试验田忙碌的茹振钢。

一个多小时的漫长等待后，景区派来了几个身强力壮的工作人员。他们先简单地把我的腿用木棍儿固定了一下，而后又把我固定在担架上，几个人抬着我一步一步地向下走。

虽说行进的速度不快，但因为担架是向下斜的，晃晃悠悠的，他们每走一步对我来说都像是酷刑。行走了一段山路后，我们来到了一个直上直下的铁梯旁。由于铁梯狭窄而垂直，担架不好抬，于是他们想让一个人背着我从铁梯上慢慢往下走，但那样我会非常难受。

没有办法，他们不得不把我往担架上绑得更紧一点，然后，前边一个人用肩膀扛着担架，后面的人拽着担架，把我直上直下地往下送。当时我是两手紧紧地抓着担架的两边，两眼紧闭，任凭生死！

人们抬着我刚刚走下铁梯，茹振钢带着急救中心的医护人员，正好赶了过来。

医护人员就着担架对我进行了二次固定，让我的疼痛感减轻了许多，然后又抬起担架慢慢向前走。

　　大家艰难地将我抬到一处景点之后，山路稍宽了一点，景区的观光车可以上到这里，于是大家把担架放到观光车上，我的心情放松了许多。

　　到了山下，我被转移到了急救车上。此时，我觉得自己已经疼得要虚脱了。

　　急救车把我送到新乡医学院第三附属医院。检查结果显示，我的左小腿两处骨折，需要进行手术固定。

　　在我被推进手术室前，茹振钢拉着我的手，弯下腰亲吻着我的额头说："放心吧，有医生在，什么都不要怕！"

　　医生连夜加班给我进行了手术，并在骨折处打上了钢板。

　　虽说已经经过医生的精心手术和包扎医治，但骨折后的疼痛和不适仍让我无法安睡。

　　这个时候，正是茹振钢播种小麦的关键时期，他白天去上班，晚上来医院陪护我。我觉得给他忙中添乱，非常对不起他。

　　因为是外伤，手术后一个星期我就出院回家休养了。我心中一直牵挂着我的试验田，出院后的第二天，茹振钢上班走后，我就悄悄地让司机把我背下楼，坐车到了单位，让人用轮椅推着把试验田转了个遍。打着钢板的腿血液循环不好，坐在轮椅上我不太舒服，脸色苍白，心脏跳动加速，豆大的汗珠直往下滚，但我的内心非常满足！

　　没过多久，我应邀到新乡市的张万社区去讲课。路上，工作人员告诉我，此次来上课的学员只有30人左右，讲课地点安排在了社区一楼的小会议室。可我们到了现场，发现一下子来了上百号人，工作人员就临时把讲课地点换到了三楼的大会议室。

　　为了不让大家知道我有腿伤，我先悄悄地拄着双拐到了三楼会议室。

那天讲课的时候，农民朋友听得非常入迷，还时不时地提出一些生产上遇到的实际问题。课程结束后，大家意犹未尽，还想跟我进一步交流，我只好挂着双拐和他们一块儿走出教室。一个农民朋友见状，说："原老师，我背你下楼吧！"听了这句话，我非常感动，但还是回绝了："不用！我可以自己下楼。"

第二年春天，新乡电视台《新农村》栏目要为菜农搞一个黄瓜、西红柿保护地栽培技术科普节目，邀请我参加录制。我感到义不容辞，就挂着拐杖，一瘸一拐地与电视台记者到田间、大棚录制节目。

早春时节，大棚外还结着冰，常常有风，但大棚内却很温暖，晴天时温度会达到30℃以上。在这种冰火两重天的温差环境里来回穿梭，特别容易感冒。我硬是挂着拐杖，配合电视台做了十几期科普节目，尽我所能向农民朋友传授蔬菜大棚生产管理技术。

（三）

也许是老天在给我开玩笑，也许是我生来就命运多舛。

经历了直肠癌和骨折手术之后，在2018年6月的一天，我无意间发现自己的右乳房有一个小肿块。我问了周围好几个人，都说没有什么问题，茹振钢也劝我别光把坏事往自己身上揽，要多想想好事。于是我就没有去看医生，但是，心里却时不时地犯嘀咕。

两个月后，我想，既然不放心就应该去看医生，否则如果真有问题，错过了最佳诊治时间，那可就太不应该了。

2018年8月12日，我让侄媳妇小莉陪我一起到新乡医学院第三附属医院做了检查。检查结果显示，我身体确实有问题。稳妥起见，我又约该医院有名的外科医生为我做了第二次检查。大夫说，肿块确实存在，需要做切除手术。于是，手术就安排在了11月18日。

起初医生是按良性囊肿切除手术准备的，因此是局部麻醉。切除了病变组织之后，医生跟我说，按照医院规定，他们要进一步检查病变是良性还是恶性的。如果是良性的，就可以进行刀口缝合了；如果是恶性的话，还需要进行乳房切除手术。听到医生的话，我点头同意。

检测结果出来以后，医生说是恶性的，随即，就对我进行了二次手术。这一次，是全身麻醉。等麻药过去以后，我才发现自己的身上有好多管子。那一刻，我真的感觉好无助。

后来我才听说，当时等候在手术室外边的茹振钢一听结果不好就哭了。

茹振钢为了给我精神安慰，第一次给我送了一大束玫瑰花！

手术之后的第三个星期，我大妹妹在北京大学肿瘤医院给我安排好了化疗事宜。这一次，茹振钢丢下手头的一切工作，陪我去了北京。他说一定要吸取以前的教训，要陪在我的身边。

话是这么说的，实际上我在北京做了四次化疗，茹振钢一共也没待上两天。

第一次化疗，头发一撮一撮地掉，我都不敢照镜子了；第一次打增白针，我还有发烧反应，腰椎就像铁锤敲击一样难受。

2018 年 9 月 30 日，茹振钢应邀参加了中华人民共和国成立 69 周年的国庆招待会。那次会议上，每个人发了一个寿桃，他没舍得吃，特意带回让我品尝。并且，还把见到党和国家领导人那种激动的心情讲给我听，以此来鼓舞我。

（四）

2020 年春节前夕，我刚好退休，茹振钢再次带我到西双版纳疗养。说是疗养，其实我们又是带着任务来的。他带了些小麦苗，我带了些茄子苗和大白菜种子，想借此机会鉴定一下它们的抗病性。按计划，茹振钢在这里住上 10 天左右就回家，我留下来再住一段时间。但因为疫情，茹振钢订的返程航班被取消了，他愁得坐卧不宁、寝食难安，后来多次中转换乘才回到了新乡。

茹振钢回到家，按规定独自隔离了 14 天后，就迫不及待地回到了工作岗位上。

茹振钢走后的前几天，我还觉得挺清静的，除了每天去观察一下我们的品种，还看了不少书，写了一些东西，但时间一长，也会感到寂寞。同在西双版纳的李景生夫妇一直邀请我到他们那里住几天，于是，2020 年 3 月 5 日这一天，我兴冲冲地骑上自行车去李老师家。到澜沧江附近时，我觉得人与车都特别多，就下来沿着路边慢慢推着自行车往前走。走着走着，忽然觉着后背被重重一击，我连车带人被撞翻在地。我顿时狼狈不堪：运动鞋被拖掉了，袜子被磨烂了，右脚的几个趾头几乎蜷缩到了一起。此时，我的第一反应是，这一下可完了，我的右脚可能要残废了。

撞倒我的那个 20 岁刚出头的男孩急忙过来想扶我起来。我说："稍缓一缓，我这一时半会儿站不起来。"我问他："我靠边走着，你怎么就照我撞来了呢？"

男孩说："大妈，对不起，当时我没有看见您。"

原来他是一边看手机，一边骑摩托车，等看到我时已经躲不及了。

到医院检查的结果是没有骨折，但由于脚上的主筋受到了重创，我无法正常行走了。在李老师夫妇的精心照料下，我的脚慢慢地由只能轻轻踩地恢复到拄着双拐能慢慢行走了。

过去每天都要打电话嘘寒问暖的茹振钢，在我受伤的这几天却没有打电话过来，我有些生气，也有些委屈，便也没有联系他。等到三天以后，我感觉我听到家人的声音能够比较平静、不会落泪了，就主动给茹振钢打了个电话。谁知茹振钢少气无力地说："我这几天一阵阵头晕，没有办法打电话，你为啥也不打个电话过来？"

此刻，我的眼泪夺眶而出，伤心地说："你怎么了？我们两人为什么这么同频，我的右脚受伤了。"

他惊讶地"啊"了一声："怎么了？严重不？"

在知道了对方的情况以后，我归心似箭，他望眼欲穿。刚好，李老师夫妇也有回家的打算，于是，我们便订了4月21日的回程机票。

返程的那一天，茹振钢说他一定要到机场去接我。因为到达郑州机场的时间是凌晨3点左右，我不让他去接，可茹振钢坚持要去。

我拄着拐杖，艰难登机、转机。在郑州机场，走下飞机后，我实在走不动了，李老师就让我坐在行李车上推着我。到了接机口，我多么希望第一眼看到茹振钢，可是，等来的只有江豪的身影。

车上，江豪给我说："叔叔一定要来接你的，但是，我担心他身体受不了，就坚持没让他来！"

我说："不让他来就对了，让他多休息一会儿总是好的！"

我们到家时已经是凌晨4点多钟。推开门，只见茹振钢双膝跪地，手扒在沙发上。看到那个场景，我和江豪都吓坏了。本来，江豪一手提着行李，一手扶着我，一看到茹振钢的样子，他马上扔下行李冲到茹振钢身旁，把他搀起来扶到了床上。

茹振钢说，他为了等我回来，一直没有睡觉。感觉我快要到家了，他就想到客厅等我，但他头晕，一起身就觉得天旋地转，无法行走，只好慢慢爬到客厅的沙发旁边。等我开门进来时，他已无力抬头。

那个夜晚，躺在床上的茹振钢昏昏沉沉的，几乎没开口说话，只是一直拽着我的手不松开，好像生怕我再离开他似的。

第二天早上，听他的助手们说，大家都让他去大医院看医生，可他就是不听，觉得无大碍，只让校医给他打了些点滴。

我判断他的问题应该是颈椎病导致的脑供血不足，就让人带他去新乡市中医院看病。

检查结果证实了我的判断，医院让他住院治疗。入院的前三天，茹振钢大多处于昏睡状态。由于我的腿有伤，不能到医院陪他，茹振钢每次醒来的第一件事就是给我打电话，说得最多的一句话是："放心吧，这次找到病根了，我已经好多了！"

后来，我问他："你咋那么傻呢？为什么不安安生生躺在床上，非要拼命到客厅来等我？"

他说："本来说好了要去机场接你，可当时头晕得动不了。不能兑现承诺，我内心很不安，就想一定要到客厅等你，让你开门后第一眼就能看到我。再说，我们分离近两个月了，我也非常想第一时间看到你。"

从西双版纳回来后，由于疫情，团队里的好多人都没法正常上班，制订的阶段性工作计划无法正常完成，因此，他愁得心急火燎。上班后，他就一头扎进工作中。小麦育种工作需要长时间低头观察，所以颈椎病是他们的职业病，只是没想到这次会这么严重。

经过半个多月的治疗，茹振钢的病情和精神状态都有了很大的好转，他便又投入到了全年最忙的选种工作中了。

那段时间，他戴着脖套，挂着拐杖；我坐着轮椅，手里拿着拐杖，但我们都离不开试验田。当我们以这样的状态出现在试验田的时候，就自己开玩笑说我们这叫"一帮一，一对红"。

第五十四章　奋斗的乐趣

（一）

如今，我与茹振钢从事作物育种工作已40年。

回顾这些年的工作和生活经历，我们一个是小麦狂，一个是白菜迷，在工作上既相互支撑又相互竞争，在生活上既相互依赖又相互独立。一路走来，有苦有甜，有愁有乐。也许，这就是人生吧！

刚结婚的时候，我们两个一个在新乡，一个在辉县，常年两地分居，与单独生活无太大区别。要说有什么不同，那就是两人都有了谈论科研话题的知音，也有了牵挂的人。在事业心和责任感的强力驱动下，我们两个人心里装得最多的还是自己的工作。我们有时候一个星期见一次面，有时候几个星期都见不到面，所以，在家务事的处理上，我是既说了算又要全部干。

茹振钢回家后，我要为他改善生活，让他好好补养一下身体，还要和他在一起说说话。我也很喜欢跟他聊天，因为，陪他聊天的过程既是我们相互学习的过程，又是我们思维碰撞的过程，常能产生一些科研灵感。所以，聊天也是我们两个人在一起时最大的快乐。

但是，对于体格单薄的我来讲，一方面有着繁忙的育种工作，一方面还要承担所有的家庭重任，心里多么想有人能够帮帮忙呀！没有孩子时，家务事情不是太多，我还能顾得住。但孩子出生之后，可就没有那么简单了，烦琐、繁重的家务日渐多了起来，有的事情我一个人也是力不从心。

家是两个人的，把家务全部放在一个人身上，太不公平，况且我也有自己的事业。大白菜育种与小麦育种一样，都需要付出艰辛的努力。茹振钢深知这个道理，知道有愧于我、有愧于家庭，但却又身不由己。因为，他的脑子已被小麦填满了。

同为育种人，我最能理解茹振钢的想法，但作为妻子，我又最想改变他的做法。

一个想坚守，一个想改变，所以在处理家务问题上，我们两个人难免会有矛盾产生。

每当我跟茹振钢谈起家务问题时，他总是认为男主外女主内，我应该照顾好这个家；但当我们谈起工作时，他却又要把我当成和他一样的科技工作者严格要求；在谈及女儿时，他又要求我做一个好妈妈。我也特别希望成为他理想中的那种人，但是我确实没有那么大的本事，所以心里就感到既内疚又委屈。我也希望他能为了家庭做出一些改变，但是，那要比登天还难！为此我们也有过不少争执，但最后的结果都是不了了之。无奈之中，在我的强烈要求下，我们就立下了十年之约：十年之内谁培育出了优良品种，谁就可以不承担家务；谁要是没有培育出品种来，谁就要承担照顾家庭的主要责任。

其实，这个约定也是我们自己立下的"军令状"，同时也是给自己设立的一个事业上的激励机制。没有想到的是，经过几年时间的努力，我们两个都培育出了优良品种。

1989年，我培育出了河南省第一个早熟大白菜杂交新品种"新早89-8"，茹振钢培育出了晚播早熟小麦新品种"百农62"。20世纪90年代中期我培育出了引领中原地区大白菜行业时尚的新品种"新乡小包23"，而茹振钢也培育出了高产稳产、抗病虫的"百农64"小麦新品种。

就这样，第一个十年之约，我们两个不分伯仲，算是打了个平手。

那时候，我们不仅要常年忙碌于新品种的培育工作，还要东奔西跑地进行新品种繁育和推广工作，因此，出差在外的时间也就越来越多，常常一连几天都见不到面。慢慢地，我们便互生了怨怼情绪，甚至发展到了需要坐下来好好谈谈的地步。

于是，我们就破天荒地第一次来到了离家不远的一个茶社，准备心平气和地交流、沟通一下思想。我们都希望对方能够冷静地做出点儿让步，可是，工作都处在爬坡阶段的我们谁也不愿意妥协。在谁也说服不了谁的情况下，我们只好又来个十年之约：谁在十年里能够把自己培育的品种推广开来，让老百姓丰收，让消费者满意，并且能够获得理想的科研成果，谁就在家里说了算！

在第二个十年约定期内，茹振钢于 2000 年获得了河南省科技进步奖三等奖，2002 年获得了河南省科技进步奖二等奖；而我于 1999 年获得了河南省科技进步奖二等奖，2003 年获得了河南省科技进步奖二等奖。

如此这般，第二个十年又打了个平手……

再后来，我们两个人都觉得既然分不出胜负，那就来个比翼双飞吧！

在我们相互支持、相互鼓励下，茹振钢获得了 2013 年度国家科学技术进步奖一等奖；我的大白菜育种也是喜讯不断，培育出了 20 多个大白菜系列新品种，实现了大白菜的周年供应，同时，又先后获得了两项河南省科技进步奖。

茹振钢研究的小麦是三大主粮之一，是关乎我国百姓饭碗的大问题。虽说我研究的大白菜是副食，但同样是关乎老百姓餐桌的大问题。

无论是主食还是副食，都关乎国计民生。

我们两个能够在育种事业上有所建树，不仅得益于我们的相互支持和相互理解，还得益于我们的相互挑剔与相互竞争，更得益于双方家人的大力支持和帮助。

为了我们的事业，在女儿出生以后，我母亲经常过来帮忙。她十分理解我，全力支持我的工作，为我们的小家付出了很多很多。母亲去世后，我的大姑姐茹玉兰又担当起了母亲的角色，常年为我们操劳家务，让我们能够有更多的精力投入到科研工作中去。因此，我们全家都非常感谢母亲和大姑姐的付出。

（二）

茹振钢经常开玩笑地说，他是树我是藤，树高一丈藤高天上。

2019 年的春节期间，我刚做完乳腺手术半年左右，化疗以后，身体极度虚弱。同时，我又属于寒性体质，特别怕冷。为了帮助我恢复身体，茹振钢带我到西双版纳小住了一个星期。当我们来到基诺山寨景区门前的时候，前面的一棵树让我们两个人惊呆了。那棵树垂直挺拔，与身上的藤木相辅相成，浑然一体。如果不仔细观察，还真是分不清楚谁主谁次。当时，我与茹振钢同时看到了这树和藤，并且异口同声地说："这不就是我们两个人的真实写照吗！"

茹振钢勤于思考，善于谋划，工作时往往是理论先行，用理论来指导实践，而我则是他理论创想的最忠实的践行者。

茹振钢的生态育种理论、形态构型理论给了我很大帮助。在这两个理论指导下，我的大白菜育种技术得到了很大的提升。我培育的 20 多个大白菜品种，在全国各地能够广泛地推广应用，就是成功运用茹振钢生态育种理论的结果。我还借助茹振钢的新核型创建理论，成功培育出了一个白菜类亚种间的杂交组合。这个新类型组合，巧妙地综合了两个亚种间的杂种优势，在品质上实现了突破。

当然，茹振钢也从我的大白菜育种实践中得到不少启发。比如，他将蔬菜的保护地栽培技术成功地应用到小麦加代育种上，建造了人工智能温室、智能大棚等，使小麦加代实现了一年四至五代的惊人速度。同时，我在大白菜育种中研究出的杂种优势利用理论与实践，茹振钢也受益匪浅。这一理论让他在杂交小麦育种上少走许多弯路。茹振钢曾经说，他是一匹骏马，我就是那扬鞭的人；我是一架钢琴，他就是那弹琴的人。

我是一个感性的人，比较注重人与人之间的和谐相处。而茹振钢则善于运用理性思维，他比较关注原则问题，在原则性问题上从不含糊。

俗话说得好，金无足赤，人无完人。

我们和普通人一样，都有着自己的许多不足和缺陷，但当我们两个在一起时，就会配合得天衣无缝，相得益彰。茹振钢经常开玩笑说，我们两个就像一块砖头和砖头墙上的缺口，把砖头放到缺口上，正好完美无缺。

在生活上，我们两个人的自理能力都比较差，但在最关键的时候，我们都是对方精神上最坚实的依靠。在茹振钢生病的时候，我会尽可能多地陪伴在他身边；在我腿部严重骨折和两次身患重病需要手术的时候，尽管茹振钢不能每时每刻地陪伴在我身边，但他那份最真实的担忧与挂念却让我感到无比的幸福与温暖。

记得2018年年初，在中央电视台录制《欢乐中国人》期间，我因感冒，几天没有吃饭，在等候录制的时候晕倒了，20多分钟后才醒过来。为了不耽误节目的录制进度，茹振钢就让我喝煮熟的蛋黄水补充能量，并且不停地鼓励我、安慰我，使我鼓足勇气坚持了下来，顺利完成了节目录制任务。

2019 年 5 月 23 日，我因高血压和心脏不适住进了医院。在茹振钢的鼓励下，我只在医院待了一天，于 24 日出院，25 日赶赴中央电视台完成了"全国最美家庭"评选揭晓晚会《最美我的家》的节目录制。

在与茹振钢相处时，我有时候觉得他近在咫尺，有时候却又感到他远在天涯。他就像是一本深奥无比的书，我读了大半辈子也没有完全读懂。

多年来，茹振钢不知道什么是休息，不知道什么叫生活，是一个不折不扣的小麦狂人。同样，我也是一个走到试验田就兴奋，把白菜视如女儿的人。

我们都是有梦想的人，都有着强烈的求知欲，都对科学探索充满了兴趣。兴趣是探究科学奥秘的力量源泉。当一个人真正进入忘我的探索状态时，自然就会付出百倍的勤奋和努力。茹振钢就是这样一个沉浸在小麦育种世界里不断探索的人。他每天心里想的、嘴上讲的、眼里看的、梦中想的全是小麦，并且年复一年地重复着自己的科研工作。不过，或许在别人看来枯燥单调而乏味的育种事业却是我与茹振钢生命中最大的乐趣。

有人问茹振钢："你每天起早贪黑、不辞辛苦地忙碌于小麦科研，不辛苦吗？"茹振钢十分肯定地回答说："辛苦！还不是一般的辛苦！但是，苦中有乐，其乐无穷，乐而幸福。"

我和茹振钢在闲聊时谈到了人生的意义。我问他："你觉得人生的意义是什么？"茹振钢脱口而出："人生的意义在于奋斗。只有奋斗的人生才有价值，将来面对子孙的时候，才有说话的资本。奋斗，不但是人生价值的体现，还充满着人生的乐趣。"

是的，在我们两个人看来，人生的意义就在于奋斗。可以说，奋斗就是我们人生的全部乐趣。

多年来，茹振钢和我乃至于我们这个家庭，为了小麦和大白菜的育种事业，奋斗了，拼搏了，同时，我们也获得了不尽的乐趣和满满的幸福。

小麦与白菜，构成了我们两个人多姿多彩的美味生活和美好世界。自从走上育种工作岗位至今，真是酸甜苦辣尽经历，拼搏奋斗乐无穷！

我们在育种事业上的经历，正像在《最美我的家》栏目中，茹振钢和我共同表达的那样：我为家国保粮安，你为百姓餐桌鲜。拼搏创新志不移，比翼双飞永向前！

第五十五章　至亲至爱的詹书记

詹书记名叫詹桂枝，曾是河南科技学院生命科技学院的党委书记。她对茹振钢的关心和爱护，是茹振钢成功培育出"百农矮抗58"的重要支撑。

茹振钢不仅事业心强，而且目标性也非常强。他每项工作都要先制定目标，而后再按照既定方针，坚定不移、不折不扣地去完成，不允许自己的工作出现任何疏漏。他做每项工作时都非常严谨，因而也就非常劳累。

"百农矮丰66"的失败，对茹振钢打击非常大，他的精神几乎到了崩溃的边缘。在这个节骨眼上，多亏了詹书记的关怀与提醒，我们才发现导致茹振钢行为反常的关键所在，及时治疗才挽回了他的健康。

詹书记时常提醒我，劝我在不影响工作的前提下，稍微做些让步，让我从思想上或心理上对茹振钢多一些关心与支持，希望我能做到工作生活两不误。

与此同时，詹书记也非常关心茹振钢的思想变化，时常与他沟通、谈心，想尽办法给茹振钢营造一个宽松的工作环境，让茹振钢放松思想，减轻工作压力。她还常常提醒茹振钢要学会生活，学会关心自己的妻子和女儿。

为此，詹书记常常挤出时间，专门组织我们去爬山、踏春或者是去参加一些娱乐活动，让我们从工作狂的紧张状态，逐渐回归到一个普通人的生活状态。

　　在生活上，詹书记更是给了我们无微不至的关怀。她教会了我们许多生活的技能，包括小病调理，一日三餐搭配，一年四季的饭食变化及衣着搭配等。

　　有一次，我到北京出差时得了重感冒，头痛欲裂。当时，我首先想到的就是求助于退休后住在北京的詹书记。

　　在我给詹书记打电话说明情况后，她就马上让自己的闺女、女婿把我接到她的身边。来到詹书记家，我就像到了自己的家里一样，更像找到了救星一样，一头栽到床上蒙头便睡。

　　待我醒来，詹书记便急切地询问了我生病的经过。了解了我的身体状况后，便开始有针对性地帮我进行调养。

　　当时我的身体极度虚弱，詹书记先给我做了些既好消化又便于吸收的饭食，让我补充一些体力，然后她又陪我到北京最好的医院去看病。在詹书记及其爱人的热情帮助下，我的身体很快得到了恢复。

　　不管是在生活上，还是在工作中，詹书记一次次尽她所能地帮助我与茹振钢渡过难关。我们两家人不是亲人，胜似亲人。

　　听詹书记讲，有一年院里的全体领导和教师都鼓足了劲儿在申报一个校内项目，结果，那个被大家寄予厚望的项目却没有申报成功。他们几个领导及教授心里都很不是滋味，作为主要领导的詹书记更是心里难受。但是为了给大家提供一个有力的精神支撑，詹书记表现得异常坚强，马上组织召开会议，商量对策。

　　有一次，他们一起吃饭时，茹振钢说："我们的目标不应该放在学校内部的竞争上，要把着眼点放在为社会服务、为企业服务上来，要参与全国乃至世界性的竞争。如果我们的科研成果能真正地为社会服务，培养出来的学生就有用武之地，我们的天地才会更加广阔。"

　　詹书记虽然是学院的领导，但她从来没有领导架子。她认为茹振钢的话很有道理，就采纳了茹振钢的意见，并马上商量如何进一步实施。他们几个骨干很快就制定了一个长远的工作目标，决定把着眼点放在研发一流成果、创造一流技术、扶持一流企业上来，让社会价值来支撑学院的发展。因为那一天是 9 月 23 日，所以他们把这个计划就叫作"9·23 约定"。自此，大家的心敞亮了，也不再为小事纠结了，齐心协力为新的目标奋斗。

每逢谈到"百农矮抗 58"的成就和其他课题获得的成果时，大家会说这是"9·23 约定"的成果。

不仅如此，每当茹振钢受到不公平的对待时，詹书记就会第一个站出来予以维护。

记得还是"百农矮抗 58"开始推广的时候，由于茹振钢在社会上影响力越来越大，有人就产生了嫉妒心理，对他进行造谣诽谤。科技学院领导出于对茹振钢的关心，就找詹书记调查询问情况。詹书记听到反映后，感到非常气愤。她当即就给学校领导表态："我用我的党性做保证，茹振钢是一个德才兼备的好同志，是一个真正的共产党员！"

詹书记在工作中时刻都以共产党员的标准严格要求自己，在大是大非的原则问题上立场坚定、爱憎分明，所以她那充满着党性原则的铿锵态度，直接影响着上级党委对茹振钢清白廉洁的认可。

记得还有一次，茹振钢牙疼得厉害，但他一直以工作忙为借口不去看医生，我怎么也劝说不了他，便不得不求助于詹书记。

詹书记得知这个情况后，就使了一个小计策，把茹振钢领进了医院，使茹振钢的牙及时得到了治疗，避免造成更大的麻烦。

总之，对于茹振钢来讲，詹书记既是一个好领导，又是一个知心的老大姐；对于我们家来讲，詹书记还是一个很好的心灵工程师。她对茹振钢的事业，对我的事业，对我们家庭的和谐都起到了至关重要的作用。

詹书记深深懂得如何保护科技工作者，懂得如何处理好科研成果转化与单位的关系，更懂得如何调动各方面人员的主观能动性。为了单位的发展，她尽心尽力保护干事创业的科技工作者和优秀的教师们。詹书记就是这样一名优秀的共产党员领导干部。

茹振钢事业上的成功，离不开各级领导多年来的关心与关怀，离不开社会各界相关人士的关注和支持。

第五十六章 助手们眼中的茹振钢

（一）

茹振钢的一位助手——胡铁柱博士，曾经在《敬业、立业爱在小麦，探索、创新出大成果》中，用几个小故事讲述了茹振钢在科研工作中的一些片段，其中几段写了这样一件事：

"麦田里摸爬滚打了几十年，茹老师练就了一个本领，即对小麦骨干品种的'家谱'了然于胸，不用翻阅资料也能如数家珍般地将这一品种的'前世今生'详细道来。育种同行一有'新东西'，就会邀请茹老师去'点评'。

有一次，一位老师选育出了一个'新东西'，请茹老师'鉴评'。茹老师看后非常肯定地说这个品种是从原先的某一个品种中选出来的。这位老师听后当即否定了这一推断，因为他用的育种亲本根本就不是茹老师所说的那个品种，而且那个品种也已经多年不再种植了，没有混进去的可能。后来，这位老师从其他地方找到了茹老师说的那个品种，并将之与他所选的'新品种'种在一起比较。结果，二者长得几乎一样。自此，这位老师一说到此事，就对茹老师佩服得不得了。"

胡铁柱博士还在文章中写了一个茹振钢发现"百农 BNS"及杂交小麦的情况：

"杂交小麦研究是一项世界性难题，多年来一直未取得突破性进展，研究近乎停滞。原先一些搞杂交小麦研究的优势单位和大专家们，改研究方向的改研究方向，没改研究方向的研究热情也不如从前了。1998 年，茹老师在试验田偶然发现了温敏雄性不育材料（BNY），多年来的实践经验让他感觉这是研究杂交小麦的好材料。但他在后来的试验中发现，无论采取什么措施，BNY 的不育性和恢复度一直都是 70%～80%，达不到杂交小麦的要求。光明就在前方，但眼前又似乎没有出路。怎么办？茹老师'不放弃！不抛弃！'以后的几年里，他把自己从国内外不同生态区搜集的小麦材料反复研究，终于，在 2003 年，他将 BNY 和另一材料通过'逆向互补'非常规组配，创育出了'不育彻底、转换彻底、恢复彻底'的 BNS，终于在我国最大麦区——黄淮麦区实现了两系杂交小麦技术上的突破。BNS 得到了国家 '863' '973' 专家的高度肯定和支持。茹老师后来还创育出了杂交小麦防杂保纯的特殊材料，相信杂交小麦很快就能应用到生产实践中。"

胡铁柱博士说："茹老师对小麦事业的敬和爱，都融入骨子里。他不辞辛苦、不计成本地搜集资源；数十年如一日在麦田中摸爬滚打，练就火眼金睛。时至今日，茹老师可谓'功成名就'，但在小麦育种上仍坚持亲力亲为，而不是仅仅靠助手提供的数据在办公室里搞研究。由于平时生产指导、社会服务活动多，在育种关键时期，他往往是早上 5 点多便开车去辉县试验田，8 点多赶回单位，工作做得比我们几个助手都多。"

（二）

茹振钢的另一个科研助手李淦，曾经在《知细枝末节，登山之顶峰》中讲述了他在跟随茹振钢工作过程中，亲身经历的事情：

"茹老师时常跟我们说：'搞育种，认真仔细、刻苦努力是必备的基本条件。最关键的是我们对每一个材料都必须完全了解。一个材料

有啥优点、啥缺点，优点会在哪一个生育期表现，缺点会在哪一个生育期暴露，都必须非常清楚！只有这样才能搞好育种工作！'

每当我在田间观察记载或者是单株选择，甚至是在实验室内进行材料分析，耳边都会响起茹老师的谆谆教导。

转眼间，我跟随茹老师工作已经近 20 年了，但这些话仿佛就像刚刚讲过的一样，时刻萦绕在我的耳边！记得 2003 年 1 月 19 日那天，大雪整整下了一天一夜却丝毫没有停歇的意思，气温低至 -8℃。下午 4 点左右，茹老师叫上我一起去看看在这样寒冷的天气条件下，小麦会是一个什么样的反应。

当我们一路跌跌撞撞、携风带雪挪到试验田中的品种比较试验区时，茹老师停下了脚步，用手轻轻地拨开雪堆对我说，冬季低温时候，是我们鉴定小麦抗低温能力的最佳时期，天气越冷越应该到田间观察记载。他还拿'百农 9711''丰收 60'和'百农矮抗 58'来举例说明，说'百农 9711'前段时间是绿色，现在还是绿色，叶片颜色没有变化，所以它就不抗低温；'丰收 60'前期是绿色，现在绿中泛点红色，叶色发生了变化，说明它有一定的抗低温能力，但并不强；'百农矮抗 58'，绿中泛一点紫红色，这是低温来临时小麦的颜色反应，颜色反应越明显，抗低温能力就越强。

在我的半信半疑中，12 天过去了，我终于迎来了一次可以验证茹老师结论的机会。

1 月 31 日上午 10 点，室外温度 -13℃，这已经是新乡最冷的天气了。我再次来到了试验田，认真地观察那 3 个品种。果然，'百农 9711'整个叶片就像是开水浇过一样，完全受到了冻害；'丰收 60'有一半的叶片受到了冻害；而'百农矮抗 58'受到冻害的叶片很少很少。观察结果与茹老师讲的颜色反应完全一致。原来，了解了材料的性状表现真能提前预知结果，这让刚参加工作半年的我，一下子对小麦育种产生了浓厚的兴趣。

新乡5月就已经很热了，而这样的天气正适合我们选择耐高温小麦品种。

2005年5月下旬的一天，午饭后，我陪着茹老师在田间选种。在32℃的高温下，茹老师认真地在田间一畦一畦地察看，汗水早已浸透了他身上的格子衬衣，而他仿佛没感觉似的，仍在麦田中穿梭。突然，茹老师停下了脚步，指着右前方的一个单株，兴奋地让我赶快拿三根红线系上。

通常，在田间选择单株时，如果发现了好单株，我们就系一根红线；若是发现了非常重要的单株，就系两根红线；如果用三根红线标记，就表明这个单株是重要单株中的重点。

只见茹老师蹲在地上，先是左手扶着麦秆、右手小心翼翼地捋着麦叶仔细观察；接着，又双手轻捏麦穗，手指顶住麦粒，轻轻挤了一下；最后，他又俯下身来将这个单株所有分蘖的下半部的叶片轻轻地剥掉，用手捋了捋茎秆，捏了捏基部节间。做完一系列动作之后，他大声赞叹，说这个单株简直是个完美的艺术品！

我在一旁仔细地观察着这个单株，并未发现它的与众不同之处。茹老师满心欢喜地耐心给我解释道，这个单株叶片厚，颜色又深，叶片向内几乎卷成了一个铅笔状；麦秆光亮；穗大粒多。经老师一点拨，我恍然大悟。茹老师曾经多次讲过：叶色深，耐弱光；叶片厚，耐强光；叶片内卷，背面就朝外，气孔多，光合效率高；茎秆光亮，证明抗病性好，根系活力强；穗大粒多，说明它结实性非常好。这也就是说，茹老师口中的这个艺术品，既耐强光又耐弱光，光合效率高，抗病性和结实性好，具有丰产的特点。而且这一植株的籽粒脱水快，非常适合机械化收割!

第二年,我将这个单株种了一个小区,仔仔细细地观察了一年,收获籽粒 2 斤 6 两,比'百农矮抗 58'多出 4 两,相当于增产 17%。而这一单株其他性状的表现均与茹老师的判断一致。此时,我由衷地感觉到,我的老师是那么的厉害!

工作上,茹老师身上那种追根求源、严谨认真的科研态度深深地影响着我。生活上,茹老师对我们无微不至的关怀,也深深地感动着我!

记得 2007 年 6 月上旬的一天,连续在田间工作了一个多月后,不知怎么了,我忽然感觉有些眩晕。还没等我说什么,茹老师就好像早已发现了一样,让我到车里休息一会儿。我真的坚持不了了,便坐到了车内,很快就靠着座椅睡着了。睡梦中,我忽然感到有人轻抚我的额头,我睁开眼,原来是茹老师。他不放心,过来看我的情况,感觉我有些发烧,就赶快给我拿来了药让我服下。

有人说,细节决定成败;也有人说,成功只会留给那些有准备的人。茹老师这种细致入微的观察、对材料性状的了如指掌、对助手们的体贴入微,就是抓住了细枝末节,就是做好了充分的准备,再高的山、再险的峰也能征服,成功也必将一个接着一个!

'百农矮抗 58'成功了,'高光效'小麦成功了,我相信杂交小麦、新核型小麦也会陆续成功。但我更知道这些成功的背后,茹老师付出了多少心血、挥洒了多少汗水。

寒冬腊月、数九寒天,茹老师在进行小麦抗低温性选择;骄阳似火、暑气逼人,茹老师在进行小麦耐高温性选择。春节,茹老师在进行小麦抗冻害性选择;清明,茹老师在进行小麦病害接种试验;五一,茹老师在进行杂交授粉;端午,茹老师在收获小麦;暑假,茹老师在进行种子编排；国庆、中秋，茹老师在进行小麦播种。

"一年四季，茹老师没有停歇的时候。"

（三）

茹振钢的助手冯素伟，曾经在《平凡成就伟大，执着让梦想开花》中讲述了茹振钢执着小麦育种事业的故事：

"我 2006 年硕士毕业初到研究中心时，对繁杂的育种工作还不太熟悉，对科研方向更是无头绪，根本没有自己的想法，就更别提什么见解了。那时，茹老师常鼓励我，让我有什么想法尽管说，放开了干，尽快由学生状态进入工作状态。

初次接触育种材料参与后代的编排时，我根据一代二代的编排规律，想当然地在原本没有对照的五代小区编排中加上了对照品种，结果到田间播种时，由于我的工作失误，直接导致小区重新计算编排，工作量骤增。我当时急得眼泪都掉下来了。

茹老师看到一脸茫然与惭愧的我，不但没有批评反而笑着安慰我，让我以后要加强学习，不懂就问。茹老师这看似平常的一句话，对我的触动却很大。从那以后，我一直记得五代小区内不加对照。同时，也养成了不懂就问、反复检查的好习惯。

到研究中心工作，我的第一个任务就是熟悉田间上千个育种材料的特征特性，做到准确辨别。每次拿到计划书，看到上面密密麻麻的记录和圈圈点点的符号时，我的头就发蒙。然而，茹老师却将各种品种的叶色、叶形、叶片大小、分蘖能力和抗冻能力等，给我一一讲解得清清楚楚。茹老师不看计划书就能叫出品种的名字、分清材料的来源，让我非常震惊，我一度以为茹老师是有某种超出常人的记忆力。后来我才明白，茹老师的这种超能力是每天不厌其烦地观察、记录，日积月累的回报。

在茹老师的眼里，助手们就像他的孩子，他时刻都在关心着我们，挂念着我们的成长。

在低谷时，茹老师常说：'不怕，这点困难算什么，我们有信心渡过难关！'在高峰时，茹老师常说：'必须保持不骄不躁的作风，这只是下一个辉煌的起点，我们鼓足干劲向下一个目标出发。'遇到困难时，茹老师劝慰道：'没有过不去的坎儿，只有过不去的人，高兴起来，困难也会被吓跑！'

熟知茹老师的人都知道他是一个乐天派，没有困难能够阻挡他，没有挫折会使他沮丧！茹老师偶尔会吹几声口哨，时常发出爽朗的笑声。茹老师的眼里，闪现着深邃、稳重和慈爱的目光，偶尔还带着童真。

茹老师聊天谈的最多的就是工作，他把自己大部分的时间都献给了神圣的育种事业。正如茹老师自己所说的那样，种小麦就像养孩子，必须知道小麦们的优缺点，以便后期改造和完善。茹老师一直坚信小麦也是有感情的，所以他常常和小麦进行对话。我们对他在田间自言自语已经习以为常了。有人开玩笑说，如果你在办公室找不到茹老师，那他不是在试验田就是在去试验田的路上。

'百农矮抗58'的成功绝非偶然，至于它凝聚了茹老师多少辛劳和汗水，没有人能说得清。

新乡周边农民家里的麦田一旦有问题了，第一个想到的就是来学校找茹老师，茹老师也会在第一时间赶到田间为乡亲们排忧解难。每年在小麦管理的关键时期，茹老师都会为农民免费发放技术资料。每年的农民培训班就多达二十余次，小型的现场会数都数不清。

有人不解：'茹老师，你这样做值得吗？'他很真诚地回答：'这是

一种责任，是我无法推卸的责任。'

每年麦苗返青拔节时节，茹老师就会带领我们这些助手下乡了解生产、指导生产。茹老师总是语重心长地对我们说：'不接触农民，你就不知道农民真正需要什么；不了解生产，你的研究就没有任何意义！'

正是茹老师对小麦的'痴'和对农民的'情'，使他在小麦育种领域乐此不疲地工作，取得了一个又一个耀眼的成绩。

如果让我用几个词语来形容茹老师的工作精神，我的脑海中便立刻浮现出一串长长的、铿锵有力的词汇：废寝忘食、兢兢业业、精益求精、孜孜不倦、夜以继日、勤劳苦干……

站在三尺讲台上，茹老师是学生心目中敬爱的老师；来到试验田里，茹老师是麦苗的守护者。

有人问茹老师的梦想是什么，他毫不犹豫地说：'我的梦想就是育出好品种，丰收千万家。'

茹老师就是这样一个人，用平凡抒写着伟大，用激情点燃着希望，让梦想在这块黄土地上遍地开花。"

（四）

河南省科技学院农学系教师黄中文，曾在《不经几番寒彻骨，哪得梅花扑鼻香》中，以自己的亲身经历讲述了茹振钢在科学研究、科研管理中的点点滴滴：

"1991年，我还是农学系一年级的学生。当时农学系的学生都知道，我们农学楼一楼最西边那间屋里有个大忙人茹老师，是搞小麦育种的。一天，班主任孟丽老师说茹老师需要科研帮手，于是我走进那间屋，第一次见到了茹老师，当时印象最深的除了茹老师洪亮的声音就是满屋的种子袋、挂在墙上的小麦。我想，难道搞育种的老师每天都要和这些编着序号的种子袋打交道吗？

虽说见过忙的人，却没见过这么忙的人！白天在路上见到的茹老师，总是步履匆匆；晚上茹老师办公室的灯，总是亮到很晚。

1993 年，我上大学三年级，为了考研，暑假是在学校农学楼度过的。

在南院教工餐厅，我几乎每天都能见到茹老师。他一个馒头半碗菜，独自坐在大圆桌前，总是若有所思。

一次，我们几个学生和王巧玲老师聊起茹老师是个工作狂时，王老师说你们还没见到在大雪天、下雨天，茹老师和黄光正老师在南试验地深一脚浅一脚观察小麦生长情况的情景呢！

现在我们明白了，当时的茹老师没有科研经费，也没有太多的人力支持，有的只是时间。所以，他夜以继日地拼命工作，当时的 30 亩小麦试验田是他心中最为牵挂的地方。即使是在科研最困难的时期，茹老师也一直在坚持！

我大学毕业时的实习导师正是茹老师。到了 6 月收获小麦的季节，茹老师在麦田里挥汗如雨。那时的他，俨然就是金色麦田的指挥家。

1997 年，我作物遗传育种专业硕士毕业后，有幸来到母校成为一名教师，成为茹老师的同事。这时的茹老师已经是我们院的科研副院长了。

茹老师以师长和科研带头人的身份，常常勉励青年教师、督促青年教师搞好科研和教学工作。我印象最深的一句话是：'青年教师工作后，如果两年不读书不搞科研，博士生就变成了硕士生的水平，硕士生就变成本科生水平了。'真是一语惊醒梦中人！我想，每位听到茹老师告诫之语的青年教师，都会在被触动后有所行动。茹老师的学术报告，总有独到的见解，总能引起学术界的一番热烈探讨。

茹老师说过：'南方有杂交水稻，北方有杂交小麦，齐头并进，共同影响全世界，这是我的奋斗目标。'

我想，这个目标一定能够实现！"

（五）

茹振钢的另一个助手陈向东，是这样讲述自己眼里的茹老师的：

"初识茹老师，是在 2001 年，那时候他给我们新生做了一次影响我们很多人的报告。茹老师在报告中提到，农学系大学生将来要成为四大家，即育种家、政治家、经济学家、军事家。一定要全面武装自己，将来才有可能为社会作出更大的贡献。

2010 年，在南京农业大学，我与茹老师偶遇。茹老师用他那温暖有力的手握着我的手，真切地希望我毕业后可以回到母校。我当时就想，自己崇拜的专家竟如此和蔼可亲。

我来到研究中心工作后，跟茹老师接触的机会更多了。茹老师是我们科研路上的引路人，他将自己多年的积累倾囊相授，让我们受益匪浅。茹老师又像一位父亲，关心我们的生活，关心我们的成长与进步。

2011 年 3 月，我与茹老师有过一次长谈，至今记忆犹新。那天，茹老师跟我谈了很多科研上的事情，他的一些想法把我惊呆了。我自以为在南京农业大学深造了几年后，自己应该是最了解目前科研前沿动态的博士，结果还是被茹老师给问住了。

通过这次交谈，我第一次深深意识到自己的学识水平还有待于进一步提高，遂决定请学术思路比较超前的茹老师作为自己工作中的博士后导师，继续学习。在茹老师身上，我看到了科研工作者在任重道

远的科研路上的坚持与探索，认识到了一名合格的科研工作者的职责
与担当。"

附录一　茹振钢培育的主要品种及研究成果

1989 年"百农 62（豫麦 32）"选育成功，1994 年通过河南省审定，2000 年获河南省科学技术进步奖三等奖；

1993 年"百农 64（豫麦 54）"选育成功，1998 年通过河南省审定，2002 年获河南省科学技术进步奖二等奖；

1995 年"AL 型"小麦雄性不育系及其三系选育研究获河南省科学技术进步奖三等奖；

2002 年"百农矮抗 58"选育成功，2005 年通过国家审定，2010 年获河南省科学技术进步奖一等奖，获 2013 年度国家科学技术进步奖一等奖；

2008 年"小麦高蛋白、高氨基酸选择新技术"获河南省科学技术进步奖二等奖。

附录二　茹振钢获得的主要荣誉

（按时间顺序）

1998 年，被评选为"河南省优秀教师""河南省文明教师"；

1999 年，被评选为"河南省小麦新品种育、繁、推工作先进个人"；

2000 年，被评选为"河南省高等学校优秀共产党员""河南省十佳科技名人"；

2001 年，被评选为"全国农业科技先进工作者"；

2001 年，被教育部、人事部授予"全国模范教师"称号；

2002 年，被评选为河南省高等学校"百名师德建设先进个人"；

2004 年，被河南省政府授予"河南省劳动模范"称号；

2006 年，被评选为"河南省高等学校优秀共产党员"；

2006 年，被河南省委、省政府授予"第六批河南省优秀专家"称号；

2008 年，被评选为"河南省年度小麦高产开发先进个人"；

2009 年，被河南省委、省政府授予"2008 年度全省粮食生产先进工作者"称号；

2010 年，被河南省政府授予"河南省小麦产业技术体系遗传育种岗位科学家"称号，被评选为"河南省农业科技先进人物"，被庄巧生小麦奖励基金理事会、中国农业科学院授予"庄巧生小麦研究贡献奖"；

2011 年，获国务院"政府特殊津贴"，被国务院授予"全国粮食

生产突出贡献农业科技人员"称号,被河南省政府授予"河南省'十一五'优秀科技创新人才"称号;

2012年,被河南省政府授予"河南省技术创新先进个人"称号;

2014年,被中组部、中宣部、科技部、人力资源和社会保障部授予"杰出专业技术人才"荣誉,获河南省政府"河南省科学技术杰出贡献奖",被河南科技学院授予"河南科技学院功勋人物"称号;

2015年,被农业部、中华农业科技奖励委员会授予"中华农业科技奖优秀创新团队"称号,被中共中央、国务院授予"全国先进工作者"称号,被中宣部、中央文明办、教育部、科技部、农业部、文化部等授予"全国文化科技卫生'三下乡'先进个人"称号,被河南省科技厅授予"中原学者"称号,被河南省委宣传部、教育厅、新闻广电局、河南日报报业集团授予"河南最美教师"称号,获新乡市科学技术重大贡献奖,被评选为"党和人民满意的好老师",被评选为《科学中国人》年度人物;

2016年,被中共中央授予"全国优秀共产党员"称号,获何梁何利基金评选委员会颁发的"何梁何利科学与技术进步奖";

2017年,被选为党的十九大代表,被中宣部、中央文明办、团中央、全国总工会、全国妇联等单位授予"第六届全国道德模范提名奖",获"河南省创先争优奖",被河南省科技厅、教育厅、人力资源和社会保障部、科技协会、国有资产监督管理委员会、工业信息化委员会授予"河南省创新争先奖章",获张海银种业基金会颁发的"张海银种业促进奖"一等奖;

2018年,被评选为"第八届河南省经济年度人物";

2019年,被河南省委宣传部授予"河南最美科技工作者"称号;

2020年,荣获"第二届全国创新争先奖""全国五好家庭"。

后记

　　我是一名蔬菜科研工作者，对野菜很感兴趣，2013 年开始组织编写这方面的书稿，经过三年的努力，终于完稿，定名为《走，挖野菜去！常见野菜辨识图鉴及食用指南》。2017 年 12 月的一天，我与出版社的编辑冯英老师商谈书稿内容，闲聊时谈起了茹振钢的一些情况。她对我和茹振钢的经历很感兴趣，刨根问底了半天，最后说："我没想到真会有你们这样的人，都来自穷苦的乡村，但对金钱却没什么兴趣，纯粹而大气；起点那么低，却都登上了各自领域的高峰，成了领军人物。你们的性格是怎样形成的？与你们成长的环境有什么关系？这些年遇到了这么多困难，是什么支撑着你们矢志不渝一路前行的？你们这两个一心扑在工作上的人，在生活中是什么样的相处模式？你应该把这些都写出来，让人们了解奋斗者的人生是什么样子，让人们知道即使没有含着金钥匙出生，即使被命运安排在了艰难的赛道上，依然可以凭借坚定的信念和不懈的努力，冲过胜利的终点。"

　　在此之前，河南科技学院特聘教授刘永生老师就一直建议我把茹振钢的成长经历和工作经历用传记的形式记录下来，但由于时间等原因，加上茹振钢的竭力反对，所以这件事就一直没有进行。

　　这一次，冯英老师也这么说了，我经过慎重考虑便答应了下来。

　　我知道，要写一本书，并不是一件容易的事情。无论我对茹振钢有多么熟悉，写茹振钢不比写我自己，收集整理资料费时、费事、费神。再者，我还有自己的科研工作，时间上无法保证。经过考虑之后，我同李正禄商定合作撰写。

于是，那次从郑州返回新乡之后，我们就开始着手编写这本书。

我先把我所熟知的茹振钢的一些故事大致罗列了出来。而后，按照所列内容有方向性地开始收集、整理、挖掘，边收集整理边补充完善。

这本书中的许多资料，都是茹振钢工作、生活的第一手资料，来源于茹振钢和我的心得笔记，我们相互间的来往书信和平时写的一些诗稿，以及茹振钢的工作总结、科研报告和小麦中心的情况介绍、报道等。

要想写好这本书，给读者展现一个立体鲜活的茹振钢，就必须全面挖掘茹振钢以及他身边的相关故事。于是，那段时间我便把与茹振钢的日常接触和交流，当成了一件有目的性的工作。每次通过和他的对话了解到一些情况后，我就赶快悄悄地记录下来，随后再进行文字加工整理和提炼润色。

除此之外，我还需要对茹振钢生活、工作的经历进行全程回忆。对于他的故事，虽说我都牢记在脑海里，但是要从大脑里提取出来，就需要抽出专门的时间，沉下心坐下来好好回忆。为了能更好、更真实地记录他的故事，负责文字整理工作的李正禄就会根据需要，不断深入实地去了解、熟悉茹振钢曾经生活工作过的环境背景，考察、求证相关故事发生的来龙去脉和前因后果。

这期间，李正禄曾经多次到我们工作、生活过的地方考察，多次到我们的故乡沁阳拜访我们两家的家人，还到我们共同就读过的河南农业职业学院走访我们那时候的同学，还去了茹振钢走上育种工作岗位的百泉农专，以及他辛勤耕耘至今的试验田……

不过，这一切对茹振钢都是保密的。因为，冯老师和我商谈过写这本书之后，我曾经试探过茹振钢，他是坚决反对的。

经过一年时间的收集整理和加工创作，2018年底我们基本完成了初稿。2019年对书稿进行了修改、完善和补充。

在此期间，李正禄又借助各种机会和场合正面接触茹振钢，进一步了解熟悉茹振钢的工作、生活情况，从中得到更翔实的第一手资料，以便更好地丰富、完善内容。

在2020年至2022年三年时间内，在出版社编辑部同志的共同努力下，我们又对书稿逐字逐句地修改，反反复复地推敲，目的是让本书在真实性的基础上又具有可读性。

本书在撰写过程中，得到了河南科技学院小麦研究中心、河南联丰种业有限公司、金蕾种苗有限公司、河南财源种子公司、滑丰种子公司等单位的大力支持和协助。

同时，河南科技学院生命科技学院原党委书记詹桂枝和院长刘明久对本书给予了极大关注，分别为本书作了序；河南科技学院特聘教授刘用生，对本书的撰写给予了大力支持，并在百忙之中为本书作了序；河南科技学院小麦研究中心赵利敏，在资料提供方面给予了大力支持；负责交通服务工作的原淑玉，在资料收集整理方面，付出了辛苦的劳动。

值得进一步说明的是，我们仅仅是千千万万农业科研工作者中的一员，只是做了自己应该做的工作，绝对没有什么值得骄傲的地方。在本书出版之际，我谨代表自己对支持、关心我们育种事业的各级领导、单位以及社会各界人士和广大农民朋友，对采访、报道茹振钢的诸多新闻媒体和记者，对支持、帮助撰写出版《我的小麦爱人》这本书的有关单位和人员表示真挚的感谢。

由于我们水平有限，书中难免存在不妥或错误之处，敬请广大读者斧正指导。

原连庄

2022 年 10 月 16 日于河南新乡

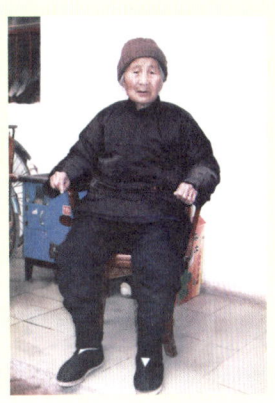